KB067951

DAN

DAN

초판 1 쇄   2024년 6월 25일
지 은 이   마케마케
일러스트   마케마케
펴 낸 곳   하모니북

출판등록   2018년 5월 2일 제 2018-0000-68호
이 메 일   harmony.book1@gmail.com
전화번호   02-2671-5663
팩   스   02-2671-5662

979-11-6747-183-3 03810
ⓒ 마케마케, 2024, Printed in Korea

책값은 뒤표지에 있습니다.

이 도서의 국립중앙도서관 출판예정도서목록(CIP)은 서지정보유통지원시스템 홈페이지(http://seoji.nl.go.kr)와 국가자료공동목록시스템(http://www.nl.go.kr/kolisnet)에서 이용하실 수 있습니다.

DAN

글·마케마케

harmonybook

〈세계관 주요 용어 목록〉

배경

폴리스
대한민국 다음의 공화국 '아라곤' 다음의 국가

약물

아이토닉 (I-TONIC)
인체에 필요한 영양소를 모두 채울 수 있는 식품 대용 알약

히프나틱 (HYPNOTIC)
무수면 부작용의 대안으로 개발된 육체를 재우는 약물

안티 아피스 (ANTI-IPS)
노화를 방지해 주며 노화된 세포를 재생 시켜주는 약물

브레인틱
가상 세계에서만 취급되며 고급 하드 마약으로 분류되는 불법 환각제

AI 관련 기술

하프노이드
AI로 개조된 인간, 하프 휴머노이드를 줄여 하프노이드라 칭함

블록챗
블록체인 기법이 도입된 메신저 시스템

가상 세계

쉴드존
현실에서 육체를 재우는 동안 깨어있는 브레인을 위해 만들어진 가상의 공간. 사용자의 모든 감각 기관이 현실과 똑같이 적용됨

홈그라운드
선택한 아바타가 입성 하는 지점 (프로필 계정을 의미)

아바타
가상 세계에 접속할 시 필요한 가상의 신체. 정부의 공식적 허가 아래 공급 받음

코드칩
각 아바타의 고유번호가 삽입되어 있는 칩

고스트 시큐리티
홀로그램 보안 경비 시스템

스캐닝
신분확인 외에 사람들의 일거수일투족을 감시하는 일시적 엑스레이와 같은 기술

가상 세계 화폐

잼, 코인 : 쉴드존 내에서 사용되는 가상 화폐 단위
* **1코인:** 1원   **1잼:** 10만원
* 100잼 : 1 실버 잼
* 1,000잼 : 1 블랙 잼
* 10만잼 : 1 다이아 잼

기본 팁 : 128,000코인 / 3잼

목차

현실

　　의

　　　　나와

　　내가

만든　　　　　가상의

　　　　나를

관통하는

　　　　시간.

@makewake136472

prologue

온갖 잡음으로 뒤덮였던 센서에 고요한 적막이 흘렀다. 더 이상 신호가 닿지 않는 레나의 블록챗을 보자 터질 것처럼 질주하던 심장이 점점 느릿하게 가라앉았다.

부릉

댄은 우렁차게 울려대는 랭글러의 시동을 그대로 꺼버렸다. 그러자 세상이 온통 물에 잠긴 듯 먹먹한 침묵 속으로 빨려 들어갔다. 높이 펼쳐진 하늘 위로는 무지갯빛에 둘러싸인 자개구름이 둥그렇게 무리를 짓기 시작했다.

'댄댄댄!! 자개구름이 뭐야?!'
'말 그대로 자개구름이지 뭐겠냐?'

그러자 레나의 웃는 얼굴이, 딱딱한 표정에 멍청이 같은 음성이, 바보 같은 모습이… 비참할 정도로 선명하게 그려지길 지금쯤이면 지프 트럭의 선루프를 열어 머리를 맞대고 함께 봤어야 할 장대한 광경이 펼쳐졌다.

레나, 이걸 네가 봤어야 하는 건데….

댄은 기억장치를 열어 마치 진주조개와 같은 오묘한 노란빛의 자개구름을 담아내고 또 담아냈다. 기약할 수 없는 언젠가를 위해서.

지니

휘황찬란한 사이키 조명 아래 물에 흠뻑 젖은 사람들이 마구잡이로 뒤엉켜 있는 가운데 블랙펄의 디제잉 클럽에선 워터밤 축제가 한창이었다.

" hey you guys! ready to die?!"

익살스러운 디제이의 목소리가 시작을 알림과 동시에 거대한 물대포의 날렵한 주둥이가 위엄하게 등장했다.

" Y'all ready???!"
" 꺄아아아아아악!!!!"

그러자 그가 서 있는 무대를 중심으로 중앙 홀을 가득 메우고 있던 사람들이 뜨거운 함성을 내지르며 열광했다. 순식간에 광란으로 물든 관객을 향해 디제이는 기다렸다는 듯이 유명 브랜드의 로고가 박힌 카페인 음료를 번쩍 들어 올렸다. 그리고 오프닝의 대미를 장식하듯 목청을 높여 크게 외쳤다.

" Ok, Let's get it!! Make some noise!!!!!"
" 꺄아아아아아아아악!!!!"

이윽고, 귀가 찢어질 듯한 전자 음악의 베이스 소리와 함께 거대한 물줄기가 마구 분사되었다. 광란의 축제가 클라이맥스를 향해 달려갔다.

와아아아아아아!!!!

한편, 바닥이 쿵쿵 울릴 정도로 강렬한 비트 사이를 가르고 선이 가는 굽이 빠른 속도로 움직였다.

"웁스!!"

높은 하이힐의 구둣발이 우뚝 멈춰 섰다. 블랙 다이아몬드 존에서 한층 더 위로 분리된 로열층의 중앙 계단 앞에 선 지니가 층계 난간에 기대어 있는 반가운 얼굴을 발견한 순간이었다. 그녀는 속으로 만세를 외쳤다.

세상에!!

쏟아지는 물 폭탄의 어딘가를 응시하던 상대는 입이 찢어져라 하품을 쩍 하더니 동시에 삐딱하게 늘어져 있던 상체를 느긋하게 일으켰다. 이에 지니는 혹여라도 상대를 놓칠세라 높은 힐을 신고 있는 걸음에 서둘러 속도를 실었다.

또각
　또각
　　또각
　또각

그의 주변은 차마 눈 뜨고 보기 민망할 정도의 살색 향연들이 정신없이 뒤얽혀 난장판을 이루고 있었다. 하지만 그 와중에도 유독 빛이 나는 남자는 웬일인지 평소의 그답지 않게 혼자였다.

" 저기!"

거의 속옷이나 다름없는 헐벗은 차림새의 사람들과는 달리 위아래로 타이트하게 떨어지는 깔끔한 블랙 슈트를 수려하게 갖춰 입은 그는 고고한 아우라에 휩싸여 저 홀로 다른 세상을 자아냈다. 그러던 남자가 여유롭게 고개를 뚝뚝 꺾으며 테이블 위에 놓인 맥주병을 집어 들었을 때였다.

" 후아! 오랜만이네?"

지니가 불쑥 남자의 앞을 막아서며 말했다. 남자의 구둣발이 다른 곳을 향하기 바로 직전의 타이밍이었다.

" 안녕 텐?"
" …?"

지니의 부름에 본능적으로 입꼬리를 슬쩍 올려 보였던 그는 막상 가까이서 얼굴을 마주하자 반짝 빛을 발하던 눈동자 위로 천천히 물음표를 띄웠다.

" 쳇! 또 기억 못 하네?"

그녀의 투정에 눈썹을 쓱 치켜세운 남자의 고개가 비스듬하게 기울어졌다. 이후 천천히 지니를 훑어 내리던 그가 잠시 생각에 잠긴 듯하더니 이내 짧은 정적을 깨고 입술을 열었다.

" … 또?"
" 헐…!"
" 내가…?"

별 감흥 없는 눈빛이 그녀를 지나쳐 중앙 홀 너머로 시선을 비꼈다. 그리고 다시 제자리로 돌아온 순간 그는 그녀의 말을 재차 곱씹듯 되물었다. 지니의 손에는 벌써부터 식은땀이 가득 쥐어졌다.

" 지니라고 지.니!"
" 아아….'

늘 그러하듯, 이러한 눈치싸움에선 막무가내로 밀고 나가는 쪽이 승자였다. 결국 지니의 당당한 태도에 그의 고개가 끄덕였다. 동시에 가늘어진 남자의 시선이 그녀의 얼굴을 집요하게 쫓았다.

" 거짓말! 너 나 기억 안 나지?"
" 거짓말?"
" 너 나 모르잖아!!"

지니가 괜히 으름장을 내놓듯 큰소리를 쳤다. 이런 방식이 두 번 연달아 먹힐 수 있을지 의문이었기에 그녀는 부러 새초롬한 표정을 짓고 보란 듯이 두 눈을 크게 깜빡였다. 그러자 이를 쭉 지켜보던 남자가 픽 바람 빠진 소리를 냈다. 그리고 입꼬리를 슥 끌어당기며 말했다.

" 글쎄?"
" 뭐야! 무슨 대답이 그래?!"

의중을 알 수 없는 불성실한 대답을 끝으로 지니의 글로시한 입술을 빤히 쳐다보던 그가 대뜸 자신이 들고 있던 맥주병을 그녀의 눈앞에 대고 살짝 흔들어 보였다.

" 마실래?"
" 니가 마시던걸?"
" Not this."

남자는 대답과 동시에 때마침 그들의 곁을 지나가던 웨이터에게 손짓했다.

" Hey!"
" 부르셨습니까 젠틀맨?"

웨이터가 가까이 다가오자, 그는 들고 있던 맥주병을 건넨 후 웨이터에게 곧바로 팁을 전송했다. 남자의 모든 행동에는 여유가 넘쳤다. 이윽고 그는 여유로워진 한 손을 바지 주머니에 푹 찔러 넣으며 지니를 향해 고개를 까닥였다. 그리고 말했다.

" 어이, 아직도 고민 중?"
" 아, 아니!! 좋아!!! 여기서?"
" 아니."

그녀를 마주한 남자의 고개가 삐딱하게 기울었다. 집요하게 뚫어질 듯한 상대의 눈빛에 지니의 심장이 쿵 떨어질 찰나였다. 그때, 남자의 기다란 손가락이 중앙 홀의 꼭대기를 가리켰다.

" 저 위에서."

무언가에 홀린 듯, 지니의 시선이 남자의 손가락을 따라 천장에서 멈췄다가 다시 그에게로 떨어졌다. 여전히 심리를 알 수 없는 묘한 눈빛 아래 그의 입술이 나른한 미소를 띠었다.

" 가자."
" 엄마얏!!"

남자가 지니의 얇은 손목을 홱 낚아채며 말했다. 갑작스러운 악력에 그녀의 몸이 크게 휘청거리자, 이번엔 그의 손이 빠르게 지니의 허리를 받쳐왔다. 짧은 비명을 내지르며 남자의 품에 답삭 안겨버린 지니는 그의 가슴팍이 얼굴에 닿는 순간 화르륵 밀려오는 민망함에 아무 말이나 생각나는 대로 지껄였다.

" 역시 넌 매너 하나는 끝내줘!"
" 내가…?"

남자의 눈썹이 포물선을 그리듯 크게 들썩였다. 동시에 그의 고개가 다시 비스듬히 옆으로 기울었다. 이번엔 그녀의 말을 부정하는 기운이 한껏 묻어나는 제스처였다. 생각지도 못한 남자의 반응에 지니는 괜히 뜨끔하여 부러 과장된 톤의 소리로 대답했다.

" 응!!!!"

그러자 그녀를 슬쩍 내려다본 남자가 피식 가벼운 웃음을 흘리며 말했다.

" 황송하네."
" !!!!"

순식간에 치고 들어온 남자의 모습에 지니는 혼이 빠진 듯한 눈으로 넋을 잃고 남자를 봤다. 그리고 서둘러 손을 뻗어 그의 목을 덥석 끌어안았다.

" 끼 부리네?"
" 티 났어?"
" 어. 엄청."

그 뒤로 마주친 시선에 이번엔 지니가 선수 치듯 미소를 지었다. 이에, 별다른 반응 없이 그녀를 빤히 응시하던 남자가 별안간 예고도 없이 번쩍 지니를 안아 올렸다.

" 으앗!!"
" 그만 꼬셔라. 충분하니까."
" 그렇게 갑자기 안으면 어떡해!!"
" 넘어가 줘도 난리네."

남자의 도발적인 행동에 지니는 순간 기함할 정도로 놀랐지만, 이내 태연한 척 연기를 하며 속으로는 잽싸게 머리를 굴렸다.

" 쳇…. 자존심 상해!"

" 미안하게 됐네."

" 그런 주제에 날 까먹어?"

　지니가 새침한 얼굴로 볼멘소리를 냈다. 그냥 되는대로 뱉어낸 말이었다. 이에 남자는 표정 하나 바뀌지 않은 무표정한 얼굴로 능숙하게 되받아쳤다.

" 그래서 넘어온 거 아니었냐?"

" 헐?! 대박…."

　남자의 밑도 끝도 없는 자신감에 일순 지니의 입술이 떡 벌어졌다. 바로 이런 모습에 반했던 건데, 이 귀한 장면의 주인공이 될 줄이야….

" 근데…. 텐."

" 왜."

　그는 아마 기억조차 못 할 테지만, 지금의 아바타에서 다른 헤어스타일과 메이크업을 한 모습으로 우리는 몇 번 마주친 적이 있었다. 비록, 그 횟수가 다섯 손가락도 안 되는 서버 대 손님으로서 뿐이었지만.

" 나 정말 기억 안 나…?"

" 그게 중요해?"

" 우리 몇 번 대화도 나눴었는데…"

　그러니까 그에게 접근한 방식이 완전히 거짓은 아니란 뜻이었다. 왜냐

하면 서버로서 그녀의 닉네임 또한 지니였기 때문이었다.

" 있잖아. 텐….”
" 또 왜.”

차가운 음성과 달리 나른하게 늘어진 텐의 파란 눈동자가 그녀를 힐긋 내려다봤다.

" 나도 걸을 수 있는데….”
" 어. 그 정도는 나도 안다.”
" 아니이… 그게 아니라…”

부러, 말꼬리를 길게 늘어뜨린 지니가 그의 목덜미에 걸친 손가락을 꼼지락거리며 투정을 부렸다. 호텔로 향하는 텐의 걸음엔 제법 속도가 붙어 있었다. 겉으로 보이는 무뚝뚝한 태도와는 판이한 모습이었다.

" 근데 너, 룸 예약해 놨어?”
" 아니.”
" 헐…?”
" 난 장기 투숙객이라 예약 같은 건 따로 필요 없거든.”

순간 말문이 막혀 어이가 없다는 표정을 흘리고 있던 지니에 텐은 눈길 한 번 주지 않은 채 피식 웃음을 터트리며 말했다.

" 아….”
" 왜. 민망하냐?”

" 아, 아니!! 전혀!! 근데… 119층이 장기 투숙이 돼? 그것도 스위트 룸인데?"

" 내가 내 객실 정보를 말했던가…?"

예상치도 못한 그의 대답에 이번엔 다른 이유로 말문이 턱 막혀버렸다. 순간 그녀는 괜히 애꿎은 입술만 물어뜯다가 때마침 떠오른 임기응변으로 간신히 대응했다.

" 아마 지나가던 개미도 다 아는 얘기일걸…?"

" Huh?"

지니는 바로 눈앞에서 펼쳐지고 있는 모든 상황이 전부 믿기질 않았다. 아니, 애초에 텐의 품 안에 폭삭 안겨 있다는 사실 자체가 꿈만 같았다.

" 너 여기서 엄청 유명한 거 몰라…?"

" 모를 수가 있나."

" 대박…!"

어쩌면 그의 발걸음이 향하고 있는 장소 자체가 비현실적인 드라마일지도 몰랐다. 더불어 룸 예약을 하지 않았다는 말에 바로 짜게 식었던 마음은 스스로 돌이켜 봐도 어이가 없었다.

" 안 힘들어?"

" 어."

텐의 무심한 말투에 그녀의 얼굴이 순식간에 새빨갛게 달아올랐다. 그

태도에 괜히 심술이 났다. 지니는 부러 의도적으로 그의 쇄골 언저리에 슬쩍 얼굴을 묻었다. 그리고 중얼거리듯 말했다.

"나 무거운데…."
"… 깃털인데?"
"헉!"
"이런 말이 듣고 싶은거냐…?"

정수리 위로 떨어지는 무뚝뚝한 텐의 음성에 지니의 심장이 덜컥 내려앉았다. 잇따라 귓가를 스쳐오는 텐의 나른한 숨소리에 괜히 입술이 바싹 말랐다.

"근데 웬 한숨…?"
"왜일 것 같냐?"

힐긋 시선을 좀 더 위로 올리면 언뜻 선이 고운 붉은 입술이 도드라지게 눈길을 끌었다. 오늘 밤 저 입술에 닿을 상상을 하니 벌써부터 온몸이 불에 덴 듯 홧홧했다.

"그, 그야…! 나 많이 무거워…?"
"안 무겁다고. 몇 번을 더 말해줄까?"
"너 정말!! 이런 걸로 장난치지 말라구!!"

간간이 조잘거리던 입술을 꾹 다물리자 텐이 또 조용해졌다. 녀석은 의외로 과묵했다. 클럽에서 친구들과 어울릴 때 보면 꽤 활발해 보였는데, 지금의 텐은 어딘가 모르게 훅 가라앉은 분위기부터가 다른 때에 비해 유독 낯설었다.

" 너 은근히 짓궂다?"
" 어."

그래도 조금 안심할 수 있었다. 은근히 초조해 보이는 텐의 태도 때문이
었다.

" 근데 넌 땀도 안 흘리네?"
" yeah."

저를 안아 든 순간부터 뭐가 그렇게 급한지 그는 저가 먼저 건넨 말 외
에는 한마디 말도 없이 그저 보폭만 넓힐 뿐이었다. 그 와중에 대답은 또
착실했다. 다소 성의가 부족했을 뿐.

" 너 의외로 말수가 적다?"
" yeah."

하지만 엘리베이터에 들어선 이후부턴 대답조차 침묵으로 일관했다. 그
는 일말의 대꾸도 없이 그저 묵묵히 저를 내려다보기만 할 뿐이었다.

" 내 얼굴 뚫리겠다…."
" …."
" 너 진짜 말이 별로 없네?"

그의 집요한 시선에 이렇다 할 스킨십도 없이 달아올랐다. 텐의 눈빛,

묵직한 우드 계열의 쓰고 달콤한 향기와 차분한 분위기…. 어느 하나 자신의 취향을 거스르지 않아 점점 더 안달이 났다. 마치 시한폭탄이 된 것처럼.

' 헤이~ 지니!'
' 헉?!'

그러다 문득, 녀석을 만나기 불과 얼마 전의 상황이 스쳤다. 워터밤 축제로 정신없는 클럽 안을 정처 없이 떠돌아다니고 있을 때였다.

' 부… 부장님?!'
' 그렇게 대놓고 가출할 거면 정신줄도 같이 챙겼어야지.'
' 아하하하….'

익숙한 남성의 등장에 하마터면 그대로 소리를 내지를 뻔한 지니는 황급히 두 손으로 입을 틀어막고는 슬슬 뒷걸음질을 쳤다.

' 으아앗!'
' 으이구! 내가 이럴 줄 알았다!!'

그때, 지나가던 웨이터와 부딪힐 뻔한 지니를 그가 재빨리 손을 뻗어 붙잡았다.

' 하하…. 여, 여긴 어쩐 일로…?'
' 아주 작정을 하셨구만?'

저를 내려다보는 부장의 눈빛이 장난스럽게 반짝였다.

' 아니 뭐…. 그냥 기분이 좀 싱숭생숭해서요….'

그런 그를 마주하면서 지니는 왠지 커다란 땀방울이 등골에 바짝 붙어 제 몸을 꽉 옥죄어 오는 기분이 들었다. 오늘만큼은 제발 마주치지 않길 바랐는데….

' 그새 좀 괜찮아졌나 보네?'
' 하하하 축제잖아요! 기분 전환이나 할까 해서요오….'

안절부절못하는 그녀를 쭉 지켜보던 남자의 두 눈이 샐쭉하게 늘어짐과 동시에 가벼운 실소를 터트렸다. 며칠 내리 뚱해 있던 남자의 입술이 드디어 그녀를 향해 미소를 보였다.

' 옛다~! 기분이다!'
' 어어!!'

그는 곧바로 주머니를 뒤적여 가운데에 커다란 다이아몬드가 박힌 블랙 카드를 꺼내 지니를 향해 가볍게 던졌다.

' 이걸로 기분이나 풀어라.'
' 이, 이건…?'

순식간에 휙 날아온 카드를 반사적으로 척 받아낸 지니가 제 두 손바닥 위로 떨어진 카드를 보고는 대번에 휘둥그레진 눈으로 연신 눈꺼풀을 깜빡거렸다. 그러다 제 앞에 서 있는 부장을 올려다보았다.

' 이… 이걸 어떻게…?'
' 너가 좋다던 그 텐인지 뭔지.'

그리고 다시 카드를 내려다보았다.

' 네…?'
' 지금 로열층에 있다더라?'

부장이 검지를 치켜세워 블랙펄 클럽의 로열층을 상징하는 투명 난간의 층계를 가리켰다.

' 가봐.'
' 부… 부장님….'

자신의 고른 치아를 씩 드러내 보이며 웃는 부장의 모습에 지니는 감격에 차오른 얼굴로 카드를 꼭 껴안고는 입술을 달싹였다.

' 이번 일 제대로 성공한 선물이다.'
' 가, 감사합니다….'

지니는 부장이 건넨 블랙카드를 사랑스러운 눈빛으로 바라보다가 곧 울망하게 젖어 든 눈으로 번득 고개를 들고 그를 우러러봤다.

' 뭐 일의 연장선이기도 하고 말이야.'

'이… 일이요?!'
'난 너가 텐인지 뭔지 하는 놈이랑 좀 더 가까워졌으면 좋겠거든.'

 그녀의 물음에 부장은 자신의 턱 밑을 매만지며 그녀를 슬쩍 떠보는 듯한 말투로 대답했다. 이에 지니는 영문을 모르겠다는 듯 부러 눈을 동그랗게 뜨고 되물었다.

'왜요?'
'저번에도 말했잖아. 그 새끼 좀 수상하다고.'
'아아….'

 질투하시는 건 아니구요…? 라고 말할 뻔한 걸, 지니는 제 손바닥 위에 얌전히 놓여 있는 카드를 보며 입이 간질거리는 것을 꾹 참아냈다.

'그놈이 그렇게 좋디?'
'네?!'

 한편으로는 똥 마려운 강아지처럼 안절부절못하고 자꾸만 부장의 얼굴 너머를 힐끔힐끔 살피는 것도 잊지 않았다.

'으휴…. 너 그렇게 다 티 나서 어쩌려고 그래?'
'아, 아니거든요?!'

 순간 정곡이 푹 찔린 지니의 얼굴에 뜨끔한 민망함이 화르륵 번져왔다. 그렇게 티가 많이 났나? 저 딴에는 슬쩍이었는데 상대가 보기엔 아니었나 보다.

' 아니기는…. 여우처럼 굴어! 곰처럼 재주나 부리지 말고….'

사실, 남자 하나에 이렇게까지 어쩔 줄을 몰라 하는 자신의 모습을 보면 스스로도 어이가 없을 정도로 낯설었다. 하지만 이 고질병 같은 짝사랑은 이미 꽤 오랜 시절부터 간직해 왔던 마음이었다.

' 쳇! 누가 보면 아주~ 연애 척척박사님이신 줄 알겠어요~'
' 척척박사는 너지. 서칭해 준 자료는 잘 참고해 보마!'

텐이라는 남자는 지금으로부터 아주 오랜 옛날, 나의 어린 시절의 첫사랑이자 짝사랑이었던 어떤 녀석과 거의 판박이라 해도 이상하지 않을 정도로 비슷한 사람이었다.

' *Oi, 복희.*'
' *오잉?! 텐~!*'

생김새도 은근히 비슷해서는 고상해 보이는 취향에 클래식하면서도 은근히 반항적인 패션 센스라던가 성격, 말투가 특히 판화라도 찍어낸 것처럼 똑같았다.

' *너 요즘 여기 자주 온다?*'
' *웅!! 친구가 생겼어~*'

우연히 그가 부장님의 측근과 대화하는 것을 봤다가 그 자리에서 그대로 굳어 버린 기억이 아직도 선연했다.

'친구?!'
'응~ 친구!'
'*What the?!* 제발 사고나 치지 마라.'

내가 알고 있는 그 누군가가 단숨에 떠올랐기 때문이었다.

'칫…. 아직 사고 안 쳤거든!!!'
'*Huh?!* 자랑이다~!'

그래서 자꾸만 나도 모르게 시선이 갔다. 그리고 어느샌가 마음에 품어버렸다.

'얼른 가봐!! 아주 똥줄이 타는구만?'
'하핫! 감사합니다! 부장님!!'

부장의 말이 떨어지기가 무섭게 지니의 몸이 로열층을 향했다. 끈적하게 붙어있는 인파를 뚫고 그를 향해 떨어지는 걸음이 가벼웠다. 오늘은 왠지 감이 좋았다.

"나 여기 처음 와 봐!"
"그러냐."

부장님의 말씀대로 선물이라도 받은 것처럼 꿈에 그리던 그와 함께 있었다. 그것도 그의 체취가 한껏 배어있는 그의 전용 객실에서 말이었다. 불과 몇 시간 전, 몇 번을 돌이켜봐도 잔인할 만큼 끔찍한 일을 저질렀던 나는 그 사건에 대한 부채 의식마저 홀라당 까먹을 정도로 들떠있었다.

" 진짜 다르긴 다르네? 신기하다!!"
" 당연히 달라야 하지 않겠냐?"

문득, 소문으로만 익히 들었던 텐을 실물로 처음 영접하게 된 그날이 떠올랐다. 블랙 다이아몬드급 안에서도 로열 퍼슨으로 불리는 그는 신분을 떠나 잘생긴 외모로 이미 블랙펄 안에선 소문이 자자한 유명인사였다.

'Oi~ 복희!'
'오잉?! 텐! 엄청 빨리 왔네?'

그런 그가 실버 다이아몬드 존에 나타난 것도 모자라 부장님과 썸을 타고 있는 복희라는 여자 앞에 나타났을 땐… 블랙바 전체가 아주 난리가 났었다. 물론 그들은 몰랐겠지만.

'Huh…?! 니가 웬 술이냐?'
'그냥! 맛이 궁금해서~'

복희라는 인물은 실버 다이아몬드 존보단 블랙 다이아몬드급에서나 볼 수 있는 화려하고 세련된 미모를 갖고 있었다. 그리고 생긴 것과는 다르게 백치미가 넘쳐나 은근히 서버들 사이에서도 안줏거리로 도마 위에 오르는 나름 유명한 여자였다. 그런 여자와 텐이라니. 물론 여자의 외모가 뛰어나게 아름답긴 했지만 왜인지 모르게 인정하고 싶지 않았다.

'적당히 마셔라? 술맛도 모르는 애가.'
'아니거든?! 나도 마실 줄 알거든!!'

여자는 텐이 등장한 순간부터 이전엔 볼 수 없었던 애교 어린 모습으로 앙앙거리면서 투정을 부리고 입술을 삐죽였다. 이에 기분이 급 다운됐던 부장님 때문이라도 나 또한 기분이 썩 좋지 않았다.

'오냐. 그러니까 적당히 마셔라~ 또 사고 칠 생각 말고.'
'칫!!!'

왜 내 주변의 남자들은 전부 다 저 여자와 엮여있는 건지…. 어딘가 낯이 익은 복희라는 존재는 처음 대면했던 순간부터 마음에 들지 않았다.

'이게 아주 틈만 나면 입술부터 삐죽거리지?'
'흥!!!'

하지만 그가 실버 다이아 존까지 직접 행차하지 않는 이상 우리는 마주칠 상황 자체가 희박했다. 블랙 다이아몬드 존은 애당초 스태프들 조차 입장이 제한되었다.

'야! 근데 이거 누가 만들었냐? 더럽게 맛없네.'
'잉?! 이거 원래 이런 맛인데….'

등급이 없으면 출입문 자체가 생성되질 않았기에 오늘처럼 특별 권한이 부여된 부장님의 카드가 없이는 출입 여부를 떠나 블랙 등급 안에서도 로열 퍼슨으로 불리는 신분들과 마주칠 기회 자체가 없었다.

'What the? 내가 발로 만들어도 이것보단 낫겠다. 이런 걸 돈 받고 팔면 저 위에선 벌써 난리 났을 거다.'

이처럼 보통의 신분으로서 그들의 세상에 닿기란 거의 하늘의 별 따기 수준이나 다름없는 일이었다.

　'내 친구가 블랙 다이아몬드 VVIP 포커룸에서 일하는데 걔한테 한 번 부탁해 볼까?'
　'진짜?! 꺄아!!! 역시 리사 언니가 짱이야!!!'

어쩌면 현실에서 방독면을 벗고 죽음을 재촉하는 편이 더 쉬운 일일지도 몰랐다. 뭐, 어디까지나 선택의 권한은 자신에게 있었으니까. 그만큼 텐과 나 사이에는 등급이 주는 신분의 차이가 존재했다. 얼굴 한 번 보는 것도 쉽지 않으니 당연히 그림의 떡이라고만 생각했었는데….

　'자주는 안 되는데… 여하튼 제대로 밀어붙일 거 아니면 그냥 구경이나 해라? 나중에 걸리게 되면 너랑 나는 끽! 가차 없이 죽은 목숨인 거야!! 알았어?!'

아마도 기분 전환을 해야 할 만큼 복잡한 상태가 아니었다면 이런 용기는 감히 꿈도 꾸지 못할 객기에 가까웠다. 안 그래도 원체 인기가 많은 유명 인사라 오늘만큼은 그저 못 먹는 감 찔러나 보자는 마음으로 덤벼봤던 건데….

　'응응!! 걱정 마!! 일단 구경만 좀 할게~~ 꺄잉~'
　'명심 또 명심 응?! 제발 지니! 이 화상아!!'

웬걸?! 이렇게나 쉽게 넘어올 줄은 상상도 못 한 전개였다. 물론, 놈을 떠올릴 때면 가차 없이 따라붙는 팅커벨 같은 복희라는 존재가 벌써부터 눈엣가시처럼 성가셨지만…. 아무렴 어떨쏘냐. 어쩌면 오늘을 기점으로 많은 것이 변할 수 있을 것만 같았다.

그만큼 감이 좋았다.

달칵, 카드키도 없이 객실의 문이 자동으로 열렸다. 확실히 등급이 높은 놈들한텐 사물조차 대우가 달랐다. 있는 놈들한텐 한없이 관대한 현실의 관행이 가상으로 오면 이와 같이 더하면 더했지, 덜하진 않았다랄까.

" 세상에 이거 자동이야?"
" 수동도 있냐?"
" 아니 적어도 카드는 직접 찍어야지!!"
" 피곤하네."

익히 소문으로만 들어왔던 것들을 직접 겪어 보니 그야말로 입이 떡 벌어질 만큼 삐까뻔쩍하고 눈이 뒤집어질 정도로 대단했다. 게다가 살면서 블랙펄의 199층에 오게 될 줄은 정말이지 꿈에도 몰랐다. 그것이 오늘일 거라고는 더더욱이나.

" 와…! 뷰 대박!!"
" Huh…. 제법 귀엽게 구네."

소파 위에 지니를 휙 내팽개치듯 내려놓은 텐이 말했다. 잇따라 그는 재 킷을 벗어 소파 위에 아무렇게나 던져 놓고는 목 끝까지 채워 올린 넥타 이를 거칠게 끌어 내렸다.

"흥! 무시하지 말라구!!"
"그럴 리가."

그 모습에 화르르 뺨을 붉힌 지니가 발갛게 달아오른 얼굴에 급히 손부채질을 하며 반박했다.

"헐! 그 반응 완전⋯."
"어. 멋대로 넘겨짚진 말고."

그의 구둣발이 다시 방향을 바꿨다. 하지만 시큰둥한 텐의 목소리에 지니는 이미 두 손에 얼굴을 묻어버린 뒤라 그의 동선이 어디를 향하든 신경 쓸 겨를조차 없었다.

'*Oi~ 복붙*'
'*야!! 복붙, 복붙 하지 말랬지!!!*'

이런 모습이었다. 그 녀석을 떠올리게 하는 행동들. 텐이 보기엔 자신이 이상해 보일지도 몰랐지만, 이럴 때마다 저도 모르게 반응해 버리고 말았다.

'*huh? 그럼 복붙을 복붙이라고 부르지 뭐라고 부르냐?*'

이제는 그립기까지 한 얄미운 녀석의 입술이 익살스럽게 호선을 그려왔다. 짓궂은 심보가 덕지덕지 붙은 말투에 주먹이 다 부들거렸지만 저 웃음은 나에게 쥐약이었다.

'이……!!! 너 진짜 나빠!!'

'어. 나 나쁘다. 그걸 이제 알았냐?'

다른 상대였다면 벌써 욕부터 시원하게 퍼부었겠지만 애석하게도 그럴 수 없었다. 그랬다가 그 말 자체가 그대로 진심으로 닿게 될까 봐, 나는 별것도 아닌 것들에 일일이 신경을 쓰곤 했다.

" 어이, 위스키 괜찮지?"

그 사이에 텐은 객실에 비치된 미니바에서 위스키 한 병과 잔 두 개를 가져왔다. 건조한 얼굴과는 달리 나긋한 말투가 위스키병을 흔들어 보이며 물었다. 그가 가진 특유의 매력이었다.

" 없어서 못 먹지~"

" 없으니까 못 먹는 거겠지."

" 헐…?"

그런 그를 마음껏 구경하며 멀뚱히 앉아 있던 지니는 은근히 자신을 무시하는 그의 말에 반박할 여지도 없이 곧바로 이어지는 텐의 자연스러운 권유에 얼떨결에 고개를 끄덕거렸다.

" 얼음 없이 스트레이트도 괜찮냐?"

" 으응!"

그러자 텐이 능숙한 손길로 테이블 위에 올려둔 더블 스트레이트 잔에 위스키를 따랐다.

" 첫 잔은 원샷."

그가 위스키로 채워진 스트레이트 잔을 건네며 슬쩍 미소를 지었다.

" 좋아!"

그녀는 의심의 여지도 없이 텐이 내민 잔을 한 번에 꿀꺽 들이켰다. 그대로 목구멍을 적시며 내려가는 미적지근한 액체에 속이 덴 듯 화끈거렸다. 그럼에도 지니는 눈살을 잔뜩 찌푸려 가며 마지막 한 방울까지 꿀떡 삼켜냈다.

" 잘 마시네."
" 엇…!"

드라마였다면 얼른 빨리 감기를 눌러서라도 다음 장면으로 넘어가고 싶은 마음으로 가득했다.

" 너… 지금…."

그리고 그를 향해 기분 좋게 잔을 내려 보이던 찰나였다. 스트레이트 잔에 채워진 위스키를 아직 그대로 들고 있던 텐은 지체없이 자신의 손에 들이부었다.

" 또 뭐."

일순 지니의 얼굴이 짙은 당혹감으로 번져갔다.

" 텐…. 갑자기 왜….”
" 진짜 말 많네.”

신경질적인 대답과 함께 텐이 소매의 커프스 버튼을 끌러 팔뚝 위로 걷어냈다. 그는 그녀의 질문 따위는 안중에도 없다는 듯이 비어있는 잔을 휙 내던진 후 위스키병을 통째로 집어 들고는 이미 젖어있는 자신의 손등 위로 쏟아냈다.

" 텐, 갑자기 왜 그러는 거야….”
" 뭐가.”

동시에 그녀를 대하는 그의 태도가 순식간에 서늘하게 바뀌어 있었다.

" 대, 대체 이게 다 뭐 하는 짓이야?!”
" 보면 모르냐? 소독하잖냐.”

지니의 물음에 텐이 두 눈을 휙 치켜뜨며 말했다. 목소리는 여전히 나직했지만, 어투에는 날이 바짝 선 뾰족한 가시가 박혀있었다.

" 소독을 왜…?”
" Shit! 미치겠네!”

그녀의 말이 끝나기가 무섭게 텐이 위스키병에 남은 술들을 몽땅 제 얼굴과 목덜미에 콸콸 쏟아부었다.

" 텐….”

일순 지니의 몸이 그대로 얼어붙었다. 술잔을 잡고 있던 손은 여전히 허공 위에서 방황 중이었다. 그러다 번쩍 정신을 차린 지니는 들고 있던 술잔을 테이블 위에 내려놓고 침착한 마음으로 텐을 보며 조심히 되물었다.

" 너 왜 그래….."
" 더러운 걸 만졌으니까."

그가 축축하게 젖은 머리칼을 신경질적으로 쓸어 올리며 대답했다. 그러자 그의 머리칼에 맺혀있던 투명한 입자들이 순식간에 허공 위를 부유하듯 흩날렸다.

" 뭐…?"
" …."

두 눈에 넋을 잃은 지니가 혼이 빠진 말투로 되물었다.

" 더… 러운 거…?"

불안을 감지한 상황인데도 이상할 정도로 녀석은 매력적이었다. 자신을 마주 보고 있는 텐의 얼굴 위로 옅은 갈색 액체들이 투명한 형태의 방울이 되어 뚝뚝 흘러내렸다.

" 어."

지니를 뚫어질 기세로 쳐다보던 텐이 한 박자 느리게 입을 열었다. 동시에 미간을 잔뜩 찌푸린 채 거친 손길로 넥타이를 완전히 풀어 헤쳤다.

투둑
　투둑

　잇따라 위스키에 젖어 얼룩진 셔츠의 단추를 풀러 내리는 텐의 손길은 거침이 없었다. 시선은 여전히 지니를 응시하고 있었다.

　투두두둑!

　기어코 그가 상체를 훤히 드러내며 셔츠를 벗어 던졌다. 그때, 지니의 몸속에 술기운인지 모를 뜨거운 기운이 온몸을 점령해 왔다.

　" 근데 왜 술을…?"
　" 위스키가 소독이 잘 되니까?"

　그렇게 뜨겁게 달아오르는 열감 속에서 지니는 겨우 입술을 달싹였다. 동시에 그녀의 시선은 저도 모르게 그의 드러난 가슴팍과 복근을 쫓고 있었다.

　" 그러니까 소독을 왜 갑자기…?"

　지니는 허벅지 안쪽이 불이 난 것처럼 뜨거웠다. 얼마나 펄펄 끓어오르는 건지 홧홧한 기운에 혀끝마저 바싹 말라 점점 굳어 가는 느낌이 들었다.

　" 당장에 못 견디겠으니까."

　텐의 대답을 끝으로 그녀는 제대로 잡히지 않는 가죽 소파의 커버를 꾹

할퀴듯이 움켜쥐었다. 마음속으로는 미약한 기대감과 어딘지 모르게 솟아오르는 불안한 마음이 어지러이 얽히고설켜 빨간 비상등을 깜빡이고 있었다.

" 하아…. 나 왜 이렇게 덥지…."

그 사이 어느새 그녀의 눈앞으로 다가온 텐이 무릎을 굽혀 앉아 시선을 맞췄다. 그리고 천천히 입을 열었다.

" 그러니까 더럽게 먼지 날리지 말고."
" 흐으으…."

하지만 지니는 숨이 턱 끝까지 차올라 더 이상 대답할 여력조차 없었다.

" 얌전히 입 좀 다물어라."
" 으어어억!"

정신을 차리기 위해 몸부림을 치면 칠수록 시야만 점점 더 뿌옇게 흐려지고 있었다.

" 골 울려…. 젠장!"
" 윽…."

그때, 착각인 줄 알았던 빨간 경고등이 홀로그램 창 위를 어지럽게 두들겨 왔지만 깨달았을 땐 이미 타이밍을 놓쳐버린 후였다.

" 여전히 변한 게 없네 넌. 말귀도 못 알아듣고. 멋대로 꽈서 생각하는 것도 그대로고."

그가 머리칼에 남은 물기를 손으로 대충 털어내며 나직이 짜증 섞인 소리를 냈다. 그녀의 성대에 보이지 않는 자물쇠가 채워지자 이번엔 텐의 입이 쉴 새 없이 움직였다. 하지만 그의 입에서 나오는 소리들은 전부 이해를 할 수 없는, 대상이 묘연한 말들뿐이었다.

" 지니라고 그랬냐? 촌스럽기는…."
" 어억!"

일순간 텐의 손가락 하나가 지니의 턱을 휙 들어 올렸다.

" 거의 증조할머니뻘 이름 아니냐?"
" 으…. 어억!"

마주친 그의 입꼬리가 비릿한 미소를 대변했다.

" 지니는 너무 올드하지 않냐?"
" !!!!!!"

불현듯 과거의 한 장면이 스쳤지만 목구멍이 마비가 된 듯 비명조차 나오질 않았다. 그녀가 할 수 있는 반항은 손끝에 겨우 힘을 주고 소파 바닥을 벅벅 긁어내리는 것만이 고작이었다.

" 로봇들 취향인가…? 너도 이쪽이 녀석만큼이나 로봇에 가까웠었나…?"

흐릿해진 시야를 비집고 제 머리를 가리키는 텐의 모습에 순간 지니의 두 눈이 번쩍 뜨였다. 하지만 그것도 잠시 다시 혼미해진 정신에 세상이 빙글빙글 돌기 시작했다.

 " 아니지. 원래 네가 좀 촌스러웠지. 아무리 그렇다 한들 너 따위의 사이코가 녀석과 같을 순 없을 테니까."

 점점 무너져 내리고 있는 눈꺼풀 사이로 불시에 텐의 얼굴이 훅 들어왔다. 미적지근한 액체가 그녀의 얼굴 위로 뚝뚝 떨어졌다.

 " 어이, 오랜만이다? 퀸시."

에네스

" 아흐윽!!"

난폭한 추삽질이 멈추자 절로 여자의 입술에선 뜨거운 탄성이 새었다.

" 체력이 이렇게 약해서야 원."
" 하아…. 보통 사람이었으면 이미 요절했어."

대낮부터 시작된 행위는 횟수로만 벌써 다섯 손가락이 모자랐다. 그 후로부터 그녀는 그 수를 일일이 가늠하는 것 자체를 포기한 상태였다.

" 넌 사람이 아니잖아."

그녀가 겨우 숨을 고르던 찰나에 별안간 시야가 천장에서 침대 매트로 바뀌었다. 퍽, 소리를 내며 밀려오는 양감에 여자는 손끝에 닿는 시트를 있는 힘껏 구겨 쥐었다.

' 확률을 계산하라고? 내가 왜.'
' 한배를 탄 상황에서 그 정도도 못 해줘?'
' 그럴수록 계산은 더 확실하게 해야지.'

협상 과정에선 그다지 내키지 않았던 조건이 현실로 반영된 시점부터 입장이 도치되어 있었다.

'브레인틱은 나 혼자 만들잖아!'
'대신 나는 네 뒤를 봐주잖아.'

앞서 거론됐던 딜에선 아예 없었던 조건이고. 칼같이 선을 긋는 남자에 불쑥 울화가 치밀었다.

'그, 그거야…!'
'에네스. 이런 식은 곤란해.'

하지만 그녀의 입장에선 틀린 말이 아니었기에 그저 애꿎은 입술만 물 어뜯을 수밖에 없었다.

'대신 나랑 자.'
'뭐, 뭐?!'

남자의 거친 숨소리가 고막 센서에 닿는 순간 온갖 잡념들이 휘발될 정 도로 온몸에 전율이 흘렀다.

'내가 원할 때마다, 무조건.'

동시에 정신이 혼미해질 정도로 치대는 격렬한 움직임에 숨통이 턱턱 막혔다.

" 아흑…! 잭, 잭!!!"
" 웃, 왜."

남자에 의해 처음 맛보게 된 쾌감은 생각보다 나쁘지 않았다.

" 처, 천천히 좀! 윽!"
" 하, 거참 바라는 것도 많네."

생경한 감각이 주는 낯선 기분 또한 말로 형용할 수 없는 종류의 것이라 마냥 좋다고만 표현하기가 묘했지만 이는 마치 불장난처럼 짜릿했다. 살갗에 닿는 낯선 피부의 매끈한 느낌이 특히 그러하였다.

" 힘들어!! 좀 다정하게 하라구!!!"
" 다정? 바랄 걸 바래라."

정사의 끝자락에선 불현듯 엄마의 얼굴이 떠올랐다. 처음으로 죄책감이 아닌, 희열이 물밀듯이 밀려왔다. 꽤 오랫동안 시달렸던 고문에서 드디어 해방된 것 같았다.

" 멘탈 잘 잡아. 그게 목적이라니깐?"
" 웃! 너, 진짜!! 아흑!!"

남자와의 관계는 꽤 만족스러웠다. 게다가 보기와는 다르게 남성미가 넘치는 그의 모습이 퍽 새로웠다. 단순하고 멍청한 줄로만 알았기에 아예 기대도 하지 않았던 터라, 반전으로 다가온 의외의 모습이 매력으로 느껴졌다. 역시 나의 선택이 옳았다.

' 포커는 확률이 전부가 아니야.'
' 그럼? 또 뭐가 중요한데?'

쇳덩이처럼 딱딱한 생물체가 좁은 구멍을 난잡하게 드나들 때마다 머리털이 쭈뼛 설 정도로 정염에 잠식됐다. 그것은 태어나 생에 단 한 번도 맛보지 못했던 신세계였다.

' 확률 계산만 추가된 게 아니었나?'

그러자 문득, 손을 잡게 된 동료가 댄이 아닌 잭이었다는 것에 안도감이 깃들었다. 만약 상대가 댄이었다면, 포커는커녕 지금쯤 팽 당했을 확률이 더 높았을지도 몰랐다. 그 새끼는 그러고도 남을 개자식이었으니까.

' 하…. 잭! 너 진짜 대단하다.'

동료들 가운데 댄과 가장 흡사한 신체 구조를 가진 잭은 그와 탑재된 능력까지 비슷했다.

' 계산은 확실히 해두자고. 깔끔하게.'
' 쳇. 날강도가 따로 없네….'

살아있는 인간 미사일. 그들의 주된 기술은 정확한 수치값을 측정하는 확률 계산과 무자비한 괴력이었다. 그 말인 즉, 포커판의 샤크가 되기 위해선 놈이 가진 무기는 천하를 얻을 수 있는 기회를 뜻했다.

' 너야말로 날로 먹으려는 주제에 뻔뻔하다? 블러핑 기술은 확률하고는

또 다른 분야라고.'

' 나 참, 그렇게 잘 아시는 분이 왜 아직도 실버 다이아에서 벗어나질 못했대?'

' 그걸 설마 몰라서 묻는 건 아니겠지?'

뜻하지 않았던 기 싸움 이후, 그는 나에게 구원 투수나 다름없는 존재가 되었다. 그 뒤로 우리는 블랙펄 안에서 단숨에 블랙 다이아몬드 등급까지 상승했다.

' 어때? 이 정도면 봐줄 만하지 않아?'

물론, 손에 쥐고 있던 씨드 머니의 액수 자체가 달라졌기에 가능한 일이었지만 거의 절반 이상은 그의 활약에 의해 가능할 수 있었던 일이었다.

' 흠⋯. 제법 자연스러워졌네.'

' 헐⋯. 뭐지? 그 밋밋한 반응은?'

아지트를 벗어난 이후에도 밤낮으로 바쁜 건 여전했다. 낮에는 브레인 틱을 만들고 저녁엔 쟥과의 포커 연습이 주를 이뤘다.

' 허리를 더 써. 전혀 흥분되지 않아.'

' 이, 이렇게? 윽!'

블러핑 기술이 절반을 차지한다는 이유로 그는 멘탈을 강하게 키우는 훈련을 반복했다. 그럼에도 불구하고 이전과는 비교도 할 수 없을 정도로 삶이 즐거웠다.

'그래. 그건 맞는데, 카드 순서도 네 차례야.'
'아아아…! 잭!! 그렇게 움직이면!! 아흣!'

훈련을 핑계 삼은 관계는 숱하게 지속되었다. 잭은 멘탈 훈련에 이것만
큼 좋은 것이 없다며 너스레를 떨곤 하였다.

'하, 이걸 견뎌내야 한다니까.'
'으응, 잭!! 그, 그만!! 잠깐만!'

그러던 어느 날은 떨떠름한 내 표정을 보더니 따로 시간을 들이지 않아
도 되니 한 번에 두 마리의 토끼를 잡는 격이란 말을 덧붙였다.

'너 이번에도 기권하면 연달아 3패데? 내기 한 거 기억하지?'
'아흑!! 잭, 잭! 잭!!'

잭과 일대일로 이루어지는 연습 게임은 쉽지 않았다. 아마 보통의 인간
이었다면 맨정신으로는 절대 버티지 못했을 것이다. 그때 난 처음으로 나
자신이 하프노이드라는 사실에 감사를 표했다.

"멘탈 잡으라니까?"
"제발!! 잭!!!"

그렇지 않고서는 결코 일반적인 사람의 신체로 이렇게 살아있는 것 자
체가 기적이었다.

"항복하고 싶으면 타임워프를 써."

둔부를 움켜쥔 강한 악력과 함께 다리 사이를 가르는 흉포한 움직임이 점점 절정을 향해 치달았다. 저절로 벌어진 입 안에선 아직도 적응되지 않은 교성이 마구잡이로 튀어나왔다.

" 아아아…!! 사, 사랑해!!!!"

그러자 짐승 같은 신음을 뱉던 잭의 입술이 거칠게 부벼지고 맞물렸다. 입술을 가르며 침입한 축축한 살덩이에서 짙은 담배 향과 쌉쌀한 알코올의 맛이 났다.

' 그거 맛있어?'
' 아니.'

그에게서 나는 포커 게임 외에 섹스와 담배 그리고 술을 배웠다. 그 덕으로 브레인틱을 만드는 기술에 새로운 영감을 얻게 되었다. 정확히 말하자면, 형태였다.

' 근데 왜 해?'
' 잡념이 사라지니까?'

이 전까지의 브레인틱은 칩이나 버추얼 프로그램과 같은 사물의 형태를 취하고 있었다면 새롭게 업그레이드된 버전은 액상이었다.

' 오…? 그럼 나도 할래!'
' 잡념도 없는 애가 무슨 이유로?'

어차피 거대한 액수의 돈만 벌어들이면 되는 입장에서 도덕과 윤리 따위는 묵과한 지 오래였다. 오히려 그것을 배제한 채 이용될 목적이 높은 곳에만 초점을 뒀더니 되레 흥미로운 결과물이 탄생되었다.

'야…. 너보다 더하면 더했지 덜하진 않거든?'
'생각이 아예 없는 건 또 아니었나 보네?'

반응은 가히 폭발적이었다. 액상용 브레인틱의 등장과 함께 다양한 범죄의 형태 안에서 이루어졌던 번거로운 절차들이 생략될 수 있었고 덕분에 예상했던 수순대로 흘러줬다.

'잭, 그렇게 탐탁지 않아 하면서 대체 왜 날 따라 나왔니?'
'에네스. 말은 바로 하자. 널 따라 나온 게 아니라 깜빡 속은 거겠지.'

내가 알고 있는 브레인틱의 기술은 사실, 댄의 것이었다. 기지에서 탈출한 이후, 전 아지트에 자리를 잡게 되면서 엄마는 댄에게 브레인틱을 만들라는 명령을 내렸다.

'야!! 속이긴 누가 속였다고 그래?!'
'운 좋게 상황이 좋게 흘러서 좋은 거지. 애초에 네가 약속했던 거랑은 상황이 많이 달라진 것 같은데.'

동시에 나는 그의 조수로 발탁되어 댄의 레시피들을 세세하게 기록하는 일을 담당했다. 그 외의 실상은 허드렛일이나 하는 하녀에 불과했던 역할이 가장 극한의 순간 묘수로 떠올랐다.

'그, 그거야…. 이런 변수가 올지 누가 알았겠냐고….'

'솔직히 아서 문제도 내가 대처하지 않았으면 우린 당장 죽은 목숨이었어.'

브레인틱은 고급 마약에 해당되는, 그 자체만으로도 값비싼 물건이었다. 기본만 만들어 팔아도 짭짤했던 수입은 액상으로 업그레이드가 된 이후 더 큰 부를 안겨줬다.

'아니!!! 하…. 그래 맞아. 그 부분은 내가 많이 어리석었어. 그래서 최선을 다해서 만회하고 있잖아. 나라고 뭐 마음이 편한 줄 아니…?'

하지만 아무리 그렇다 한들 이 정도일 줄은 상상도 못 했기에 처음 손에 쥐게 된 액수를 눈으로 확인할 때는 되레, 엄마에게 속았다는 배신감에 휩싸여 그나마 남아있던 그녀에 대한 일말의 죄책감마저 싹 날아가 버릴 정도로 이가 부득부득 갈렸다.

치익

불이 붙은 담뱃대에서 연기가 피어올랐다.

'그건 또 어디서 난 거야?'

아지트에 살던 시절부터 골초로 유명했던 잭은 그나마 현실에서는 과일 향이 나는 전자담배를 물고 쉴드존 안에서만 연초를 피웠었는데, 요즘은 장소를 가리지 않았다. 더 이상 눈치 볼 상대가 없으니 이젠 값비싼 시가에 손댈 정도로 절제를 잃은 수준이었다.

'신경 꺼라. 아주 마누라 납셨네.'

 과거의 앞뒤 꽉 막힌 융통성 제로의 스테레오 같던 모습은 전부 다 어디로 갔는지 그는 시간이 흐를수록 변해갔다. 그 점이 마음에 들면서도 어쩔 땐 거부감이 들기도 했다.

 '너야말로 간섭은 제일 심하면서 무슨 말을 그렇게 하니?'
 '너와 내가 입장이 같진 않잖아?'

 잭은 집요한 구석이 있었다. 한번 물고 늘어지기 시작하면 한도 끝도 없었다.

 '아직도 그 소리야? 너 진짜 뒤끝 장난 아니다….'
 '뒤끝? 너 때문에 신 사장 쪽에 단단히 찍혔는데, 뒤끄읕?'

 게다가 어느 순간부턴 저가 엄마라도 된 것처럼 그녀를 군림하려 들더니 부쩍 말투도 억세지고 명령조로 단호하게 말했다. 그러자 태도마저 달라졌다.

 '아니, 그건….'
 '하루라도 사고를 안 치면 몸에 가시가 돋는 건지, 멍청한 건지….'

 저를 옥죄어 왔던 존재에게서 겨우 벗어났더니 생각지도 못한 인물이 그녀의 자리를 메꾼 것이었다. 몇 번은 소란을 피우고 싶지 않아 조용히 넘어갔더니 이제는 권리라고 착각을 한 건지 그럴수록 간섭만 늘어갔다.

'너 자꾸 그렇게 막말할래?!'
'그럼 넌 사고 좀 그만 쳐라. 제발!!!'

그러던 차에 일이 터졌다.

'솔직히 우리가 을이야?! 갑이지! 봐!! 되레, 나보고 미안하다면서 로열급만 갈 수 있는 시크릿 초청장도 줬잖아!!'

발단은 최근, 거래처의 사장을 통해 받게 된 VVIP 초청권으로 참석했던 히든 포커 존에서 알게 된 한 인물 때문이었다.

'넌 그게 고개를 조아린 걸로 보여?! 널 손에 쥐고 놀겠다는 태도지!!'
'어머… 잭! 넌 어쩜 애가 그렇게 꼬였니…?'

그곳은 블랙펄 내 최상위 등급으로 불리는 블랙 다이아몬드 안에서도 신분이 철저히 분리된 로열 퍼슨들만 출입이 가능한 엄격하게 제한된 장소였다.

'와… 나. 말을 말자. 아지트에선 그렇게 똑똑한 척을 하더니…. 역시 네가 뱅한테 안 되는 덴 다 이유가 있었던 거네.'

그는 이미 블랙펄 안에서 꽤 유명한 인물 중 하나였다.

'거기서 뱅이 왜 나와?!'

무성한 소문으로만 접했던 때는 별생각이 없었다가 실제로 처음 본 순간부턴 뇌리에 강렬하게 박혀 쉽사리 잊히질 않았다.

'그 애라면!!! 아니다. 됐다. 내가 미안하다.'

 그 뒤로 슬슬 따분하게 느껴졌던 일상에 새로운 목표가 생겼다.

' 왜 말을 하다가 말아?!! 계속해 봐. 뱅은 뭐 이런 상황에서도 엄격할 거라고? 하…. 웃기는 소리.'

 그를 갖는 것. 그러기 위해선 우선 로열 퍼슨이 되어야만 했다. 하지만 이는 단순히 돈만 많다고 가능한 일이 아니었다. 그렇다고 완전히 방법이 없진 않다는 걸 우연히 딜러를 통해 알게 되었다.

' 갠 적어도 이렇게 극단적으로 상황을 몰고 가진 않았을 거야. 그걸 말 하고 싶었던 건데, 어쨌든 이건 실수. 그냥 좀 넘어가자.'

 초청권으로 입장하여 히든 포커 존에서 다섯 번 이상의 승을 거머쥔다 면 가능할 수도 있다는 정보였다.

' 그냥 넘어가?! 너라면 그게 가능해?! 왜, 이것도 내가 감정적이라서 그 런 거라고 말하려고?'

 다만, 비공식적인 방법이라 호텔 측의 요구에 따른 거액의 로비가 필요 하다는 조건이 붙었다. 그러기 위해선 지금보단 더 많은 돈과 시간이 필 요했다.

'미안하다고 미안해! 그러니까 그만 넘어가자 좀!!'
'진짜 너 최악이야.'

그리고 슬슬 잭과의 관계도 정리할 타이밍이었다. 물론 지금 당장은 아니었지만, 로열 퍼슨까지 신분이 상승하면 그땐 영원한 안녕을 고할 것이다.

"신 사장이 VVIP 초청권을 또 줬다고? 아무런 조건도 없이?"
"어… 어. 그… 아무 조건이 없는 건 아니었는데…."

조용히 넘어갈 줄 알았던 일이 금세 발각됐다. 신 사장을 꼬드겨 겨우 얻어낸 초청권을 쓰기 위해 며칠 전부터 밑밥을 깔아놨던 상황이 전부 다 무용지물이 된 꼴이었다.

"에네스. 너한테 나는 대체 뭐냐?"

미묘하게 굳은 잭의 표정을 보며 에네스는 겉으로 내색은 하지 않았지만, 바짝 쫄아있었다. 그가 조용히 뇌까린 말은 제대로 곱씹어 볼 겨를도 없었다. 그저 초청권을 다시 빼앗아 갈까 봐 조마조마할 뿐이었다.

"뭐, 뭐긴?! 당연히 한 배를 탄 동료지!!"
"하…? 동료라…."

그때 그녀의 앞으로 잭이 불쑥 다가왔다.

"정말로 그뿐인 건가?"

" 그, 그럼 뭐가 더 있어야 돼?"

 그가 묘한 말을 지껄이며 입꼬리를 비틀었다. 문득 마주친 잭의 눈빛에서 짙은 살기가 스쳐 갔다. 순식간에 싸해진 공기에 에네스는 어깨를 움츠리며 슬슬 뒷걸음질을 쳤다.

" 아니."

 예상과는 달리 잭은 더 이상 다가오지 않았다. 오히려 이상할 정도로 차분해진 얼굴로 긴 한숨을 뱉어내더니 어색해진 분위기가 무색할 정도로 크게 웃어 재꼈다.

" 왜, 왜 그래…?"
" 생각보다 타격감이 꽤 크네."

 하지만 마주친 그의 눈빛은 전혀 웃는 낯빛이 아니었다.

" 갑자기 그게 다 무슨 말이야…?"
" 아무것도. 신경 꺼."

 알 수 없는 말을 중얼거리는 잭을 보며 에네스는 괜히 뜨끔했다. 워낙 예민한 성격이다 보니 이미 눈치챘을 확률이 높았다.

" 이, 이기고 싶어서 그래…."
" 뜬금없이 뭔 소리야."

그러자 생각지도 못했던 묘수가 떠올랐다. 예전부터 잭은 자격지심과 비슷한 행동에 꽤나 예민하게 반응했다.

"그 새끼…. 꺾어버리고 싶어."
"그 새끼…?"

그리 멀지 않은 과거의 어떤 장면을 재생해 봐도 쉽게 파악이 가능한, 이는 어쩌면 그의 유일무이한 약점일 수도 있었다.

'*이게 멋있다고…?*'
'*나름 힙하지 않아? 뭔가 느낌이 있다랄까…?*'

언젠가 잭이 대놓고 질투를 비췄던 일이었다. 사건은 댄이 만들었던 새 가면에 대한 뱅의 반응에서 시작되었다.

'*취향도 참….*'
'*뭐…. 그 말에 부정은 못 하겠는데, 근데 너네도 참 그렇다. 뭘 그렇게 시시콜콜 딴지를 거니?*'

누가 봐도 우스꽝스러운 가면을 뱅이 유심히 들여다보던 순간부터 그의 기분은 이미 바닥을 친 듯했다. 평소 포커페이스에 능숙한 그가 이미 잔뜩 일그러진 표정으로 불만스러운 태도를 비추고 있었다.

'*딴지가 아니라. 팩트를 말하고 있는 거라고.*'
'*그렇다면 나도 진심 팩트를 말하고 있는 건데?*'

평소에도 가볍게 툭툭 던지는 말투의 차가운 뱅의 목소리는 그날따라 유난히 더 날카로웠다.

 '가만 보면 넌 은근 댄만 감싸고 돌더라?'
 '뭐래? 너야말로 어린애도 아니고 무슨 그런 말도 안 되는 소릴 하는 거야.'

 당사자가 아닌 그녀가 느끼기에도 그런데 잭은 어떨까 싶어 힐끔 쳐다보니 아니나 다를까 그의 커다란 어깨가 잔뜩 구겨져 있었다.

 '아니…. 솔직히 이건 좀 장난 같지 않아?'

 생각해 보면 뱅 앞에서 유독 온순한 강아지라도 된 것 마냥 순둥이가 되어있는 모습을 보며 저도 모르게 그를 만만하게 봤던 게 아닐까 싶었다.

 '아까 랩이 한 말 못 들었어? 막말로 가면을 너희들이 쓰니? 레나랑 댄만 쓰지. 전면에 노출되는 놈이 그 정도의 생각도 없을까? 난 오히려 이 편이 더 낫다고 봐.'

 게다가 상대적으로 잭보다 더 심한 댄이 비교 대상이었기에 더욱 그렇게 느꼈을지도 몰랐다.

 '그, 그거야…. 뭐 틀린 말은 아니긴 한데….'
 '근데? 별 이유 없이 태클 걸려고 했던 거면 그만둬. 너넨 그렇게 할 일이 없어?'

표정 하나 까닥 않고 촌철을 뱉어내는 뱅에 실망으로 잔뜩 일그러진 잭을 보면서 한편으론 어찌할 바를 몰랐지만, 부러 내색하진 않았다.

'태클이 아니라 걱정을 하는 것뿐이야. 무슨 말을 해도….'

다만 겉으로만 뱅과 비슷한 태도를 보였지 입으로는 그와 마찬가지로 댄을 비하하는 입장에 섰다. 물론, 결코 잭을 위해서 그랬던 건 아니었다. 그저 진심으로 댄이 싫었을 뿐.

'그럼 그만하라고. 이유 없는 실랑이 좀 그만하자. 안 그래도 분위기도 안 좋은데….'

댄은 항상 동료들 보기를 우습게 알았다. 그 사이에서 자신이 좀 더 좋은 조건을 갖추고 있다는 이유 하나만으로 똑같은 하룻강아지 주제에 범처럼 굴었다. 그 모습이 꼴도 보기 싫었는데, 바로 그 아래 버전으로 늘 비교를 당하는 잭은 오죽했을까.

'근데 댄은 대체 쉴드존에서 뭘 하는 걸까? 난 걔를 제대로 본 적이 한 번도 없는 것 같아.'

그 작은 비밀을 알고 난 이후부턴 되레, 잭보다 저가 먼저 반응하게 될 정도로 신경이 쓰였던 건 부정할 수 없는 사실이었다.

'걘 아마 샌드 스트릿이 아니라 다른 지역에서 놀걸? 아서 말로는 버스킹하면서 쉴튜브도 한다더라. 생각보다 구독자 수도 높고 인기도 많더라고. 워낙 고고하신 몸이니 우리처럼 블랙펄이나 기웃거리는 도박 놀음엔

관심조차 없겠지.'

  댄을 향한 그의 견제는 엄마의 명령하에 본의 아니게 쉴드존에서 붙어 다니게 되면서 알게 됐다. 이전에도 미약하게 느꼈던 터라 그다지 놀랍지는 않았지만, 한 개인의 마음을 구체적으로 들여다보게 되면서부턴 약간의 동요가 일었다.

  '노래 실력과 같은 예술 능력은 인간이었을 때의 재능이라던데···. 로봇이든 인간이든 어느 한쪽을 선택했어도 크게 나쁘지 않았을 삶이구나.'

  댄을 향한 잭의 눈빛에서 뱅을 향한 나의 모습이 투영됐다.

  '그러니깐 말이다. 이런거 보면 참 불공평하지 않냐. 인간들은 신이 공평하다고 하는데 난 잘 모르겠다니까?'

  어쩌면 내 처지와 비슷하여 그 미세한 반응을 눈치챌 수 있었던 걸까. 남일 따위엔 관심조차 없던 내가 단순히 자주 붙어있다는 이유만으로 이런 연민을 품을 리가 없었지만,

  동병상련

  나는 아주 객관적이면서도 심각할 정도로 주관적인 성격을 갖고 탄생되었다. 태생부터 그렇게 설계된 유형이라 이는 스스로 자각한다고 해서 고칠 수 있는 것도 아니었다.

  " 블랙펄에서 샤크로 유명한 인물 중에 하나 있잖아. 그 이름이 뭐였

더라…."

" 제이크?"

그랬기에 엄마는 나에게 유독 더 엄격했고 또 그만큼 더 어리광도 받아주셨다. 비록, 상황은 이렇게 되었지만 그 정도의 은혜는 인지했다.

" 아 맞다! 그 사람 맞는 것 같아!! 그때 너무 기에 눌리는 바람에 제대로 시도조차 못 해보고 진 것 같아서 진심 분하다구."

뭐든 한 번이 어렵지 두 번째부턴 쉬웠다. 특히 거짓말이 그랬다.

" 허…? 분하다고? 네 실력으론 어림도 없을 상대인데…."
" 그거야 모르는 거지. 이렇게 매일 목숨을 걸고 연습을 하고 있는데 시도하는 것도 안 돼?"

우리에겐 신이나 다름없는 엄마도 속였는데, 지금의 상대는 고작 잭이었다.

" 무리니까 하는 말이지."
" 그러니까 너가 좀 도와주면 되잖아."

말이 떨어지기가 무섭게 마주친 그의 눈이 가늘어졌다.

" 그게 다야?"
" 그럼 뭐가 더 있어야 해?"

하지만 잭은 그리 호락호락하지 않았다.

" 이제 좀 솔직해질 때도 되지 않았냐?"
" 솔직하게 말해줘도 난리야."

물론, 그렇다고 순순히 뒤로 물러설 마음도 없었지만.

" 흠…."

뒤집어쓴 뻔뻔한 가면에 당당함을 더하니 그 후론 이상할 정도로 자신감이 붙었다.

" 아니 대체 뭘 어떻게 해야 솔직한 건데?"

여전히 가자미 같은 눈으로 빤히 쳐다보고 있는 그를 봐도 신기할 정도로 감정이 동요되지 않았다.

" 너 참…. 생각보다 단순하구나?"
" 쳇, 이젠 대놓고 욕하는 것도 참 신박하게 하네."

엄마가 살아 계셨던 당시 해주셨던 말들 가운데 '자기암시'에 대한 가르침에서 비롯된 결과였다. 노력의 결과를 받아들이는 과정에서 자존감을 위해 부정적인 사실과는 달리 긍정적인 상황으로 인식을 바꿔 자신을 속여야 그대로 태도로 반영될 수 있다는 말씀이었는데…. 그 뜻이 통한 것이다.

" 그럼 연습의 강도를 좀 더 높여야겠는데?"

스스로가 뱉어냈던 말이 진짜인 것처럼 되뇌었더니, 진심으로 마음이
요동쳤다.

" 그 말은 도와주겠다는 뜻인 거야?"
" 그래. 그 새끼만 이기면 되는 거잖아. 맞아?"

거짓말이 아니라 진심으로 제이크를 이기고 싶었다. 단순히 승부욕이
아닌, 그렇게 우위에 서서 상대의 눈에 띈다면 절대 잊을 수 없는 대상이
될 테니까.

" 응. 맞아. 혹독해도 상관없어. 내 새로운 목표야 잭. 제이크를 이겨야
겠어."
" 좋아. 도와주지."

생각보다 단순한 건 오히려 잭이었다. 그는 나의 포부에 금세 굳혔던 표
정을 풀고 씩 미소를 지었다. 그 모습에 나는 당장에 안도의 한숨도 내쉬
면 안 될 것 같은 마음으로 더욱 스스로를 다독이며 박차를 가했다.

" 그럼 협상 완료인 거지?"
" 협상? 이번에는 한배를 탄 동료로서 그냥 도와주마."

하지만 그녀는 달라진 잭의 반응에 잠시 멈칫했다.

" 가, 갑자기 왜 그래?"

" 뭐가."

 진심으로 대할 때는 정떨어질 정도로 선을 긋던 상대가 전혀 다른 반응을 보여오니 새롭게 다잡았던 마음가짐이 와르르 무너질 것 같았다.

" 너무 친절하잖아?"
" 잘해줘도 난리네."

 그렇다고 다시 마음을 되돌릴 순 없었기에 괜히 마음이 무거웠다.

" 진작 좀 그렇게 나왔으면 얼마나 좋니."
" 허…. 그럼 물릴까?"

 이번에 뱉어낸 말은 진심이었다. 아마 그전부터 지금과 같은 태도로 나와주었다면 이렇게까지 마음을 고쳐먹진 않았을 텐데.

" 마음대로 해."
" 그새 삐쳤냐?"

 생각이 거기까지 미치자 분노보단 서글픈 감정이 밀려왔다.

" 삐지기는 누가 삐졌다고 그러니?!"

 장난스럽게 반짝이는 그의 눈빛을 보며 나는 아니라고 반박하려던 말을 꿀꺽 삼켰다.

" 크큭…. 대신 나 몰래 신 사장한테 초청권 받아낸 건 눈 감아 줄게."

" 그것참 고맙네."

그러고 보면 잭과 나는 단 한 번도 타이밍이 제대로 맞았던 적이 없었다. 여기까지 오게 된 것도 결국 저의 억지로 인한 결과물이었다. 그 중요한 사실을 왜 이제야 깨닫게 된 것일까.

" 그러니까 기분 풀라고."

깨달음 끝엔 또 다른 이별이 기다리고 있었다. 그 마음이 이전과는 다르게 그다지 설레지 않았다.

호키

' 여어~ 포커 치기 딱 좋은 날씨구먼?'

　머리부터 발끝까지 명품으로 차려입은 호키가 블랙펄의 블랙 다이아 존에 등장한 순간 그를 향해 뜨거운 시선들이 일제히 모여들기 시작했다.

' 어이 Sup Bro!'

　이윽고 그만큼이나 럭셔리한 돈 냄새를 풀풀 풍기는 한 사내가 호키를 향해 건들건들한 모습으로 나타났다.

' 오늘은 포커 치기 전에 술 한잔 어떠냐?'
' 뭔 일 있는감? 네가 갑자기 웬 술?'

　양손을 주머니에 꽂은 채 삐딱하게 선 사내가 샤프하게 잘빠진 턱선을 자랑하듯 호키를 향해 턱짓하며 말했다.

' 그새 까먹었냐 브로?'
' 허…? 오늘이 그날인감?'
' Yeah~ 지금까지 스코어는 2대 1. 이번에도 내가 이기면 네가 지는 거다?'

' 어허! 무슨 그런 섭한 소릴? 저번 판은 무승부 아니었슈?!'

뜬금없이 떨어진 남자의 말에 호키가 발끈했다.

' 웨이터 어딨냐 시방?! 당장 룸 잡자고!'
' 워워, 왜 이렇게 흥분을 하고 그러실까?'

그리고 이제까지 보여왔던 느긋한 태도는 온데간데없이 갑자기 주변을 두리번거리며 무언가를 급하게 찾는 시늉을 보였다.

' 이~ 그려 텐아! 니가 시방 잠자는 사자의 콧털을 뽑아 부렸구먼?'
' 크크큭 발끈하기는. 어이!'

금세 얼굴이 시뻘게진 호키에 텐이라는 사내가 웃음을 끌끌 흘리며 때마침 지나가던 웨이터를 불렀다.

' 안녕하십니까! 텐 님! 제이크 님! 무슨 일이십니까?!'
' 여어~ 수고? VVIP 룸 좀 잡을까 하는데.'

그러자 웨이터의 인사가 끝나기가 무섭게 텐이 아닌 호키가 나서며 대답했다.

' 네! 제일 좋은 방으로 잡아 드리겠습니다! 오늘 물도 나쁘지 않은데… 혹시….'
' 이~ 그려! 제일 괜찮은 애들로~ 뒤끝 없이 깔끔하면 더 좋고?'

호키의 요구에 웨이터는 일사천리로 일을 진행시켰다.

' 네!! 바로 준비해 드리겠습니다!!'

 그들은 블랙 다이아몬드 계급 안에서도 최상위 등급으로 나뉘는 로열 퍼슨으로, 로열 퍼슨만을 위해 구분된 로열 존에서 가장 고급스러운 룸으로 이동했다.

' 어이 댄. 무슨 일 있는 건 아니고?'
' 일은 무슨.'

 안주 세팅을 위해 웨이터가 빠져나간 룸에서 텐의 실제 이름을 부른 호키는 티나지 않게 그의 안색을 살폈다.

' 그래서 오늘은 몇 분? 어디까지 쳐줄 거냐?'
' 허허…. 화제를 돌리시는 걸 보니 내가 제대로 허준이였구먼?'

 평소에도 말수가 적은 편인 댄은 오늘따라 유난히 조용했다. 남들이 보기엔 그냥 무표정한 얼굴이었지만 호키가 보기에는 평상시와는 달리 어딘가 미묘하게 굳어있었다.

' 됐고, 애들 오기 전에 정해라.'
' 20분.'

 호키의 말에 시가 캡을 잘라내던 댄이 멈칫했다.

'20분?'

'들키면 아웃.'

'콜.'

강경한 호키의 말에 잠시 멈췄던 댄이 이내 긍정의 고개짓을 끄덕였다.

' 오래 기다리셨습니다! 얼른 세팅해 드리고 저는 바로 물러가겠습니다!'

그때 굳게 닫혀 있던 문이 열리고 그들을 안내했던 웨이터가 아리따운 여성들과 함께 다시 등장했다.

' 세상에…! 제이크! 텐! 이렇게 만나 뵙게 되어서 너무 영광이에요~ 우리 예전에도 여기서 한 번 본 적 있었는데, 기억 못 하시죠?'

선두에 선 웨이터의 의례적인 멘트와 함께 그를 따라왔던 스텝들이 테이블 위로 화려한 안주와 값비싼 술들을 세팅하는 동안 몸매가 훤히 드러나는 얇은 드레스를 걸친 여성들이 합이라도 맞춘듯 제각각 제이크와 텐의 옆자리를 차지했다.

' 무슨 그런 섭섭한 말씀을, 당연히 기억합니다.'

' 어머! 정말루요? 저 너무 기뻐서 소리라도 지르고 싶은 심정이네요~'

그들 가운데 가장 기강이 세 보이는 긴 웨이브의 여자가 호키를 향해 너스레를 떨며 자연스럽게 분위기를 이끌었다.

' 전 케이트라고 해요.'

'오~ 그대의 얼굴만큼이나 아름다운 이름이군요!'
'어머~ 역시나 소문대로 호키 님은 매너가 끝내주시네요?'

케이트의 넉살에 반듯한 호키의 매너가 더해지면서 처음 어색했던 분위기는 어느덧 화기애애하게 바뀌었다. 그 와중에도 텐은 여전히 시크했지만 오히려 그런 모습이 여성들에겐 매력으로 어필되었는지 룸 안의 텐션은 시간이 갈수록 뜨겁게 달아올랐다.

'여어~ 친구들 왔는가?'

술이 적당히 들어간 후부터는 물 흐르듯 짙은 스킨십이 섞인 게임이 시작됐다.

'오랜만이야 제이크! 역시 네가 있으니 텐도 있구만? 포커판 죽돌이들이 클럽엔 웬일이래?'
'예쁜 레이디들 하고 술 한잔하러 왔지~'

게임이 시작될 무렵에는 호키와 댄의 다른 친구들까지 합류해 룸 안은 그야말로 인산인해를 이루듯 북적거렸지만 그만큼 분위기는 절정을 향해 치닫고 있었다.

'이거 원샷하면 나랑 사귈래요?'
'허허. 난 바디 토킹이 필수라 이걸로는 안 되겠는데?'

갑작스런 케이트의 권유에 호키는 적당한 핑계를 둘러대며 조용히 댄을 향해 눈짓했다.

' 그럼 당장 방 잡아요. 아직도 안 잡았어?'

' 지금? 난 이제 좀 놀만한데?'

' 원래 이럴때 더 큰 재미를 봐야죠.'

적극적인 그녀의 도발에 호키의 입꼬리가 씨익 소리 없는 호선을 그었
다. 그러자 그를 유심히 지켜보고 있던 댄이 코웃음을 치듯 짧은 탄성을
뱉으며 끌끌 웃음을 흘렸다.

' 어이, 이름이 뭐라 그랬지?'

댄의 얼굴에서 장난스런 웃음기가 사라지는 순간 그의 고개가 곁에 앉
아 있던 여자를 향해 기울었다.

' 저, 저요?'

' 밖에서 따로 한잔하는 건 어때?'

' 지, 지금요?! 저는 좋아요!'

그는 여자의 귓가 가까이 입술을 대고 나직이 무언가를 속삭이며 자신
을 응시하고 있는 호키를 묘한 눈빛으로 바라봤다.

' 여어~ 친구 나는 먼저 일어납니다?'

' Yup. 나도 이만 나가 봐야겠는데?'

' 오~ 옆에 계신 여성분이 마음에 들었나 봐?'

' 그런가 보네.'

의미를 알 수 없는 대답을 끝으로 호키와 댄은 상대 여성들과 함께 앞
다투듯 룸을 나섰다.

' 그럼 우린 이쪽으로, 또 보자고 브로?'

' Yeah. See you bro.'

호키는 댄과 반대편의 복도를 느긋하게 걸으며 속으로는 분주하게 동선에 소요되는 시간들을 계산했다. 옆에서는 케이트가 노골적으로 호키의 몸을 더듬으며 짙은 스킨십으로 그를 유혹하고 있었다.

' 달릴 수 있나?'

' 지, 지금요?'

한편, 그 시각 댄은 제 곁에 선 여자의 발을 유심히 쳐다보던 끝에 넌지시 시선을 맞추며 물었다.

' 내가 지금 좀 여유가 없거든.'

' 저 하이힐 신고도 잘 달려요!!'

그래? 여자의 대답에 댄이 씩 웃어 보이며 대답했다. 그 모습에 그녀는 그를 향한 시선에 넋을 놓은 채 고개를 끄덕거렸다. 그 순간 댄의 커다란 손이 여자의 손을 낚아채듯 붙잡았다.

' 가자!'

' 으아앗!!'

여자의 가는 손목을 움켜쥔 그가 전력을 다해 달리기 시작했다.

" 어이 브로~ 크큭."

" 여어, 텐 왔는감?"

로열 퍼슨들만 출입이 가능한 히든 포커 존에 댄이 나타났다. 아바타의 모습이었지만, 며칠 새 얼굴이 반쪽이 된 듯한 호키의 얼굴에 댄이 끌끌 소리를 내며 웃었다.

" 몸은 좀 어떠냐?"
" 말혀 모혀, 죽다 살었지."

며칠 전의 내기는 승패를 가리기도 전에 무산되었다.

" 그러니까 내가 블록챗으로 미리 말했잖냐. 쎄하다고."
" 하…. 브로의 말을 무시한 내 죄여…. 그려….."

호키가 말했던 시간 제약에서 무려 5분이나 일찍 튀어나왔던 댄은 약속된 시간이 한참 지나도록 블록챗에서조차 깜깜무소식인 호키에 그가 있을 객실을 찾아 막무가내로 문을 부수고 들어갔다.

' 엄마얏!!!!'

케이트라는 여자를 처음 본 순간부터 지울 수 없었던 묘한 기시감을 결코 무시할 수 없었기 때문이었다.

' Fuxx!! 너 죽고 싶냐?'

자칫 큰 범죄에 노출될 뻔했던 호키는 기적 같은 댄의 등장과 함께 구사일생으로 다행히 큰 변은 당하지 않았지만, 이미 체내에 흡수된 브레인 틱엔 그대로 당할 수밖에 없었다.

'액상용 브레인틱…? 너 이거 어디서 났냐?'
'그… 그게… 저, 전 몰라요! 누가 부탁을 했어요!'

케이트의 긴 머리채를 휘어잡은 댄이 최근 말로만 듣던 액상용 브레인 틱의 실체를 가만히 들여다보며 물었다.

'누가? 이 자리에서 죽고 싶지 않으면 거짓 없이 말하는 게 좋을 거다.'
'저, 저도 잘 몰라요! 하지만 진짜예요! 성공만 하면 잼을 왕창 준다기 에 응한 것뿐이라구요….'

여자는 속옷만 걸친 헐벗은 몰골로 온몸을 덜덜 떨며 댄에 하소연하듯 대답했다.

'너 이거 살인죄인 건 알고 있는 거냐? 군검찰에 넘겨줄까? 마침 내가 잘 아는 놈이 윗대가리인데?'
'자, 잘못했어요!! 전 정말 거기까진 생각도 못 했어요!'

그사이 댄과 안면이 있는 호텔 관리자가 고스트 시큐리티를 잔뜩 달고 나타났다.

'오랜만에 뵙습니다. 텐 님!! 아니 이게 대체 다 무슨 일이랍니까?!!'
'참 일찍도 왔군.'
'하하하! 그렇죠? 텐 님 일이라 제가 눈썹 휘날리게 달려왔습니다!'

'칭찬이 아닐 텐데.'

관리자의 등장과 함께 을씨년스러웠던 룸 안의 공기가 금세 소란으로 가득 차올랐다.

'어휴…. 그나저나 그런 일 당하신 지 얼마나 되었다고 또!! 제가 잘 아는 무당집이 있는데, 굿이라도 한 번 하셔야 하는 거 아닙니까? 한두 번도 아니고 이 정도면 삼재이거나 재수가 아주 옴팡 붙은 격인데요?!'

그는 텐의 앞에서 유난히 호들갑을 떨며 객실 안을 분주하게 훑었다.

'이 년이 내 친구한테 액상용 브레인틱을 먹였다. 출시된 지 얼마 되지도 않은 신상 약을 쓴 걸 보니 유통하는 놈들과 긴밀한 관계인 것 같은데. 다른 곳도 아니고 로열 존에서 이런 일이 일어나다니…. 블랙펄도 이젠 망할 때가 온 건가? 굿은 내가 아니라 당신네가 해야겠는데?'

너스레와 난리법석의 콜라보레이션을 동시에 펼치고 있는 관리자를 향해 댄이 빈정거리며 말했다.

'아이고!! 아닙니다. 텐 님!! 그러니까 지금 이 여자가 신성한 로열 존에서 신상 브레인틱을 썼다는 거죠?!'
'아, 아니에요!! 저도 속았다구요!!!'

그의 말이 떨어지기가 무섭게 관리자의 시선이 침대 위에 쓰러져 있는 제이크에게서 케이트를 향해 움직였다.

'적반하장이 따로 없군.'

'전 정말 억울하다구요!!!'

여자는 텐을 향해 두 손을 모아 싹싹 빌어가며 억울함을 호소했지만, 그는 눈 하나 깜짝하지 않았다.

'저년이 계획적으로 여기까지 제이크를 유도했고 브레인틱을 썼다. 이쯤에서 부장한테 넘기는 게 좋을 것 같은데 말이지?'

되레, 관리자를 향해 또 다른 지시 사항을 내리며 브레인틱으로 인해 사경을 헤매고 있는 제이크를 지긋이 응시하고 있었다.

"급한 대로 대처는 했지만 후유증까지 막을 순 없을 거다."

"이, 그려~ 아주 지대로 겪고 있슈."

"대체 그년이 주는 술을 왜 넙죽 받아 마신 거냐?"

댄은 그날 객실에 들어서자마자 침대 아래 나뒹굴고 있던 와인잔과 카펫 위로 절반가량 쏟아져 있던 붉은 액체를 떠올리며 호키에 물었다.

"미쳤다고 나가 스스로 마셨겠슈? 정신없던 와중에 갑자기 주둥이를 들이밀길래 받아줬던 것뿐이여."

뚜둑 소리가 날 정도로 목을 좌우로 꺾은 호키가 대답했다. 그들은 클라이맥스를 향해 게임이 진행 중인 포커판을 멀찍이서 구경 중이었다.

"huh? 그렇다는 건 소량 마셨을 뿐인데도 바로 노출이 되었다는 건데…."

" 그러니까 말이여. 아주 강력혀더라고."

호키는 처음 맛보게 되었던 브레인틱으로 인해 며칠간 사경을 헤맸던 기억을 떠올리며 고개를 절레절레 내저었다. 당췌 그딴 게 왜 좋다고 굳이 찾아서 스스로들 해대는 건지 도무지 이해가 되질 않았다.

" 그년은 어찌 됐슈?"

" 레오한테 넘겼다. 나한테 진 빚도 있는데 먹잇감까지 물어다 줬으니 깔끔하게 처리해 줘야지."

" 맴 같아서는 몇 대 패주고 싶은디…. 여자니께 잡아 팰 수도 없고 말이여…."

" 남자다."

케이트 개 남자던데, 아바타도 훔친 거였고. 심드렁한 댄의 말에 호키의 얼굴이 삽시간에 딱딱하게 굳었다.

" 시방… 나 그럼 남자랑 키스 한 겨?"

" 어. 좋았냐?"

사색이 된 호키를 보며 댄이 짓궂은 표정으로 한바탕 웃음을 쏟아냈다.

" 여튼 이번 건은 무효로 해주마."

" 거 참 눈물 나게 고맙구먼…."

그렇게 오래간 치열하게 주고받았던 그들의 내기는 호키의 브레인틱

사건을 끝으로 대단원의 막을 내렸다.

"대신 부탁이 하나 있다."

그사이 앞전에 진행되고 있던, 팽팽했던 포커 게임이 모두 끝이 났다. 호키와 댄은 새롭게 세팅된 포커 테이블을 향해 자연스럽게 걸음을 옮겼다.

"뭐여…? 이런 날강도 같은 넘을 봤나?!"

동시에 사담으로 주고받던 대화가 멈추고 대신 블록챗이 활성화되었다.

[승패는 어떡할까?]
[그때 잠깐 혀다 말았던 건 뭐뗘?]

사실, 블랙펄의 모든 포커 장에선 플레이어로 참여하는 동안엔 어떠한 메신저도 주고받을 수 없었다. 하지만 그들에겐 추적이 불가능한 블록챗이 있었다.

"텐아~ 오늘은 내가 이겨주마~"

게임이 시작되면 블록챗에선 분주한 핑퐁이 오갔다.

"워워, 어림도 없는 소리."

딜러와 연이 있는 호키가 그 자리에서 딜러로부터 얻은 패의 정보를 댄에게 넘기면 그가 나올 수 있는 모든 경우의 수를 계산하여 정보를 나누었다.

" 허허, 며칠 쉬었더니 운빨이 좋네."
" 어이, 브로~ 그러나 큰코다친다?"

더불어 미리 짜놓은 승률의 순서에 맞게 게임의 승패를 거머쥐었다. 그리고 오늘은 제이크의 날이었다.

" 여어~ 텐, 발릴 준비나 해두라고."

승패율은 각자 주어진 차례에 따라 마구잡이로 정해졌다.

" 와우? 도발하네?"

여기서 누구든 승으로 판돈을 갖는 자는 딜러에게 20%의 커미션을 떼어주고 나머지는 깔끔하게 반으로 나눠 가졌다. 어떨 땐 일부러 패를 연달아 맞으며 다른 플레이어들의 의심을 잠재웠다. 꼬리를 들키지 않기 위한 전략이었다.

[브로, 버건디 정장 입은 놈 조심해야겠다.]
[이~ 안그려도 눈빛이 하도 살벌혀서 사리고 있슈~ 그나저나 슬슬 시작혀도 될 것 같은디?]
패를 맞는 행위는 대부분 내기로 결정됐는데, 이는 그때의 기분에 따라 여러 가지 형태로 정해졌다.

' 어이~ 거벅이 브로~'
' 허허…. 간발의 차이로 내가 졌구먼?'

그중 하나가 술자리에서 꼬신 여성들을 호텔 룸까지 데려가 그들이 샤워를 하러 간 사이에 하룻밤을 측정한 돈을 두고 튀는 것이었고, 그들 사이에선 제일 흥미롭게 진행됐던 게임이었다.

' 그 여자 만만치 않아 보이던데, 잘 빠져나왔네?'
' 말혀 뭐혀. 무서버 뒤져뿔 뻔 했쓰야'

서로가 정해놓은 시간 안에 만나기로 한 장소에 먼저 나와 있는 자가 이기는 얄궂은 게임은 보통 삼세판이 한 세트였다. 하지만 호키의 브레인틱 사건 이후로는 암묵적으로 파투가 났다.

[뭐여~ 테트리스를 처음 해보는 겨?]
[huh? 브로 이건 대체 언제 적 게임이냐?]

그 이후 새롭게 제안된 내기는, 실제로 포커 게임이 시작되면 블록챗으로 또 다른 게임을 동시에 진행하는 것이었다.

[이러니께 성님 소린 내가 들어야 혀는 거여~]
[반박 불가네. 와…. 이 정도면 레트로 쪽에서도 조상님 수준인데?]

블록책 안팎으로 두 게임이 함께 진행되기 때문에 포커페이스는 필수였으며, 그만큼 고도의 집중력이 요구되었다.

"포카드! 3번 플레이어 승! 제이크 님 축하드립니다!!"
"하하. 초반에 빅슬릭으로 아슬했던지라 포기하고 있었는데, 오늘도 운이 좋았군요."

딜러의 손에 의해 패가 오픈되자 제이크는 테이블 가운데로 마지막 남은 카드를 던지며 자리에서 일어섰다.

"자, 다들 수고 많으셨습니다. 오늘 이 테이블에서 주문한 술들은 제가 전부 사겠습니다. 그럼, 다음에 또 봅시다!"

그는 시가를 걸친 손에 온더락 잔을 거머쥔 채 거액의 판돈을 잃고 망연자실한 표정으로 앉아 있는 플레이어들을 향해 가볍게 건배사를 외쳤다.

"허?! 그것 좀 이겼다고 잘난 척은."
"여어~ 신 사장님 오늘 게임이 잘 안 풀리셨나 봅니다?"

그러자 평소 제이크를 견제하던 한 사내가 잔뜩 일그러진 얼굴을 부러 드러내며 시비를 걸어왔다.

"매번 당신이 다 이겨 먹는데 재미가 있을 리가 있나!"
"허허…. 칭찬도 참. 제가 언제 매번 이겼다고 이러십니까~"

붉은 정장을 차려입은 사내에게 가까이 다가간 호키는 제이크의 가면을 쓴 얼굴로 신사답게 대응했다. 물론, 머릿속은 점잖은 표정과는 다르게 어떻게 되갚아줄지 분주하게 움직이고 있었다.

" 텐, 바빠요?"

한편, 블랙 다이아몬드 존의 로비를 거닐던 댄의 등 뒤로 어딘가 익숙한 목소리가 그를 붙잡았다. 얼마 전 호키와의 내기판에 휘말렸던 여자였다.

" 뭐지?"
" 잠깐 얘기 좀 해요."

해코지라도 부릴까 싶어 슬쩍 몸을 뒤로 물린 댄의 앞으로 말쑥한 차림새의 여자가 다가섰다. 티끌 하나 없이 맑은, 올곧은 눈동자가 그를 향했다. 마주한 여자에게서 어딘가 묘하게 익숙한 느낌이 스쳐 갔다.

" 여기서 얘기해."
" 괜찮겠어요?"

뻔뻔할 정도로 차가운 댄의 태도에도 여자는 눈 하나 깜짝하지 않고 오히려 태연했다.

" 신박한 협박이네."

댄은 그런 여자의 태도가 또 다른 이유로 불편하게 느껴졌다.

" 협박이 아니라 배려겠죠."
" 피곤하네."

그녀를 보자 멍청할 정도로 착해빠진 녀석 하나가 생각났기 때문이었다.

" 텐. 보는 눈이 많아요. 제가 잠시 빌려둔 객실이 있어요. 안전하게 그
곳으로 가서 얘기해요."
" 내가 널 뭘 믿고?"

기억을 떠올리는 것만으로도 저도 모르게 얼굴이 찌푸려졌다.

" 당신 뒤에 있는 여자가 계속 쳐다보고 있어요. 지금이라도 이동하면
서 얘기하는 게 낫지 않겠어요?"

여자의 도발에 댄의 눈썹이 크게 포물선을 그리며 꿈틀렸다. 날카롭게
치켜진 그의 눈동자가 여자의 얼굴을 뚫어버릴 듯 응시했다.

" 소문에 민감한 편이 아니라서 유감이군."
" 복수하려는 게 아니에요. 믿어주세요."

이윽고 수 초간의 정적 끝에 그가 고개를 비스듬히 꺾으며 탄성이 섞인
헛웃음을 뱉어냈다.

" 거짓이면 곱게 넘어가지 않아."
" 마음대로 하세요."

말이 끝나기가 무섭게 그의 손이 거칠게 여자의 손목을 붙들었다.
" 몇 호실이냐?"

예고도 없이 벌어진 상황에 여자는 잠시 당황한 표정을 지었지만 물러
서진 않았다.

"19508호요."

그녀의 담담한 대답을 끝으로 여자의 가는 팔을 움켜쥔 그의 발걸음이 성급한 보폭을 그리며 호텔로 이어지는 입구를 향했다.

"그래서 하고 싶은 말이 뭐지?"

195층으로 이동하는 엘리베이터에 올라타자마자 댄이 얼음처럼 굳어 있는 여자에게 물었다. 그러자 여자는 이제껏 보인 긴장했던 모습을 버린 채 제법 강단 있는 태도로 대답했다.

"저랑 자요."
"뭐?"

그 사이 도착한 엘리베이터가 멈추고 문이 열렸다.

"이번엔 진짜로 저랑 자요."

하지만 이번엔 댄이 아니라 여자가 그에게 붙들린 자신의 팔을 재촉하듯 끌어당기며 먼저 앞장섰다.

"허…?"
"협박 아니고 부탁이에요…."

댄보다는 좁은 보폭이었지만 여자의 걸음은 벌써 목적지를 지척에 두고 있었다.

" 알만한 사람들은 다 알아요. 당신들 수법이요. 돈으로 소문을 막을 수 있을 것 같나요? 그것도 여성들을 상대로요. 천만에요."

실랑이를 하듯 오가는 짧은 대화 끝에 객실 앞에 도착한 여자가 서둘러 카드키를 꽂아 재빨리 문을 열어젖히며 말했다.

" 그래서?"
" 대신 막아드릴게요. 소문이요."

여전히 의심을 품고 있는 댄의 말을 가차 없이 끊어버린 그녀가 미덥지 못한 표정으로 서 있는 그를 룸 안으로 끌어당겼다.

" 그러니까 딜이든 뭐든 일단 들어가서 얘기해요."
" 거래를 하자고…?"

객실의 문이 자동으로 잠기는 소리와 함께 여자는 기어코 댄을 끌고 객실의 침실까지 들어왔다. 그리고 그에게 붙들렸던 손목을 자연스럽게 풀어내더니 스스럼없이 입고 있던 옷가지들을 하나하나 벗어내기 시작했다.

" 지금 뭐 하는 거지?"
" 옷 벗잖아요."

댄의 시선이 여자를 자연스럽게 쫓았다. 그녀가 상의를 완전히 벗겨내자 속살이 훤히 비치는 시스루 소재의 속옷에 풍만한 젖가슴이 그대로 노출되어 금세 헐벗은 차림새가 되었다.

"누가 너랑 자준대?"

"그래서 이러는 거잖아요."

그 순간 댄은 일순 목구멍까지 차올랐던 욕지기를 겨우 씹어 삼켜내야
했다.

"됐고. 원하는 걸 말해."

"말했잖아요. 그쪽이랑 자고 싶다고요!"

그리고 뻔뻔할 정도로 당당한 여자를 어이가 없다는 눈으로 쳐다봤다.

"장난치지 말고."

"지금 제가 장난하는 걸로 보여요?!"

속옷만 남기곤 입고 있던 옷가지를 모두 벗어낸 여자가 발갛게 물든 얼
굴로 반박하듯 소리쳤다.

"이렇게까지 해서 네가 얻을 수 있는 게 뭔데?"

그 모습에 어디까지가 쇼인지 구경이나 해보자는 심산으로 팔짱을 낀
채 그 광경을 쭉 지켜보던 댄이 뻐근하게 욱신거리는 뒷목을 잡았다.

"첫 경험이요."

"뭐?!"

그 순간 댄은 벙쩌 잠시 멈칫했을 만큼 여자의 대답은 기가 막힐 정도

로 어이가 없었다.

" 이왕 경험할 거. 좋아하는 사람이랑 하고 싶어서요."

무슨 대단한 이유라도 있는 것처럼 나타나 비장하게 굴었던 그녀의 모든 행동들이 무색했을 정도였다.

" 말이 되는 소릴…."
" 말은 돼요. 그리고 제 마음이기도 하구요."

그녀의 태도에 불쑥 또 녀석이 떠올랐다. 제 주변에서 이 정도로 멍청하게 구는 존재는 녀석이 가장 유일했으니까. 그러자 순식간에 기분이 바닥을 쳤다.

" 하…. 이봐, 처녀는 상대하지 않아."
" 왜요?!"

맑은 눈동자로 상황과 어울리지 않게 억울함을 호소하듯 고집을 내세우는 모습마저 똑같았다.

" 그런 건 다른데 가서 알아봐."
" 시, 싫어요!! 텐이 아니면 의미가 없단 말이에요!!"

녀석만큼이나 뻔뻔한 얼굴로 박박 우겨대는 여자의 얼굴을 보며 댄은 진절머리가 났다.

"대체 왜 그딴 거에 의미를 두는 건데?"

"중요하니까요!!!"

그나마 녀석은 로봇이라 그럴 수 있다 쳐도 여자는 인간이었다. 인간이라 더 멍청한 건지 별의별 생각이 다 들 정도였다.

"그러니까 뭐가."

그러다 문득, 궁금했다.

"제 마음이요."

"마음?"

일순간 댄은 손도 쓸 새 없이 번져오는 황당함을 감출 수 없었다.

"남들이 뭐라든 말든, 전 제 마음이 중요하거든요."

여자의 말은 한없이 가볍게 느껴졌다가도 어딘가 모르게 무거워 선뜻 무어라 타박할 수도, 그렇다고 수긍할 수도 없었다. 마음보단 머리가 중요한 댄이라 더 그랬을지도 몰랐다.

"네. 저 완전 F예요. 그러니까 뭐라 하지 마세요. 이걸로 발목 안 잡을 거구요. 앞서 말했다시피 소문도 잠재워 드릴 수 있어요. 약속 꼭 지킨다는 뜻이에요."

자신의 감정에 치우쳐 두서없이 주절거리는 여자를 보며 댄이 고개를 저으며 물었다.

" F? 뜬금없이 뭔 소리야?"
" MBTI요! 댄은 완전 극 T죠?!"

여자의 발언이 떨어지자 댄은 일전에 그녀를 다른 인간들에 비해 비교적 성숙하다고 판단했던 자신이 한심하게 느껴졌다.

" 허…?"
" 뭐…. 그런 모습에 반한 것도 없진 않지만, 자꾸 그렇게 한심하다는 눈빛으로 보면 저 상처 받아요."

하지만 그것도 잠시, 생각지도 못했던 여자의 도발이 펼쳐지면서 머릿속에서 혼동으로 뒤섞였던 잡한 생각들이 모두 정지되었다.

" 당신한텐 아무것도 아니잖아요."

순식간에 일어난 일이었다.

" 아주 제 멋대로네."

잠시 팔짱을 풀고 있던 찰나에 냉큼 달려든 여자는 제 몸을 가리고 있던 속옷까지 직접 풀러내며 댄에게 진한 스킨십을 시도했다.

" 이러지 않으면 봐주지도 않을 테니까요."
" 네가 나에 대해 뭘 안다고. 멋대로 넘겨짚지마."

아무런 미동도 없이 눈살을 찌푸린 댄에 그녀는 기어이 그의 목을 두

팔로 감싸안아 매달리듯 끌어안았다.

"그럴게요. 그러니까 지금은 나 좀 봐줘요."

일순 갑작스런 반동에 의해 댄의 고개가 앞으로 기울길 순식간에 여자
의 입술이 그의 입술에 닿았다.

댄

달
  칵

객실의 문이 열렸다. 그 뒤로 모자를 푹 눌러쓴 댄이 주변을 천천히 살피며 몸을 움직였다. 그리고 잽싸게 코너를 돌아 복도 끝에 위치한 비상구까지 한달음에 달려가 문을 열었다.

[어이 호키, 나다.]

전방이 CCTV로 둘러싸인 블랙펄의 감시망을 피해 움직일 수 있는 시간은 겨우 40분.

[이, 성공혔냐…?]

먼저 퀸시의 몸뚱이를 다른 장소에 숨겨야 했다. 댄은 그녀의 아바타를 구겨 넣은 캐리어를 들고 서둘러 비상구의 맨 꼭대기 층을 향해 이동했다.

[Yup.]
[뭐여…. 니 참말루 괜찮은겨…?]

급한 대로 이 녀석의 아바타는 비상구에서 옥상으로 연결된 중앙 전력 시스템실에 넣어 둘 생각이었다.

[갸는?]
[중앙 전력 시스템실에···.]

원래대로라면, 계획에는 없었어야 할 순서였다.

[에휴···. 그리 맴이 부숭혀서 우째 복수를 헌다꼬···.]
[대신 캐리어에 담았다. 엿 좀 먹으라고.]

여기엔 중앙 컴퓨터 시스템의 CPU와 메인보드의 가열 방지를 위한 쿨링 프로펠러가 설치되어 있어 항시 낮은 온도를 유지하고 있었기에, 홈그라운드로 복귀하지 못한 아바타가 과열 상태로 용해되는 불상사로부터 그나마 안전할 수 있는 곳이었다.

[이구, 뭐···. 아새끼 솜방맹긴 헌디···. 거 지집년 아바타가 꼬개꼬개 꾸겨지믄 좀 피곤허긴 하것어~]
[어. 메이크업으로 가린다 해도 쉽진 않을 거다. 쭈글쭈글해져서 늙은이처럼 보일지도.]

대답을 끝으로 시스템실 문에 기대어 있던 댄이 그대로 미끄러지듯 바닥에 털썩 주저앉았다.

[여튼 댄아! 혹시나 혀서 허는 말인디, 니 즐대 잘못 읎댜! 가구읎는 자책일랑 하덜 말어!]

[땡큐 호키! 마무리 부탁한다.]

기세 당당한 대답과는 다르게 댄의 미세하게 떨려오는 손끝은 진정될 기미를 보이지 않았다.

[그류. 얼릉 퍼뜩 털구 인나슈!]
[큭⋯. 귀신이네.]

호키의 핀잔 섞인 음성에 서둘러 몸을 일으킨 댄은 등지고 있던 시스템 실 앞에서 다시 발목이 붙들렸다.

' 너 진짜!! 왜 나한테만 못되게 구는 건데?'

이럴 땐 괜히 쓸데없이 생생한 기억장치의 기능이 원망스러웠다. 거의 로봇에 가까운 하프노이드의 두뇌는 스스로 잠금장치를 채워 기억을 덮어둘 순 있어도 인간들과 같이 본인이 원하든 원치 않든 자연스럽게 잊을 수 있는 망각의 기능이 없었다.

' 내가 그렇게 싫어?!'
' Huh⋯?'

닭똥 같은 눈물을 뚝뚝 흘리며 서럽게 울어 젖히던 얼굴에 이어 당시의 상황과 기분이 범벅되어 하루 종일 녀석의 눈치를 봤던 기억이 선명하게 재생됐다. 강제로 뮤트 버튼을 누르려던 찰나 무작위로 펼쳐지는 기억의 파노라마에 꼼짝없이 붙들렸다.

'댄 미워! 진짜 싫어!!!'
'그렇게 싫었냐? 미안하다.'

소리를 꽥 질러오는 퀸시에 댄이 두 손을 들고 항복을 외치며 별생각
없이 뱉어냈던 말이었다.

'앞으론 안 괴롭힌다. 그리고 이 시간 이후부터는 아는 척도 하지 않으
마. 됐냐?'

말이 끝나기가 무섭게 퀸시의 눈물이 뚝 멈췄다. 이윽고 수 초간 잠시
커다래졌던 눈이 다시 와르르 일그러지길, 별안간 세상이 떠나가라 목청
껏 울어 젖혔다.

'이… 이…!! 나쁜 놈아!!! 으허어어엉'

얘가 대체 왜 이러나 싶었다. 뭘 원하는 건지, 또 어쩌라는 건지도 모르
겠고 그저 피곤했다.

'What the!! 이래도 싫고 저래도 싫은 거면 뭘 어쩌자는 건데…?'

성질머리 고약하기로 유명했던 여자애가 자신한테만 유독 말랑거리는
것도 이상했는데 뭐만 했다 하면 울고불고 떼를 써서 웬만해선 상대하고
싶지 않았다.

'댄은 진짜 멍텅구리야!!!!'

그럼에도 불구하고 지금에 와서 되짚어 보면 꼭 나쁜 기억들만 있던 것은 아니었다. 돌이켜 보면 조금 안타까운 마음이었다. 그 조그마한 꼬맹이가 결국 내가 좋다는 마음을 그렇게 표현했던 건데, 받아주기는커녕 알아주지도 않았으니…. 물론, 이런 감정까지 굳이 정으로 쳐준다면 말이다.

'어어. 그렇다 치고, 이제 그만 가봐도 되겠냐?'

그렇다고 해서 녀석의 행동을 전부 다 이해한다는 뜻은 아니다. 용서라는 마음도 어느 정도 허용할 수 있는 범주가 분명히 존재하는 법이었으니까. 그럼에도 불구하고 사사로운 기억들에 머릿속이 복잡했다.

'미워 진짜!!!! 흐아아아앙!!!!'
'shitt…. 피곤하네.'

댄은 신경질적으로 머리칼을 헝클어뜨리며 거칠게 마른세수를 했다. 아무리 그렇다 한들 왜 하필 상대가 퀸시여야 하는지 도무지 이 모든 상황이 믿기질 않았다.

[댄! 이 눔이 시방 뒈졌나 벼!! 야는 이럴 때 보믄 참 거덜이여!! 도통 개갈안나!!]
[흠….]

벌을 받는 기분이 들었다.

[일변 내가 다시 알어는 보겄는디…. 그러지 말구 댄아! 걍 쫌만 더 지둘려 보는 건 워뗘?]

[시간이 얼마 없다 호키.]

마치 기다렸다는 듯이 이때다 하고. 망각의 삼대 죄악이라 불리는 방심을 세 번이나 했더니 돌아오는 결괏값은 천재지변이나 다름없는 막대한 수준의 균열이었다.

[오츠케…. 안 되겠쥬?]
[하….]

댄의 입에서 깊은 한숨이 흘러나왔다. 이대로 마냥 시간을 허투루 쓸 순 없었다. 하지만 몸 상태가 퍽 좋지 않았다. 동력 장치 센서를 꺼둔 상태에서 인간의 몸 상태로 매우 무리를 한 탓이었다. 악재가 겹칠 대로 겹친 상황이었다.

[호키. 주소 보내라!]
[뭐여?! 니 설마….]

하지만 그 누구의 책임도 아니었다.

[내가 직접 움직인다.]

이 모든 사태는 결국, 스스로의 방심에서 시작된 것이니 과연 누구를 탓할 수 있을까. 한숨을 짧게 뱉어낸 댄은 계단을 향해 힘겹게 발길을 돌렸다.

[이?! 니가 직접? 괜찮겠냐? 흐미…. 이를 워칙헌다냐!]

[Yup! 괜찮다 호키. 걱정 마라.]

비상구 문을 열고 복도로 나온 댄은 주위를 슥 둘러보며 서둘러 객실로 이동했다.

[니 아직 충전두 안 멫고 맥두 달랑달랑 헌디…. 우츠케 걱정을 안 허냐!!]
[No worries. 아직 멀쩡하다.]

블랙펄의 감시망을 피할 수 있는 시간은 앞으로 30분. 다음 행보에 이어 계획에 없던 장소까지 가려면 급히 서둘러야 했다. 더군다나 완벽한 알리바이를 위해선 당장 호텔 측의 시큐리티에 등록된 차를 끌고 나갈 수도 없었다.

[암만 혀도 안 되것슈! 걍 나가 직접 움직일랑께! 아니, 그 짝에 니를 우찌 혼자 보내냐!!]

하필 몸 상태가 최악일 때 이런 상황이 벌어지다니…. 대상을 알 수 없는 욕지거리가 절로 새어 나왔다.

[그건 안돼. 너까지 위험에 빠뜨릴 순 없다.]

이러니 머릿속이 희망과 체념으로 엎치락뒤치락 난장판이 따로 없었다. 하지만 최대한 이성적인 판단을 앞세워야 했다. 적어도 지금만큼은 현실을 직시해야 했으니까.

[니 시방 상태가 말이 아닌디 말여…. 돌겠구먼!]
[전혀. 괜찮다 호키. 고맙다.]

호키가 걱정이 가득 담긴 목소리로 댄에 당부를 고했다. 인간치고는 꽤 큰 키에 근육질의 몸을 가진 녀석은 가만 보면 답지 않게 마시멜로같이 말랑말랑하기 그지없는 속내를 가진 놈이었다.

[이?! 뚜 선 긋눈겨? 고멥긴 개풀? 퉁세 빠진 소리 그만혀!]
[진심이다. 선 긋는 게 아니라.]

불과 몇 시간 전, 메인 동력 장치를 전부 꺼버린 상태에서 순수 인간의 몸이 된 나는 장시간 들고 있기엔 제법 무거운 하드 케이스를 안고 꽤나 먼 거리를 직접 걸어서 움직여야 했다. 정부의 감시망으로부터 잠시 눈을 피해야 했기에 어쩔 수 없이 선택한 방법이었다.

[워미! 거 참 개갈 안 나네….]

레나가 그렇게 당한 이후, 놈들이 그 배후를 찾기 위해 전류가 흐르는 AI 장치의 고유 서버마다 무작위로 접속을 시도해 강제 단속을 시행하기 시작한 탓이었다. 사건이 터지기 전, 랩이 마지막으로 남긴 정보에 의해서 알게 된 사실이었다. 만약 이조차 확인하지 않고 무시했더라면 아마나 또한 무사하지 못했을 것이다. 하지만 아무리 생각해도 이상했다.

[차라리 잘 됐다. 좋게 생각하자 호키.]

그 뒤로 연락이 끊긴 랩과 사냥터에 나간 이후부터 종일 감감무소식이었던 잭…. 생각이 거기까지 미치자 아무래도 아지트 또한 무사하지 못할 것 같다는 불길한 예감이 스쳤다. 더군다나 최근 행동이 묘연했던 에네스를 생각해 보면 느낌이 별로 좋지 않았다. 그 길로 나는 무작정 호키에게 연락을 했다.

[으휴…. 내는 천상 시절텡이 노릇이나 해쓰야겠구먼~]

현실에서 이런 식으로 불시에 연락했던 것은 처음이라 기대도 하지 않았는데, 다행히 우려와는 다르게 바로 연락이 닿았다. 그렇게 겨우 호키의 샵에 도착했을 땐, 난 이미 초주검이 되어 있었다.

' 내, 냉동실…. 냉동실 호키….'

보통을 넘어선 체격을 순수 인간의 힘으로만 움직이기에는 확실히 무리가 따랐다. 더군다나 꽤나 오랜만에 GPS 기능과 오토 기능도 없이 수동으로 차까지 끌었으니 에너지가 바닥까지 고갈된 상태였다.

' 뭐여!!! 이눔아 이기 다 뭔 일인겨!!!'

사실, 단순히 순수 인간의 몸이었던 것만이 문제가 아니었다. 평소 보통의 인간들과는 달리 히프나틱을 매번 줄담배 하듯 연달아 주입했기에 신체가 완전히 망가져 버렸을 확률이 높았다. 여기에 안티 아피스와 히프나틱의 충돌로 인한 부작용에 그대로 노출되어 평소엔 미미할 정도로만 느꼈던 두통이 로봇 기능이 꺼지자 더욱 증폭된 것이었다. 결국, 자업자득이었다.

'레나….'
'이리 줘! 일변 얼굴릴 곳은 사그리 준비혀 놨다!'

하지만 더 큰 난관은 지금부터였다. 여기서 다시 메인 동력장치를 가동한다 해도 이전의 상태로 되돌리기 위해선 적어도 반나절 이상의 시간이 필요했다. 어느 정도 각오는 하고 있었지만, 생각 이상으로 상황이 썩 좋지 않았다.

'레나 뇌… 가….'
'알았응게! 얼릉 줘! 내가 혀 내가!!!'

그리고 난 냉동실의 문이 닫히자마자 호키에게 히프나틱을 빌려 달라고 했다. 그랬더니 녀석이 기겁을 한 눈으로 나를 뜯어말렸다.

'뭐여?!!! 니 시방 여서 히프나틱까지 맞었다간 걍 요단강 가는 겨!!! 억패 부리지 말구 충전혀고 가! 복수던 뭐던 내랑 둘이 혀! 이?! 제발, 성아! 이 아우 말 좀 들으소!! 흐미…. 성님아 댄아!! 오째 애떼기가 소대구린겨….'

그럼에도 뜻을 굽히지 않자 녀석이 결국 눈물을 터트렸다. 다 큰 사내 녀석이 얼굴을 잔뜩 구겨가며 오열을 하고 울어 젖히는데…. 그냥 웃음이 났다. 이유도 참 단순했다.

'크크크크크큭…!'
'뭐여…. 니 참말로 미친겨? 이를 워째….'

바로, 놈의 이마 위에 새겨진 문신 때문이었다. 호키의 제 삼의 눈동자가 미간을 찌푸릴 때마다 종잇장처럼 나풀거리는데…. 그것도 하필 눈깔 하나를 이마 정중앙에 새겨 넣는 바람에 그 모습이 어찌나 웃기던지…. 지금도 생각만 하면 웃음이 터졌다.

' 푸하하하하…!!'
' 야가 야가 진즉에 골루 갔구먼….'

일순간 나를 에워쌌던 긴장감들이 거짓말처럼 모든 자취를 감췄다. 이에 다시 솟아난 소량의 엔돌핀이 막대한 양의 좌절감으로부터 진창으로 빠져 허우적거리고 있던 나에게 생각지도 못한 작은 소생의 씨앗을 내밀었다.

' 진심으로 고맙다 호키.'
' 워미? 워째 네가 고맙다는 말을 다혀고…. 레나 갸가 놈팽이 하나룰 지대루 잡아 부렸구먼….'

가만히 생각해 보니, 나는 단 한 번도 혼자였던 적이 없었다. 그 중요한 사실을 왜 하필 지금에서야 깨달았을까. 똑똑한 척은 지 혼자 다 하고 살았으면서.

[호키, 만약 나한테 문제가 생긴다면, 그땐 뒷일을 부탁한다. 원격으로 가능할진 모르겠지만 코드칩 이미지를 그대로 보내겠다. 그리고 성공하게 되면… 지금 보내는 메일을 블록챗 안에서 보내주면 된다.]

이제부터가 본격적인 복수의 시작이었다.

[뭐여?! 내가 진즉부텀 아스라구 했잖여!! 내 불안혀서 디지겄다….]
[워워, 호키. 만약을 말하는 거다. 침착해라.]

지금부터는 지체 없이 퀸시의 아바타에서 뽑아낸 코드칩에 락을 걸어야 했다. 정확하게 말하자면, 그녀의 코드칩에 삽입된 고유번호를 교란시켜 퀸시의 정신을 메타 안에 가두는 행위였다.

[연결하시겠습니까?]

다시 객실로 돌아온 댄은 준비해 둔 태블릿에 퀸시의 코드칩을 꽂고 브레인틱을 연결했다. 퀸시의 코드칩에 락을 건 이후, 놈들과 딜을 위해 필요한 작업이었다.

[YES]

물론 정신 마약에 해당하는 브레인틱에 노출된다면 다시 정신을 차렸을 때, 그 후유증이 남긴 대미지의 여파는 매우 치명적일 것이다.

[접속이 완료되었습니다.]

하지만 어떤 식으로든 놈들을 자극하고 시간을 벌기 위해선 당장 이 방법만이 최선이었다. 특히나 내가 갖고 있는 이 브레인틱은 개중에서도 최상의 하드코어 등급에 속했다.

[NEXT]

일순 댄의 손가락이 허공 위에서 멈칫했다.

[수락을 요청합니다.]

이런 짓까진 하고 싶진 않았는데…. 죄책감에 시달릴 시간 따위도 없다는 걸 분명 잘 알고 있으면서도 행동이 빠릿하게 따라주질 않았다. 당장 YES 버튼만 눌러주면 끝이었는데 왜인지 아무것도 할 수 없었다.

[수락을 요청합니다. 1 2 3….]

카운트로 넘어간 화면을 보던 댄이 황급히 몸을 일으켰다. 도저히 맨정신으로는 불가능한 일이었다. 그는 미니바로 이동하는 와중에도 제 머리칼을 잔뜩 쥐어뜯으며 자책이 담긴 혼잣말을 조용히 뇌까렸다.

Fuxx!! 제발 독하게 좀 살자! 이 머저리 새끼야….

퀸시의 코드칩에 브레인틱을 심어두면 락을 걸어둔 상태에서도 고문은 통했다. 그리고 무엇보다 락을 걸어두기 이전까지 목숨 또한 살려둘 수 있었다. 그러나 문제는 그 이후였다.

[오티기 일은 잘 되가남?]
[아직.]

그녀의 코드칩에 심어져 있는 고유번호에 락을 거는 순간 본체 안에 이식된 코드칩과 연동이 끊기게 된다. 즉, 메인 서버의 IP 경로와 어긋나게 되는 것이다. 그렇게 일정 시간이 지나도록 경로가 일치하지 않는다면 녀석의 정신은 영영 제자리로 돌아갈 수 없게 될 것이다.

[걍 내가 혀까? 원격두 가능 헌디….]
[안돼.]

이것이 바로, 코드칩에 락을 걸어 육체를 깡통으로 만드는 일종의 디지
털 살인 행위였다.

[아니, 왜유? 내는 당최 이유를 몰것구먼…?]

우리는 이 범죄를 가리켜 캔머더라고 불렀다.

[이건 범죄다 호키.]

그리고 이 범죄엔 항시 브레인틱이 사용되었다.

[흐미…. 새 빠진 소리 하고 말고!! 댄아!! 그 눔들이 레나헌테 한 짓덜
을 생각허믄 말여? 이건 암것두 아녀! 확 죽이 삔 것두 아니고 고작 꺼 브
레인틱 하나 거는 기 펫이 범죄라는 거여 시바앙?!]

약물로 된 마약에 찌들어 생을 마감할 때와 비슷한 감각을 주기 때문에
쾌락을 유도하기에 아주 좋은 먹이였고 무엇보다도 범행에 필요한 충분
한 시간을 확보하기엔 이만한 녀석이 없었다.

[너한테 이런 것까지 부탁할 순 없다.]
[뭐래는 겨 시방….]

물론, 코드칩의 IP 경로를 제한된 시간 안에 제 자리로 돌려놓고 현실의 육체 또한 무사하다면 퀸시는 무사할 수 있을 것이다. 걘 인간이 아니었으니까.

[나는 쬐께 괜찮을 거 같은디….]
[내가 싫다.]

하지만 코드칩에 락을 걸기 전후로 이미 정신이 브레인틱에 노출된 상태라면 그것조차 완전히 온전할 수 있다는 보장은 없었다. 이러나저러나 브레인틱 자체에 노출이 되는 순간 보통의 인간이라면 그 후유증이 가장 큰 문제로 작용됐다.

[이이…. 그려…. 나가 또 성님 말이믄 꿈벅 죽잖여….]

여기서 반대로 그녀의 정신이 제시간 안에 현실로 돌아갈 수 없게 된다면, 그녀의 영혼은 실제 없는 허상 안에서 공중분해 되어 이 지구상에서 영원히 사라지게 될 것이었다.

" Shit!! 돌아버리겠네…."

잊어선 안 된다. 놈들이 레나를 죽였다. 그녀의 전부라고 단언할 수 있는, 살아있는 뇌를 시들게 한 것도 모자라 몸통을 박살 내고… 심지어 메모리 카드까지 가져갔다. 댄은 완벽하게 똑같은 방식은 아니더라도 함무라비 법으로 맞서 그대로 되돌려 주고 싶었다. 그렇게 되면 그들 또한 얻게 되는 결과물은 아마 똑같을 것일 테니.

지독한 상실감

가능하다면 배로 돌려주고 싶었다. 게다가 퀸시는 이번이 처음도 아니었다. 그 사실을 처음 알게 되었을 땐…. 도저히 용서할 수가 없었다. 생각해 보면 아주 지독한 인연이 따로 없는 것이다.

[수락을 요청합니다.]

그래서 이왕이면 더욱더 잔인하게 죽여버리고 싶었다. 갈기갈기 찢어발긴다 해도 성에 차지 않았다. 아니, 할 수만 있다면 그 새끼들뿐만이 아니라 이 엿 같은 세상 자체를 부숴버리고 싶었다.

" FUXX!!!!!"

재차 수락을 요청해 오는 시스템 메시지에 댄은 결국 들고 있던 온더락 잔을 힘껏 던져버렸다. 날카로운 유리 파편들이 투명한 별 가루가 되어 공중 위를 흩날렸다. 무엇을 위해 망설이는 건지 스스로에게 되묻고 되물어 봐도 돌아오는 답은 없었다.

' 칫! 댄은 깡패야!!!'

빌어먹을 정도로 아름답게 반짝이는 조각들 사이로 레나의 얼굴이 스쳐 갔다. 그 순간 댄의 몸이 크게 휘청거렸다. 그리고 무릎이 꿇린 채 바닥 위로 털썩 무너져 내렸다.

아아…. 레나…. 이대로 같이 죽어버릴까…?

그렇게 고개를 바닥 위로 처박은 그가 솟구쳐 오르는 울분을 내 짖으며
자괴했다.

'안녕~ 댄~'

심연 속에 깊이 숨겨 두었던 여린 마음이 불현듯 고개를 내밀었다. 그
순간 제멋대로 파노라마처럼 펼쳐지는 기억장치 속에서 레나가 나타났
다.

'나는 레나라고 해~'

벚꽃이 만개하면 레나의 햇살 같은 얼굴에 엷은 미소가 번져왔다. 하지
만 그녀의 미소는 봄이 아닌 꼭 한여름의 쨍한 태양 빛을 닮아 있었다.

'댄은 누나가 싫어?'
'… nope.'

그때마다 어린 댄은 저 맑은 햇살에 치여 흐드러진 벚꽃잎처럼 납작해
진 심장이 어디론가 사정없이 흩날릴 것만 같은 기분에 휩싸였다.

'그럼 같이 산책 갈래?'
'… nope.'

그녀는 내게 있어 언제나 봄이었고 여름이었다. 돌이켜보니 그랬다. 누
군가에 의해 리셋되었던 기억이 다시 돌아온 뒤로 거짓말처럼 죽어있던
모든 기억들이 새록새록 떠올랐다.

'그럼 나랑 같이 아이스크림 먹으러 갈래?'
'… 아이스크림?'

그녀를 보고 있는 나를 보면 지금도 그때처럼 가슴께가 간질거리고 손끝 발끝 마디 하나하나가 열감에 타버릴 듯 홧홧하게 번져가는 느낌이었다. 왜 덮어두고 살았을까…?

'응~ 누나랑 아이스크림 먹으러 가자!'
'… Yup.'

오래전 기억 속에 잠금장치가 걸려있는 걸 뻔히 알면서도 어떻게 단 한 번도 열어볼 시도조차 하지 않았던 걸까…? 그렇게 철두철미한 척은 혼자 다 하는 새끼가….

'꺄! 댄 웃었다!!'
'Huh?! 아니거든?!'

다정한 레나의 목소리가 귓가를 맴돌았다. 아무리 못되게 굴어도 레나는 늘 웃어 보였다. 싫다고 투정을 부리고 마음에 생채기가 날 법한 모진 말들을 잔뜩 퍼부어도 끄떡없는 우직한 소나무처럼 굴었다.

'아닌데~~ 웃었는데~~~'

그래서 어린 댄은 더 못나게 굴었다. 아이는 스스로의 마음이 어떤 상태인지조차 모르고 한결같이 퉁한 표정을 지어 보였지만 그걸 지켜보는 지금의 댄은 이제서야 지난 자신의 모든 행동을 이해할 수 있었다.

' shitt! 아니라고!!!'

개중 제일 중요한 사실을 돌이켜 보면 그녀의 해맑은 목소리에 반응했다는 것이다. 그것이 짜증보단 되레, 포근한 안정감을 먼저 안겨 줬기에 나는 그녀의 맑은 웃음을 사랑하고 있었다.

내 모든 시간 안에 그녀가 있었다.

나는 결코 혼자가 아니었다. 하지만 이 멍청한 녀석은 그녀가 사라진 지금에서야 뒤늦게 그 중요한 사실을 깨닫는다. 후회 따위는 어리석은 인간들이나 하는 경멸스러운 행동이라고 비난했으면서 정작 스스로는 이 말도 안 되는 어리석은 행동들을 스스럼없이 되풀이하고 있었다.

반복하고 반복하며, 모순된 결론을 낳는다.

이래서 나는 인간이 싫었다. 내가 완벽한 로봇이 아닌 것이… 스스로가 인간이란 사실이 늘 경멸스러웠다. 그래서 나를 인정하고 싶지 않았다. 이런 내가 싫었다. 할 수만 있다면, 이대로 사라지고 싶었다. 하지만 또 한편으로는 두 번 다시 그녀를 잃고 싶진 않았다.

죽더라도 함께 갈 수 있는 길을 모색할 것이다.

그것이야말로 지금까지 내가 살아있는 목적이었으니까.

[댄아! 야드 스트릿 41번지여!]

생각을 끝으로 YES 버튼에 힘을 실은 댄이 다시 몸을 일으켰다. 연민에 빠져있을 시간이 없었다. 교란시켜 놓은 CCTV가 원상태로 돌아오기까지 남은 시간은 15분분이었다. 제한된 시간 안에 블랙펄을 벗어나야 한다.

[대근하믄 무리허지 말구 아서!! 이?! 나가 다른 야들한테도 부탁혀 뒀응게.]

호키에게서 연달아 온 메시지들을 확인한 댄이 가방 안에 연식이 오래된 태블릿 패드를 챙겨 넣고는 서둘러 객실 문을 나섰다. 원래는 지금쯤 객실에서 잠시 눈을 붙여야 했다. 아주 잠시라도 무리한 체력을 위한 회복이 필요했는데….

띵

초고속으로 주차장까지 단번에 내려갈 수 있는 엘리베이터에 몸을 태운 댄은 차분히 머리를 굴리며 생각했다. 호키에 의해 미리 알아둔 정보에 의하면 주차장 3층에서 밖으로 나가는 직원 전용 비상문이 있었다. 그 문까지 전력을 다해 질주하면 시간 안에 어떻게든 이 건물을 빠져나갈 수는 있을 것이다. 하지만 그 뒤가 문제였다.

쨱
깍
쨱
깍

7분이 채 남지 않은 시간 동안 타이머가 유난히 커다란 초침 소리를 울려왔다. 댄은 한적한 지하 3층의 공간을 스윽 훑어보고는 매고 있던 가방을 가슴팍으로 가져와 바투 끌어안았다.

[호키! 지금 주차장이다! 경로 부탁한다!!]

허공 위를 유령처럼 유영하고 있는 고스트 시큐리티의 시선을 피해 달리려면 동선이 꽤나 복잡했다.

[오야 댄! 스태프 전용 비상구에서 좌짝으로 첫 문이여! 걸로 가야 모노레일 타는 정거장이 나올 건디 도보로는 오분이믄 충분헐 겨!]

신호를 끝으로 댄은 미리 짜놓은 동선에 맞춰 미친 듯이 달리기 시작했다. 하지만 목적지에 도달하기 전부터 슬슬 토기가 올라왔다. 지금의 체력 상태로는 자칫 재수 없으면 정신까지 잃을 수도 있었다. 현실의 육체가 느끼고 있는 부작용 때문이었다.

[우짝 문이 아니라 좌짝서 첫 문이여! 우쪽 문짝은 걍 쳐다도 보지 말어! 걸로 가믄 일변 무지개다리 건너는 겨!]

직원 전용 비상문이 있는 비상구 안까지 시간 내에 겨우 이동한 댄은 이미 목구멍까지 차오른 욕지기에 머리가 핑핑 도는 기분이었다. 그러니 제대로 된 판단을 할 수 있는 여력 따위는 애당초 티끌만큼도 남아 있지 않은 상태였다.

" 참 빨리도 얘기한다⋯."

여러 개의 갈림길에서 이미 찰나에 선택한 오른쪽 첫 문은, 호키가 신신당부했던 바로 그 위험한 뒷골목으로 통하는 문이었다. 심지어 두꺼운 철제문은 발을 뻗자마자 자비 없이 굳건하게 닫힌 후였다.

Shit!!!

댄은 블랙펄 카지노 건물을 벗어나 샌드 스트릿을 직접 활보하는 것 자체가 오늘이 처음이었다. 이곳에 오는 이유 자체가 늘 블랙펄이 목적이었기 때문이었다. 항상 정해진 경로로 차를 끌고 도로 위를 달리는 것이 전부였기에 이렇게 화려한 건물 뒤로 이런 구질구질한 골목이 있을 거라곤 상상조차 못 했던 악재였다. 사실, 굳이 생각할 필요조차 느끼지 못 했던 쪽이 더 가까웠다.

" 어이 형씨~"

댄은 속절없이 비틀거리는 몸뚱이를 이끌어 겨우 비좁은 골목 어귀의 벽을 짚었다. 두 다리가 휘청거릴 정도로 체력의 한계에 다다를 때쯤이었다.

" 여긴 형씨 같은 사람이 있을 곳이 아닌데?"

이틀 내리 액체 외엔 먹은 것도 없는데 메스꺼움에 구토가 몰릴 것 같았다.

" 어디 불편하신가?"
" 알 거 없잖아."

등골에 오싹한 소름이 오소소 돋아왔다. 얼굴 전체를 마스크로 가리고 있는 무리였다. 말로만 들었던, 메타에서 판을 친다던 무장 강도단 같았다. 애초에 쉴드존에서 마스크를 쓰는 행위는 불법이기 때문이었다.

" 워우, 약이라도 하셨어? 눈깔이 맛탱이가 갔는데?"

식은땀으로 축축해진 머리칼을 쓸어 넘긴 댄이 몸통을 돌려 등으로 벽을 지탱했다. 동시에 입 밖으로 튀어나온 잔뜩 갈라진 목소리가 유난히 날카로웠다.

" 가던 길이나 가."

평상시의 체력이었다면 한주먹거리도 안 될 놈들이었기에 벌써부터 짜증이 이만저만이 아니었다.

" 다 죽어가는 놈이 입만 살아서는."

댄의 날 선 반응에 퍽 기분이 상했는지 줄곧 비아냥거리던 무리 중 한 놈이 턱관절을 으득거리며 성큼 다가왔다. 여전히 시큰둥한 표정으로 벽에 머리를 기대서 있던 댄이 조용히 주먹을 움켜쥐었다.

퍽!

댄의 코앞까지 다가왔던 녀석 하나가 그의 주먹 한 방에 순식간에 나가떨어졌다.

" 으억!!"

놈이 짧은 비명과 함께 더러운 바닥 위를 그대로 뒹굴었다. 그러자 뒤에서 낄낄거리던 다른 녀석이 급히 걸음을 물리며 소리쳤다.

" 이 새끼가!!"
" 죽고 싶지 않으면 꺼져."

댄이 이를 악물며 말했다. 하지만 상대 머릿수는 나가떨어진 놈을 빼고도 세 명. 지금의 체력 상태로는 어떤 방면으로 보아도 자신만 불리해질 상황이었다.

" 얘들아~ 우리 형씨 목적지가 삼도천이시란다~~"
" 오케 오케! 가시는 길 편안하게 모시겠습니다~"

그때, 마지막으로 개소리를 지껄인 한 땅콩만 한 놈이 주머니에서 작은 권총 하나를 꺼냈다. 그는 얼굴 전체를 덮고 있던 마스크를 내리고 비열한 표정을 지어 보이며 댄을 향해 천천히 움직였다.

" 에이스 침대로다가 말이쥥~~~ 인생은 과학이니까용~ 그럼, 부자 형님! 이 미천한 녀석이 천국까지 편안~~~하게 모시겠습니다요오~~~"

이윽고 꽤나 가까운 사정거리 안에서 우뚝 걸음을 멈춘 땅콩 놈이 방아쇠에 손가락 하나를 걸쳐 놓고는 빙글빙글 돌리며 말했다.

[어이, 호키.]

땅콩 놈의 비릿한 웃음과 함께 떨어진 대사에 댄의 입에선 허탈한 웃음이 탄식처럼 번졌다.

[오츠케 성공했냐?!]

하필 꼬여도 이런 식으로 꼬이나…. 엎친 데 덮친 격으로 고질병처럼 틈만 나면 지끈거리는 관자놀이가 불청객처럼 나타나 쿡쿡 쑤셔왔다.

[아까 내가 부탁했던 거.]
[뭐, 뭐여?! 뭔 일 터진겨?!]

아무래도 나는 이름도 모를 존재로부터 제대로 벌을 받는 모양이었다. 이미 죽기 일보 직전인 저를 두고 방정맞게 들떠있는 녀석들을 보며 댄은 서둘러 호키와의 블록챗을 두들겼다.

[나 대신 확실하게 부탁한다.]
[또… 또! 개갈 안 나는 소리 히싼댜?! 무여 제대로 말을 혀 봐!]
[염치없지만 레나도 부탁한다, 호키.]

마지막 메시지를 끝으로 별안간 온몸에 타오를 듯한 전율과 함께 두 눈이 무기력하게 감겼다.

[니 시방 워디여!! GPS 줘봐 얼릉!!]

지금 이 순간이 만약 내 삶의 마지막이라고 한다면, 세상 어떤 존재라도 나의 간곡함을 들어주길 바라면서….

114   DAN

" 아바타 상태는 나빠 보이지 않으니까 상처는 내지 말자고~"
" 흐흐흐~~ 간만에 잼이나 왕창 벌어볼까~?"

언젠가 레나를 골려줄 작정으로 아무렇게나 대충 지어낸 문구가 있었다.

 '댄! 세상의 모든 신들이 내 편을 들어주셨어!!'

 하도 귀찮게 굴길래 장난으로 했던 말인데…. 그러던 어느 날 얼굴이 잔뜩 상기된 레나가 나를 보자마자 덥석 끌어안고는 말했다.

 '으악! 이 자식아 넘어진다고!!!'

 그녀는 자신이 느끼는 감정을 온몸으로 표현하고 싶었는지 내 품으로 개구리처럼 폴짝 뛰어올랐다. 그 바람에 나는 어쩔 수 없이 그녀의 허리를 단단히 받쳐 안아야 했다.

 '진짜 너무너무너무 신기한 거 있지!!'
 '내가 이렇게 매달리지 말랬잖나!! 넌 학습이 안 되냐?! 난 니가 더 신기하다!!'

 댄이 밀어내려 할수록 레나는 오히려 그를 감싸 안은 팔다리에 힘을 꼬옥 주고 부등부등 매달려 왔다.

 '진짜루 이뤄졌다니까!! 진짜 진짜 진짜루우!!'
 '갑자기 대체 다 뭔 소리냐? 좋게 말할 때 이것 좀 놓으시지?'

이건 뭐 고목나무에 붙은 매미도 아니고…. 결국 제 목을 답삭 끌어안은 그녀에 고개를 뒤로 홱 물리자 올망졸망한 맑은 눈동자 속에 입꼬리가 슬쩍 올라간 나의 얼굴이 비쳐왔다.

'다행히 신들은 레나가 싫지 않은가 봐!'
'널 싫어할 이유는 또 뭔데? 아오! 좀 내려가라 치킨!!'

나는 또 그 모습이 어색해서 틱틱 날을 세웠다.

'고마워 댄!!! 유용한 주문 덕에 잼을 이만큼이나 땄다구!'

그래도 레나는 상관없다는 듯 나를 내려다보는 얼굴에 해맑은 웃음을 달고선 두 손을 모아 커다란 동그라미를 그려냈다.

'뭐…?'

그녀의 말에 일순 세상의 모든 사물이 멈췄다. 이윽고 내가 휘둥그레진 눈으로 그녀의 두 발이 바닥에 안전하게 닿을 수 있게 차분히 내려 주며 되묻는다.

'유용한 주문…?'
'응!! 그거 있잖아!!! 댄이 알려줬던 주문!!'

그 말을 꺼내는 순간부터 입꼬리가 실룩대는 걸 꾹 참아냈던 기억이 아직도 이렇게나 생생했다.

' Whaat?! 진짜 그걸 그대로 따라 했다고?! Huh?! 너 설마 진짜로 그걸 그대로 읊은 거냐? 손동작까지?'

그때의 나는 배꼽이 빠지게 웃느라 나를 바라보는 그녀의 얼빠진 표정에도 차마 진실을 말해줄 수가 없었다.

'으잉? 왜에?! 댄이 그렇게 하라며!!'
'으하하하하하!!! 아…. 나… 미쳐버리겠네…. 아하하하하학!'

내 인생 통틀어서 그렇게까지 포복절도를 했던 적이 있었던가…? 아무리 생각해도 없었다. 레나는 정말이지… 짱구보다 더 못 말리는 아이였다. 그리고 이 순간 그 모든 말이 전부 장난이었다는 사실을 고하지 않은 과거의 나에게 진심으로 감사의 마음을 표하고 싶었다.

하나님 부처님 천지신명님 알라신이여 나무아미타불 관세음보살 아멘!

나는 마지막 남은 의식을 끌어 모아 세상의 모든 신을 찾았다. 바로, 레나에게 장난스레 가르쳐 줬던 유용한 주문이었다. 혹시라도 그들에게 전달이 되지 않을까 봐 여러 번 되뇌고 되뇌면서…. 제발 그들이 나의 기도를 듣고 한없이 가여워해 주길 바라고 또 바랐다.

어떤 신이든 나를 용서하지 않는 대신 레나를 가엾이 여겨 제발 살려 달라고.

간절하게 빌고 또 빌면, 이루어지지 않을까 하는 마음으로.

뱅

  얇은 커튼 사이로 언뜻 비쳤던 새파란 하늘은 온데간데없이 짙은 어둠으로 물든 새벽, 집무실에 걸려 있는 아날로그 시곗바늘이 숫자 3을 가리키고 있었다. 오랜 업무의 끝에 뱅은 뻐근하게 조여 오는 목덜미를 가볍게 두들기며 기지개를 켰다.

  [[[[[와!! 나 안 되겠다.]]]]]
  [[[[[허, 양아치냐?! 너 지금 겨우 두 발자국 밖에 안 움직였거든?]]]]]

  하루가 쳇바퀴 굴러가듯 도돌이표처럼 반복되는 삶, 그녀는 이곳에 들어온 이후 거의 대부분의 시간을 일로 시작해서 일로 끝나는 삶을 살았다.

  [[[[[혼자선 절대 무리야!!]]]]]
  [[[[[애초에 내기하자고 한 게 누구였더라?]]]]]

  가로등 불빛 사이로 어슴푸레 무리로 추정되는 그림자가 일렁였다. 이를 발견한 뱅은 창가의 커튼을 휙 쳐내며 신경질적으로 혀를 끌끌 찼다. 그리고 서둘러 문밖을 나섰다. 아니나 다를까 벌써 저 멀리서부터 익숙한 소란스러움이 고막 센서를 두들겼다.

  [[[[[그래! 나 양아치다!! 그러니까 네가 다리라도 좀 들어줘!! 진심 못

걷겠다고!!]]]]]

　[[[[[아오! 저놈의 변죽을 그냥!!]]]]]

　마주치면 피곤한 놈들이었다. 뱅은 재빨리 집무실의 문고리에 자물쇠를 채운 후 긴 복도 끝에 위치한 자신의 방을 향해 부지런히 보폭을 늘렸다. 동시에 고막 센서의 볼륨을 높여 놈들의 대화에 귀를 기울였다.

　[[[[[야야야! 첸! 너 제대로 들고 있는 거 맞아?!]]]]]

　[[[[[아오! 들고 있거든? 이 새끼 기럭지 좀 봐라!!]]]]]

　별 의미 없는 잡담일 것이 분명했지만, 언제 어디로 튈지 모르는 녀석들은 항시 감시해야 할 성가신 존재들이었기에 늘 주의가 필요했다.

　[[[[[에이씨! 젠장, 이러다 내 허리부터 아작나겠다!!]]]]]

　[[[[[여하튼 고지가 눈앞이니까 조금만 더 버티자. 아바타 상하면 진심 피곤해진다고.]]]]]

　복도 중앙에 위치한 둥근 홀에 다다르자 거리가 꽤 되는 입구 앞으로 제법 익숙해진 얼굴들이 보였다. 아니나 다를까, 지금까지 녀석들이 주고받은 대화와 더불어 행태를 보아하니 루시 몰래 뒷골목 양아치 짓을 한 모양이었다.

　[[[[[그래도 내다 팔면 값은 꽤나 나올 것 같지 않냐? 얼굴도 반반한 게 피지컬이 아주 예술이다. 예술! 경매장에 내다 팔까? 접대용으로 딱 좋을 껍데긴데!]]]]]

　[[[[[그랬으면 소원이 없겠다! 나도 이런 로열급 아바타는 처음이라….

대충 얼마나 주려나? 아까 그놈들하고 반띵하려면 값도 후하게 쳐야 할 텐데.]]]]]

엿여봐야 좋을 것도 없고 어차피 이런 상황이 한두 번도 아니었기에 그렇게 뱅은 그들의 잡담을 한 귀로 흘려보내며 조용히 지나치려던 차였다. 그때, 무심결에 흘긴 시선으로 낯익은 실루엣 하나가 걸렸다.

" 으허…. 무거워 뒤지겠다…."
" 좀만 참아. 고지가 눈앞이야."

뱅의 걸음이 멈칫했다. 감이 좋지 않았다. 그대로 잠시 걸음을 멈춘 뱅은 묘하게 익숙한 형상을 향해 초점의 가시거리를 좁혔다. 이윽고 파핑이 둘러멘 인물이 시야 가득 확대되자 뱅은 기함할 수밖에 없었다.

"허…?"

말조차 잇지 못할 광경을 목전에 둔 그녀는 두 눈을 부릅뜬 상태로 몇 번이나 제 눈을 부비고 또 부비던 끝에 결국 다급히 입을 열었다.

" 야!! 이 미친놈들아!!!"
" 으악! 깜짝이야!!!"
" 아오 시끄러워!"

느닷없이 뱅이 그들을 향해 욕지거리를 퍼붓자 소스라치게 놀란 파핑과 함께 그 옆의 첸이 반응했다. 그는 짜증이 뒤덮인 얼굴로 뱅을 향해 볼멘소리를 냈다.

" 야, 뱅! 넌 또 왜 난린데?"

" 너네 뭐야?!"

" 뭐가?"

불과 몇 분 전, 만약 그녀가 이 상황을 별생각 없이 그대로 지나쳤더라면, 자칫 녀석이 죽을 수도 있을 뻔한 기가 막힌 타이밍이었다. 생각이 거기까지 미치자 뱅의 온몸이 소름으로 뒤덮였다.

" 얘 누가 이랬어?!"

" 얘…?"

안 그래도 놈에게 언어맞은 부위가 아직까지도 얼얼해서 아파 죽겠구만. 첸은 자신을 보자마자 반갑다는 인사는커녕 윽박부터 질러대는 뱅에 갑자기 머리 뚜껑이 홱 열리는 기분이었다.

" 이 아바타를 말하는 거냐?"

" 다 뒤지고 싶냐? 이 새끼들아?!"

그녀가 가리키는 방향으로 스윽 고개를 돌린 첸이 장신의 사내를 보며 눈짓했다. 그때 일자로 쭉 찢어진 첸의 눈동자에 묘한 빛이 번개처럼 번쩍였다.

" 아는 놈이야?"

" 그래!! 너네 이 녀석한테 뭔 짓했어!!!"

한편, 파핑은 땀으로 범벅이 된 고개를 들며 영문 모를 황당함 속에서 파핑은 그저 두 눈을 끔뻑거렸다.

" 뭐… 뭐야?! 첸! 갑자기 얜 또 왜 이래?"
" 글쎄다? 갑자기 지랄병이라도 왔나? 밑도 끝도 없이 난리네?!"

가자미눈으로 저를 찢어져라 째려보고 있는 뱅 때문이었다. 다짜고짜 톡 쏘는 뱅에 파핑은 진심으로 억울했다. 저보다 한참이나 큰 장신의 사내를 금이야 옥이야 이고 지고 모셔 온 결과물이었다.

" 하…? 적반하장이네!"
" 헐…? 내가 뭘 어쨌다고 적반하장이래?!"

파핑은 인상을 팍 쓰고 있는 첸에 시선을 돌려 한쪽 눈썹을 들썩여 보였다.

" 여하튼 내 친구 이리 내"
" 뭐래…."
" 얼른!!!!"

그러자 첸이 시큰둥한 표정으로 어깨를 으쓱이며 파핑에 눈짓했다. 그런 그들의 태도가 곱게 말로 넘기려던 뱅의 심지를 제대로 건드렸다.

" 너네 다 죽었어!!!"
" 으아아악 내, 내 눈!!"

그때, 파핑의 이마 위에 맺혀있던 굵은 땀방울이 후드득 떨어져 그의 좁

쌀 같은 눈을 폭 찔렀다. 별안간 예기치 못한 타격감과 함께 몸뚱이가 종잇장처럼 휘청거렸다. 동시에 여태껏 자신의 어깨를 짓누르고 있던 묵직함이 사라지고 온몸에 평온이 깃들었다.

" 어어어!!!"
" 이리 내!!"

하지만 평안도 잠시, 갑자기 뒤통수를 가격당했다.

"으악!"

덕분에 파핑은 아래턱이 펠리컨처럼 늘어졌다. 상대는 다름 아닌 얍삽한 닌자로 돌변한 뱅이었다. 반칙도 이런 반칙이 없었다. 더군다나 번갯불에 콩 볶아 먹듯 벌어진 일이었기에 더욱 당황스러웠다. 저가 겨우겨우 모셔 온 금은보화를 바로 코앞에서 강탈당하는 순간이었다.

" 그것도 내놔!"

어디 이뿐이랴? 이윽고 뱅은 뻔뻔하다 못해 낮짝 팽팽한 얼굴로 콧구멍이 아닌 귓구멍이 벌름거려질 만큼 황당무계한 소리를 서슴지 않았다.

" 뭐, 뭘?! 나?!"
" 얘가 정신 나간 소릴 하고 있어!"

순간 파핑은 제 눈알이 공중 다이빙을 시전하며 띠용 하는 소리가 들릴 정도로 기함했지만, 결코 굴할 수 없었다.

" 쩝⋯. 안 통하네⋯."
" 하여간 얌전히 말로 해선 못 알아먹지?!"

그 순간 말이 떨어지기가 무섭게 제 몸을 홱 밀친 뱅이 그의 얼굴과 목 사이 어딘가를 검지로 쿡쿡 찌르며 말했다.

" 이거 말이야! 이거!!"
" 뭐, 뭐야!! 어딜 함부로 만져?! 기집애가 겁도 없이?!!"

일순 파핑은 기가 막힐 정도로 당당한 뱅의 태도에 기겁하며 발작했다.

" 딴소리하지 말고 그 가방이나 이리 내놔!!"
" 오메⋯. 날강도가 따로 없구먼⋯?"
" 누가 누구한테 할 소릴!"

아주 깡패가 따로 없는 거다. 그런데 이젠 아바타도 모자라 자신의 목 에 둘러놓은 남자의 가방까지 내놓으라고 난리였다.

" 이, 이건 안돼!"
" 네가 뭔데 안 된대?!"
" 그럼 넌 뭔데 이래라저래라 명령인 건데?!"

가방까지 빼앗기면 발가벗겨진 채 내쫓기는 상황인지라 파핑은 제 목 에 걸어둔 남자의 가방을 품 안에 꼭 안아 휙 몸을 틀었다. 이럴 때만큼은 우사인 볼트 저리 가라 할 정도로 어느 누구보다 빠른 그였다.

" 나?! 쟤 친구다!!!!"
" 왘…?"

어이가 없을 정도로 당당한 뱅의 태도에 그만 말문이 막혔다. 오줌이 지릴 정도로 표독스러운 눈빛도 예외는 아니었다. 그래도 이것만큼은 양보할 수 없었다.

X-TEN

남자의 가방에 박힌 로고 때문이었다. 남자의 가방은 블랙펄 안에서 현재의 제 능력으로는 아무리 잼을 모으고 모아도 겨우 하나 장만할 수 있을까 말까 하는 하이엔드급의 브랜드 상품이었다.

" 쟤가 네 친구인 거랑 이거랑 대체 무슨 상관인 건데!!"
" 원래부터 얘 거였잖아!"
" 증거 있어?! 이 가방이 얘 건지 아닌지!! 어쨌든 이건 내가 주웠으니까 내 거야!!"

지금 자신의 행동이 어거지라 해도 어쩔 수 없었다.

" 증거어?! 이 똥멍충이 자식아!!! 내가 얘 친군데!! 친구 녀석 가방 하나 못 알아보겠니?!"
" 또… 똥멍충이라니!!!! 말이 너무 심하잖아 뱅!!!"
" 팩트인 걸 어떡하니? 그럼, 무논리충이라고 정정해 줄까?!"

그만큼 파핑에겐 매우 중요한 문제였다. 왜냐, 이 가방으로 말할 것 같으면 이번 연도 하반기 컬렉션에서 무려 한정판으로 나온 따끈한 신상품이었기 때문이다.

신! 상! 품!
그놈의 신상!
나도 좀 가져보자!!
나도 오빠 소리 한 번 들어보자!!!
가즈아!!!

무차별한 뱅의 공격에 파핑은 오랑우탄마냥 두 발을 쿵쾅대며 분개했다. 현재 벌어진 상황을 따지고 보면 누가 봐도 자신이 손해인 것을. 어째서 뱅은 알아주질 않는 건지…. 아까부터 자꾸 저만 구박하는 뱅이 너무하다 못해 이가 부득부득 갈릴 정도로 얄미웠다.

" 하…. 파핑! 좀 논리적으로 대화할 수 없을까? 사람이면 좀 사람답게 굴어!! 짐승이니?!"
" 뭐… 뭐뭐뭣!! 짐스웅?!"

정녕 눈 뜨고 코 베인다는 말이 이런 뜻이었단 말인가…?

" 됐고! 곱게 말할 때 얼른 내놓으시지?"
" 시… 싫어!!! 그냥 짐승 할 거다!! 왈왈!"

재주는 곰인 저가 부렸는데 알맹이는 느닷없이 나타난 뱅이 싹 다 가로채려고 했다. 이래서 조상님 말은 하나 거를 게 없더랬다.

" 어휴…. 저 무논리 무식충이 이젠 짐승 선언까지 하네!!"

" 아오!! 너 일부러 시비 걸어서 어벌쩡 넘어가려는 거지?! 어디서 개수작이야!!"

" 너야말로 입은 비뚤어졌어도 말은 똑바로 해. 개수작은 네가 부리고 있는 게 개수작이야."

독한 년인 건 알았지만 이 정도로 안하무인일 줄이야…. 생각이 꼬리에 꼬리를 물자 파핑의 얼굴이 잔뜩 찌그러졌다.

" 내 입 멀쩡하거든!! 그리고 나 말 똑바로 했거든?! 그리고 난 개 아니고 짐승이거든?!"

" 하?! 자~~~~~~랑이다!!"

안 그래도 요즘 들어 루시에겐 칭찬보단 욕을 더 배불리 얻어먹던 터라 기분도 막 꿀꿀한데 그것도 모자라 세상은 왜 나만 미워하는 건지, 머피의 법칙은 산소처럼 들러붙어 친구 하자고 목을 졸라 왔다.

" 야, 뱅! 너 미쳤냐? 진짜 왜 이래?"

" 너희야말로 미친 거 아니니?! 얘가 내 친구라고 친구!!! 대체 몇 번을 말해줘야 알아먹겠니?!"

파핑은 매우 억울한 심정이었다. 엎친 데 덮친 격으로 눈더미처럼 쌓인 스트레스가 이만저만이 아니었다.

" 친구? 허! 그게 나랑 무슨 상관?"

" 물론, 너랑은 상관없는 일이긴 해."

그러던 차에 파핑이 하려던 말을 쏙 삼켰다. 은박지를 한 움큼 씹어 먹은 첸의 서슬 퍼런 낯빛이 뱅을 향해 곡괭이 같은 두 눈을 마구마구 부라리고 있었기 때문이었다.

" 야! 자꾸 말꼬리 물고 늘어질래?"

첸의 얼굴이 작두를 타는 무당처럼 시시각각 변해왔다. 아무리 상대가 여자라 해도 봐주는 선엔 한계가 있는 법이었다.

" 내가 뭐 틀린 말 했니?!"
" 니가 그 얼굴 했다고 안 봐줘. 그러니까 적당히 까불어라?"

날을 바짝 세운 첸은 뱅이 뒤집어쓴 아바타의 모습이 매우 익숙한 얼굴이었음에도 불구하고 완강한 뜻을 굽히지 않았다. 되레, 뱅의 면전에 바짝 다가가 위협적으로 을러대고 있었다.

" 얘 함부로 건드리면 너희 그동안 뒤에서 부정행위하고 다닌 거."
" 뭐…?!"
" 왈…?!"

얼마나 살벌한지 오히려 그의 편에 서 있던 파핑의 오금이 다 후들거릴 정도였다. 하지만 그 와중에도 파핑의 눈에 비친 뱅은 끄떡없었다.

" 전부 다 루시한테 찔러 버릴 줄 알아라!!"
" 허…?!"

" 헙!!!!"

말이 끝나기가 무섭게 뱅의 입술이 뒤틀렸다. 그때, 시종일관 사납게 으
득거리던 첸의 태도가 금세 마파람에 게 눈 감추듯 꼬리를 내렸다. 차분
하게 가라앉은 그녀의 음성 뒤로 어디선가 스산한 칼바람이 불어왔다. 괜
히 죄도 없는 파핑의 몸이 절로 움츠려졌다.

" 야이씨…. 누가 문 열어 놨어?! 겁나 춥네…."
" 부정행위라…. 대체 뭘 말하는 거지?"

한편, 조용히 잠자코 있던 첸이 이 사단의 원흉인 사내를 슬쩍 흘겼다.
묘하게 심기가 뒤틀렸다. 저 새끼가 뭔데 이럴까 싶었다. 짧게나마 자신
이 지켜봐 온 뱅은 이렇게 막무가내로 감정을 드러낼 위인이 아니었다.

" 그건 네가 더 잘 알겠지."
" 난 전혀 모르겠는데?"

무슨 묘수라도 떠올랐는지 잠잠했던 첸이 다시 이죽거리며 태연한 표
정을 지어 보였다.

" 그래? 난 너무 잘 알겠던데? 너의 그 부.정.행.위!"
" 허…! 이거 완전 웃기는 애네?!"

이에 뱅은, 눈 하나 깜빡 않고 비식 미소를 흘리며 되레, 단어 하나하나
에 척척 힘을 실어 강조하듯 되받아쳤다. 자신의 도발에도 아랑곳하지 않
는 그녀에 첸은 당장 티를 내진 않았지만 내심 심장이 철렁 내려앉는 기

분이었다. 마치 그럴 줄 알았다는 듯한 태도가 왠지 모르게 찝찝했다.

" 흠~ 파핑도 모르는 부정행위가 또 있었나 보네?"

" …."

" 왜 대답을 못 해?"

역시나 괜히 떠보는 말이 아니었다. 뱅은 확실히 뭔가를 알고 있는 것
같았다. 끝까지 뻔뻔함으로 밀어붙이려던 첸은 그제야 슬슬 태세를 전환
할 타이밍을 엿보기 시작했다.

" 근데 물증이 있어?"

그때, 뱅과 첸의 대립 구도 사이에서 괜히 혼자 쩔쩔매고 있던 파핑이
급 어리둥절한 표정으로 대뜸 질문 하나를 던졌다.

" 증거도 없는데 이럴까 봐? 아직도 날 그렇게 모르시나?"

" 이런 이런~"

파핑은 대답과 동시에 자신의 이마 위에 검지를 대곤 고개를 절레절레
내저었다. 그러더니 저하고는 상관없다는 듯 바로 오리발을 내밀었다.

" 죽고 싶냐, 파핑?"

그러자 금세 약이 잔뜩 오른 첸이 그의 엉덩이를 퍽 차올렸다. 그리고
조용히 분개했다.

" 으앗! 왜 때려!!"

" 쯧쯧, 이놈이나 저놈이나 머저리가 따로 없네."

두 덤 앤 더머의 모습을 쭉 지켜보던 뱅이 한심하다는 듯 혀를 찼다. 그러자 놈들이 짜 맞추기라도 한 듯 동시에 소리를 빽 질렀다.

" 야!!!!!!"

" 뱅!!!!!!"

일순 첸을 바라보는 뱅의 눈빛이 시퍼렇게 번득였다. 이윽고 무섭게 뒤틀린 그녀의 입술이 어금니를 꾹 짓씹으며 자비 없는 으름장을 펼쳤다.

" 내가 입 열면 넌 죽어. 새꺄!"

" 적당히 해라. 여자라고 안 봐준다?"

놈들이 만약 이대로 순순히 물러서지 않는다면, 뱅은 그동안 꽁꽁 숨겨왔던 하프노이드의 기능을 사용할 참이었다.

" 나도 남자라고 안 봐준다?"

" 계집애가 겁도 없이…."

" 아, 알았어!! 뱅!! 안 건드릴게!! 그러니까 다들 그만해 그만!!"

그러나 파핑이 나서면서 상황이 종료됐다. 장시간 꽤 살벌하게 물들었던 공기에 일말의 숨통이 트이는 순간이었다. 한편, 첸은 얌전히 분통을 삭일 수밖에 없었다.

" 자! 여기 가방….."
" 좋게 물을 때 불어."
" 뭐, 뭘 불어?!"

부정행위가 탄로 난다면 뱅의 말대로 저와 파핑 둘 다 죽은 목숨이나 다름없었다. 평소의 루시는 빙그레 쌍년으로 통할만큼 웃음이 헤픈 여자였지만, 그 가면의 이면에는 무시무시할 정도로 잔인한 얼굴을 가진 사람이었다. 그녀에겐 자비 따위란 없었으니까.

" 너네 애한테 무슨 짓 했어."
" 무슨 짓은 무슨!"

더군다나 파핑이 모르는 루시와의 또 다른 이해관계까지 이미 알고 있다면…. 괜히 뱅을 도발했다가 일을 그르치고 싶지 않았다. 그땐 모든 것이 다 파멸이었다.

" 웃기시네. 내가 니들을 몰라서 묻겠니?"

상상만으로도 끔찍했다. 게다가 저 얼굴을 쓴 뱅을 보면 막상 화가 뻗쳐도 함부로 손을 댈 수가 없었다. 그녀가 로라가 아니라는 것을 전부 다 알면서도 말이다.

" 이거 한 번에 그냥 기절했어!! 그게 다야!! 진짜야!! 오히려 아바타가 상할까 봐 꽃가마까지 태워서 왔다고!! 첸!! 뭐하고 가만히 있어!! 너랑 같이 태웠잖아!!"

하여간 독한 년…. 대충 넘어가는 일이 없었다. 자신을 향한 그녀의 바짝 치켜뜬 눈빛을 보며 파핑은 불편한 심기를 꾹꾹 눌러 담고는 주머니를 뒤적여 소형 전기총을 내보였다.

" 맞아. 꽃가마 태우고 오다가 파핑이 내기에서 지는 바람에 입구 앞에서 잠깐 혼자 멘 거야. 그것도 딱 삼분! 그 후로 내가 다리만 들어준 거고. 정 못 믿겠으면 직접 CCTV 까보시던가."

파핑은 팔자로 축 늘어뜨린 눈썹을 위아래로 와리가리 움직여 가며 호소했다. 그리고 잽싸게 첸에게 배턴을 넘겼다.

" 확실해?"
" 헐…?!"

파핑과 첸의 변명이 끝나기가 무섭게 뱅은 자신의 고개를 양쪽으로 뚝뚝 꺾었다. 그리고 두 눈을 내리깐 진지한 표정으로 파핑과 첸을 차례대로 주시하며 말했다.

" 다른 이상한 짓 했을 시엔 절대로 곱게 안 넘어가."
" 허! 나 참…!"

뱅의 조용한 공포에 이번엔 파핑이 먼저 헛웃음을 터트렸다. 동시에 그는 무해한 표정으로 어깨를 으쓱였다. 그러자 뱅이 제 어깨에 걸쳐뒀던 사내의 몸을 일으키며 파핑에 말했다.

" 뭐해?!"

" 하긴 뭘 해!! 난 가만히 있었는데!!"

이에 뱅은 살벌하게 치켜뜬 눈빛으로 레이저 빔을 팡팡 쏘며 또다시 파핑을 다그쳤다.

" 도와, 새꺄!!"
" 롸?"

단언컨대 진짜 지랄도 이런 지랄은 그 어디에도 없을 것이다. 차분한 어조에서 크레셴도로 커지는 뱅의 호통에 파핑은 두 손을 들어 항복을 외쳤다.

" 나 혼자 이 커다란 녀석을 어떻게 옮겨?!"
" 늬예 늬예~"

고개가 아주 절레절레 절로 움직였다. 이러다 상모까지 돌릴 판이었다. 그 사이 주인을 잃은 두 손은 또 뱅의 친구라는 놈의 몸을 거들고 있었다. 마치 자동화 기능이 탑재된 AI처럼 늘 생각보다 행동이 먼저 움직였다.

" 수고했다."

갱단에 몸을 담근 순서로 따지면 누가 뭐래도 저가 선배였는데 아니, 그 이상이어도 모자랄 판에 왜 항상 사방팔방 동서남북으로 꼬붕 짓이나 하고 다니는 건지…. 나란 놈의 인생은 참 알다가도 모를 팔자였더랬다.

" 헙!!!!"

" 헐…."

긴 사투 끝에 뱅의 침대 위로 겨우 남자의 몸을 눕혔다. 방 자체가 원체 작고 협소했던 터라 꽤 애를 먹고 있던 차에 뱅의 굳게 다물렸던 입술이 열리고 갑자기 자상한 말씨가 떨어졌다.

" 뭐… 뭘 수고까지야."
" 흠흠, 그러니까 말이야…."

칭찬은 고래도 춤추게 한다더니… 생각지도 못했던 뱅의 칭찬에 파핑과 첸의 얼굴 위로 금세 기쁨을 애써 감춘 어색한 낯빛이 떠올랐다.

" 이제 그만 나가서 일들 봐."
" 그… 그래. 무슨 문제 생기면 호출해라."

제 몸의 두 배만 한 장신의 몸뚱이를 상처 하나 없이 옮기기 위하여 그 고된 길을 을매나 걸었던가! 파핑은 다시 한번 검지로 이마를 짚고 고개를 내저으며 깊은 고뇌에 빠져 본다. 그렇게 스스로를 얼싸안고 위로했다.

" 어, 그… 뭐냐… 남녀가 막 한 방에 같이 있고 그러면 위험할 수도 있고 하니까… 남녀칠세부동산이던가? 아무튼 그거 조심하고."

하지만 금세 파핑의 평안에 금이 갔다. 뱅은 파핑의 말에 뭔 개소리냐는 얼굴로 쌍심지를 켜고 미간에 굵직한 삼지창을 찍어냈다.

" 나가!!"

순식간에 방 밖으로 쫓겨난 첸과 파핑의 얼굴에 망망한 먹구름이 드리워졌다. 결국 화살의 촉은 그대로 첸에게 넘어가 원망 어린 눈빛이 되어 파핑에 꽂혔다.

" 아오!! 이 새끼는 하여간 눈치도 드럽게 없어요….."
" 쏘… 쏘리…. 헤헤…."

한편, 부러 쾅 소리가 나게 문을 닫고 고리까지 단단히 걸어 잠근 뱅은 그대로 문자락에 기대어 첸과 파핑의 기척이 멀어지기만을 숨죽여 기다렸다.

" 여하튼 잘 감시해야 한다, 파핑?"
" 니예 니예~"

예상치도 못한 상황에서 우연히 조우하게 된 댄에 뱅은 머릿속이 혼잡했다.

" 아무리 아바타라도 찝찝하잖아!"
" 니예 니예~ 뱅 님이 어련히 하실깝쇼~~"

아무리 생각해도 이상했다. 그나마 다행히 제가 먼저 발견했으니 망정이지.

" 어휴!! 이 답답아!!"
" 뉘예~ 뉘예~"

그대로 다른 갱단에 넘어갔더라면…. 상상만으로도 소름이 훅 끼쳤다.

" 한 번만 더 뉘예하면 죽는다, 진짜…."
" 예이~ 예이~"

얼마 안 가 문밖으로 고요한 침묵이 돌았다.

" 아오!! 이걸 진짜 콱! 팰 수도 없고…."

뱅은 그제야 깊은 안도의 한숨을 내쉬며 댄을 보았다. 미동조차 하질 않는 댄에 용기를 내 그의 뺨을 톡톡 건드렸다. 텐의 형상을 한 댄을 이런 식으로 보게 될 줄이야….

" 하… 그깟 전기 충격기에 쓰러질 놈이 아닌데…. 이게 대체 다 무슨 일인 거니…?"

텐은 블랙펄 안에서 실버급 이상이면 모르는 게 간첩일 정도로 유명한 인물이었다. 그런 텐이 댄과 동일 인물이라는 사실에 처음엔 경악을 금치 못했다가 바로 엄청난 배신감에 휩싸였다. 이 사실도 이미 아지트를 뛰쳐나온 이후 랩을 통해 알게 됐던 거라 직접 따져 물을 기회조차 만무했다.

" 응? 댄! 정신 좀 차려봐!!"

그래도 다행이었다. 어떤 식으로든 녀석이 무사할 수 있어서…. 이렇게라도 도움이 될 수 있다는 게 감사하면서도 한편으로는 불안했다.

" 도대체 무슨 일이 있었던 거니⋯."

당장엔 녀석이 직접 입을 열지 않는 이상 알 길이 없었다. 아까부터 틈틈이 랩에게 긴급 호출을 보내 봤지만, 여전히 묵묵부답이었고 레나마저 감감무소식인 걸 보니 아무래도 마음이 놓이질 않았다.

" 센서를 왜 끄냐고 왜!! 인간이라도 되겠다는 거니⋯?"

뱅의 입에서 다시 짙은 한숨이 새어 나왔다. 어쩔 수 없이 같은 하프노이드에 한해서만 접촉할 수 있는 센서를 열어 댄의 의식을 탐지하려 했지만, 아무것도 잡히는 것이 없었다. 이 미친놈이 또 센서를 꺼버린 모양이었다.

'지금 내가 거짓말을 하고 있다는 거야?'
'워워, 왜 오버야. 난 그렇게 말한 적이 없는데?'

역시나 반응이 없는 댄을 보며 혼잣말을 뇌까린 뱅이 탄식과 함께 이마를 짚었다. 문득 녀석과 마지막으로 나누었던 대화가 떠올랐다.

'의도가 그렇잖아!!'
'huh? 감정이 격하다?'

녀석의 말이 맞았다. 당시의 나는 그 어느 때보다 까칠하고 뾰족했다. 그리고 격앙된 감정이 정점을 향해 치달은 상태였다. 왜 그랬을까? 저 스스로조차 납득이 되질 않는데⋯. 이 녀석이라고 오죽했을까?

'묻고 있는 거잖아. 뱅.'

 하지만 댄의 처음 보는 낯선 얼굴에 마음이 옹졸해졌다. 그래서 더 서운했다. 다른 건 몰라도 이 녀석만큼은 나를 이해해 줄 거라고 믿었으니까.

'넌 그 물음에 정직하게 대답만 하면 되는 거고. 그게 그렇게 어렵냐?'
'하…. 이미 답은 정해졌네.'

 그 길로 아지트를 뛰쳐나왔다. 허나 불과 일주일도 채 지나지 않아서 깨닫고 말았다. 모든 게 다 나의 불찰이었다는 것을…. 그리고 그걸 깨달았을 땐 이미 돌이키기엔 너무 멀리 와 버린 후였다.

"아…."

 그때 갑자기 댄의 입에서 앓는 소리가 새어 나왔다.

"댄!"

 뱅은 재빨리 허리를 굽혀 그의 상태를 살폈다. 댄의 이마가 어느새 식은 땀으로 가득했다. 불행 중 다행히도 미약하게나마 녀석의 손가락이 꿈틀거렸다.

"으…."
"괜찮아? 정신이 좀 들어?"

 댄의 의식이 돌아오고 있는 듯했다. 하지만 악물린 입술을 보니 결코 몸 상태가 정상적인 상황은 아니었다. 뱅은 재빨리 제 동력 장치 설정 창을 열어 하프노이드끼리 주고받을 수 있는 에어드롭 시스템을 불러왔다.

[블루투스 연결 불가]

여전히 댄의 센서가 잡히질 않았다.

[항목을 찾을 수가 없습니다.]

아무래도 본체 자체에서 전원을 꺼버린 것이 분명했다. 멀쩡했던 관자놀이가 지끈거렸다.

[연결 장치의 전원이 꺼져 있습니다. 전원 상태를 확인 후 다시 연결하시기를 바랍니다.]

이대로 눈을 뜨지 않는다면, 녀석의 아바타에 심어진 코드칩을 인식해서라도 방법을 강구해 보는 수밖에 없었다.

" 맙소사! 한겨울에도 에어컨 없이는 못 사는 애가…. 이런 날씨에 전원을 꺼버렸다고…? 아니 왜?! 하…. 미치겠다 진짜!"

급한 대로 손을 뻗었던 뱅의 동작이 식은땀으로 범벅된 댄의 머리칼 위에서 멈칫했다. 결국 손길을 포기하고 뱅은 서둘러 자신의 방안을 두리번거렸다.

" 땀을 왜 이렇게…! 으휴…. 꼴에 결벽증까지 있으니 함부로 손대기도 황송하네!"

문짝에 걸려있는 낡은 수건을 보며 뱅은 혼잣말을 중얼거렸다. 시도 때도 없이 불평을 일삼고 있는 스스로가 한심하면서도 또 한편으로는 신세 탓을 모면할 수도 없었다.

" 저거 어제 빨아둔 건데… 너 진짜 감사한 줄 알아! 이 화상아!"

현재 머물고 있는 갱단의 아지트는 본체가 있는 현실이나, 쉴드존이나 제대로 된 삶을 살아갈 수 있는 안락한 환경이 아니었다. 특히 빨래와 같은 일상생활에 필요한 기본적인 여건이 가장 큰 고역이었다.

살면서 이런 고민을 해봤던 적이 있었나…?

이럴 때마다 엄마의 존재가 부쩍 그리웠다. 다시 이전의 아지트로 돌아가고 싶은 마음이 하루에도 수천 번씩 불쑥불쑥 샘솟을 정도로…. 이곳은 그 정도로 열악하기 짝이 없는 곳이었다.

" 으악!!"

그때였다. 갑자기 손목을 덥석 끌어당기는 강한 악력에 무방비 상태였던 뱅이 짧은 비명을 터트렸다. 동시에 댄의 가슴팍 위로 그대로 고꾸라졌다.

" 너 뭐냐."

그 순간 익숙한 음성이 그녀의 머리 위로 꽂혀왔다.

" 댄…?"

드디어 녀석이 눈을 떴다. 하지만 그 뒤로 다시 입을 꾹 다물어 버린 댄에 뱅이 몸을 일으키기 위해 침대 바닥을 짚어낸 순간이었다.

" 으아악!"

별안간 시야가 뒤집히고 동시에 강한 압박이 양손을 결박해 왔다. 뱅은 저도 모르게 비명을 내지르며 질끈 눈을 감았다.

" 너 뭔데 내 이름을 알고 있냐?"

그리고 다시 눈을 떴을 땐 그만 소리도 못 지르고 그 자리에서 화석처럼 굳어버렸다.

" 뭐냐고, 너."
" 그…!!"

바로 코앞까지 내려온 댄의 얼굴 때문이었다. 미간을 잔뜩 찡그린 녀석이 코 닿을 거리에서 다그치듯 재촉했다.

" 어떤 새끼가 보냈냐?"
" 아오씨 좀 비켜봐!!"

필요 이상으로 가까운 거리에 뱅은 화르륵 얼굴을 붉히며 황급히 댄을 밀쳐냈다. 하지만 녀석은 바위처럼 꿈쩍도 하지 않았다.

" 아야야야얏!"

오히려 붙잡고 있는 손목을 무식할 정도로 꽉 움켜쥘 뿐이었다.

" 아파!! 아프다고!!!!"
" 대답 먼저."

목소리는 기력이 쭉 빠져 있는데 도대체 어디서 솟아난 힘인 건지 도무지 갈피가 잡히질 않았다. 일순간 뱅은 댄에게 잡혀있는 손목을 마구잡이로 비틀며 발악했다.

" 제발 이것 좀 먼저 놓으라고!!"
" 대답."

온몸이 결박되어 아무리 몸부림을 쳐봐도 속수무책이었다.

" 나야 나!!"

댄은 눈이 반쯤 풀려버린 상태에서도 발버둥치는 뱅을 무식한 힘으로 점점 더 세게 압박을 가했다.

" 그러니까 너가 누구냐고."
" 뱅!!! 나 뱅이야 뱅!!"

결국 삥은 어쩔 수 없이 제 이름부터 냅다 외쳐버렸다. 그러자 그녀의 손목을 움켜쥐고 있던 댄의 손에서 스르륵 힘이 빠졌다. 동시에 시선이 마주치길 댄의 넋이 빠진 눈동자가 사정없이 흔들렸다.

" 목소리는 확실한데….."
" 어휴…! 목소리라도 기억해 주니 다행이네."

이윽고 수 초간의 정적 끝에 다시 녀석의 입술이 움직였다.

" 얼굴이 왜 그러냐."
" 임시로 대여 중인 아바타야."
" 하, 진짜… 못생겼다…."

밭은 숨과 함께 흘러나온 댄의 말장난에 정신이 번쩍 들었다.

" 아오씨!! 이 화상아!! 지금 그게 중요해?!"

장난칠 정신이 있어 다행이었지만, 놈의 안색은 여전히 좋지 않았다.

" 성질머리 더러운 건 똑같은데…."

한편, 정신이 오락가락한 와중에도 댄은 눈을 가느다랗게 뜨고 낯선 상대의 얼굴을 끈질기게 쫓았다. 그러나 눈앞의 여자는 발갛게 부어오른 자신의 팔목을 문지르며 쉬지 않고 열폭하기를 멈추지 않았다.

" 이 호랑말코 같은 댄 새꺄!! 너 이거 보이지?! 멍들면 죽는다 새꺄!! 아주 힘만 더럽게 세 가지고…."

 잔소리 끝에 뺑이 제 몸을 압박하고 있는 댄의 몸을 확 밀쳐냈다. 그러
자 커다란 덩치가 종잇장처럼 밀려 나갔다.

" 으악! 정신 좀 차려봐 댄!!"
" …뺑?"

 이에 화들짝 놀란 뺑은 뒤로 넘어갈 뻔한 댄의 몸을 잽싸게 붙들며 소
리쳤다.

" 그래!! 나 뺑이다 뺑뺑뺑!!!"
" 뺑…?"
" 어휴!! 그놈의 빌어먹을 의심병!!"

 흐려졌던 댄의 시선이 다시 뺑을 쫓았다. 그리고 제자리를 빙빙 돌며 달
싹거리던 입술이 다시 그녀를 불렀다.

" 뺑…."
" 왜!!"

 역시 제 버릇 개 못 준다더니….

" …진짜 뺑…?"
" 하?!"

이러한 상황에서도 여러 번 되짚어 묻고 또 물어오는 댄의 오래된 습관에 결국 뱅의 입에서 헛웃음이 터져 나왔다. 앤 원래 이런 성격이었는데….

" 그럼, 가짜 뱅도 있냐?"
" …하?"

평상시 그가 즐겨 쓰던 장난스러운 말투를 흉내 낸 뱅의 대답이 떨어지기가 무섭게 댄의 얼굴이 볼품없이 무너졌다.

" 아아….."
" 가, 갑자기 왜 그래? 어디 불편해?!"

뭐든지 확실히 짚고 넘어가야 직성이 풀리는 놈인 걸 뻔히 알면서, 그땐 왜 생각조차 하지 못했을까. 이제 와서 생각해 보면 녀석은 되레, 의심보단 배려를 하고 있었다.

" 뱅…."

내 기분이 상할까 봐… 최대한 돌리고 돌려서 물었던 건데…. 이미 지나간 일을 돌이켜봐야 소용없다는 것을 알면서도… 후회됐다. 막상 직접 보니 인정할 수밖에 없었다. 나는 이 녀석이 꽤나 그리웠다.

" 이름만 부르지 말고 말을 해 말을! 그나저나 너 동력 장치는 왜 꺼둔 건데?! 무슨 일 있었지? 그치?!"

뱅의 대답을 끝으로 일순 댄의 어깨가 조금씩 들썩거렸다. 잔뜩 흐려진 댄의 얼굴이 볼썽사나울 정도로 일그러지고 있었다. 곧 녀석의 얼굴이 뱅의 어깨 위로 무너지듯 내려앉았다.

"하…. 뱅."
"윽…."

일순 목덜미 사이로 댄의 밭은 숨이 뜨겁게 번졌다.

"레나…."

뱅은 머리칼이 쭈뼛 서는 느낌에 잠시 멈칫했지만 뒤이어 그의 입에서 흘러나온 익숙한 이름에 이번엔 또 다른 이유로 발작할 뻔한 몸을 서둘러 꽉 틀어잡아야 했다.

"레나…?"
"레나가…."

댄의 목소리가 파리하게 떨려오고 있었다. 말하지 않아도 모든 상황을 알 것 같은 이 느낌을 뭐라고 표현해야 할지…. 뱅은 혀끝이 다 씁쓸해지는 기분에 몸서리가 쳐졌다.

"레나가 왜."
"뱅…. 레나가…. 레나가…."

늘 이런 식이었다. 엄마의 빈자리가 가져다준 허망의 웅덩이는 꼭 이런 식으로 불시에 모습을 드러내야 속이 편안한 듯 굴었다.

엄마의 죽음.

그 결과는 처참했다. 우리는 꼭 나침반을 잃은 돛단배와 같았다.

미아.

멈출 수 없는 항해에 끊임없이 저항하다 달리 방법이 없어 그저 흐르면 흐르는 대로 정처 없이 떠돌 수밖에 없는 존재들.

" 듣고 있어, 댄."

나는 점점 세력을 넓혀가는 이 두 글자의 위력이 무서웠다. 그래서 더 두려웠다. 그것이 가져다주는 절망감은 그 끝이 보이지 않을 만큼 깊고 어두워서… 할 수만 있다면 도망치고 싶었다.

" …으흑"

급기야 눈물을 터트리는 댄에 뱅은 손을 뻗어 댄의 너른 등을 토닥였다. 그리고 재차 댄의 말에 경청의 의사를 내비쳤다.

" 다 내 잘못이다…."
" 네 잘못 아니야, 댄."

지금 당장 그녀가 선사할 수 있는 최선의 위로였다.

" 아니… 내가… 내가…."

" 어쩔 수 없었던 거잖아. 그러니까 자책하지 마, 댄."

역시 예감이 좋지 않더니, 기필코 터져버렸구나…. 깊은 한숨이 몰려왔다. 눈물에 젖은 댄의 음성이 아득한 꿈처럼 귓가를 맴돌았다.

" 으흐흑. 레… 레나가…. 흐윽"
" 알았어…. 알았으니까 이제 그만 말해…."

서글프게 울려오는 댄의 울음소리에 뱅은 다시금 미련한 후회를 떠올렸다. 과거의 어딘가로 시간을 돌릴 수만 있다면… 틀어졌던 아귀를 다시 바로 잡을 수만 있다면… 이 모든 불행을 막을 수 있을까? 늘 그렇듯, 생각의 종착역은 닿을 듯 닿지 않았다.

좀 더 현명했더라면…
좀 더 민첩했더라면…
좀 더 성숙했더라면…

혼재는 항상 수많은 혼란을 낳았다. 그리고 무기력이라는 결괏값을 도출했다. 마치 그랬더라면 어땠을까 하는 말도 안 되는 후회 속에 사로잡혀 허상들 따위나 곱씹기를 바라는 듯 말이다.

" 흐으으윽…."
" 말하지 마…. 말하지 마, 댄…. 괜찮아."

댄의 오열을 보며 뱅은 천천히 눈을 감았다.

" 으흐으으으윽… 뻥… 흐어어어…."
" 미안… 내가 미안해…."

그녀는 바투 끌어안은 댄의 어깨에 그대로 고개를 묻었다. 그러자 어디선가 폭풍처럼 밀려오는 죄책감이 고개를 내밀고 또다시 깊은 절망감이 밀물처럼 몰려왔다.

미안해 얘들아…
미안해요 엄마…
다 내 잘못이에요….

이는 마지막으로 아지트를 뛰쳐나온 이후, 벼랑 끝까지 내몰렸던 그때, 해일처럼 덮쳐왔던 죄책감과는 또 다른 종류의 부채감이었다.

리암

전국이 떠들썩할 정도로 골치를 앓았던 미제사건이 해결되었다. 이후 리암을 포함한 그의 팀은 장기간의 포상 휴가를 받았다.

' 부, 부장님! 왜 이제야 오신 겁니까!! 지금 아주 난리도 아닙니다!!'

그러나 겨우 하루도 버티지 못하고 긴급 호출이 떨어졌다.

' 대체 무슨 일이야?! 안 그래도 지금 막 장관님 호출 받고 달려오는 길이다.'

쉴드존에서 본부로 부리나케 복귀한 리암이 서둘러 본관 건물에 들어설 때였다.

' 퀸시 수사관님이 코드 해킹을 당했습니다! 당장 보안실로 가보셔야 할 것 같습니다!'
' 뭐?! 그게 무슨 말이야!!'

그는 본관 입구의 문턱을 밟기도 전에 다시 발길을 돌려야 했다.

' 메타에서 극성을 부리는 캔머더에 당하신 것 같습니다!'

'캔머더?!'

어느덧 리암의 구둣발이 본관 옆 별관에 위치한 보안실에 다다랐다. 정부 기관 내에 마련된 수면방으로 히프나틱을 맞고 잠이 든 직원들의 신체를 관리해 주는 곳이었다.

'아바타의 위치는?'
'추적하는 중이라고 합니다.'
'아직까지도 찾지 못했다고?!'
'네. 추적 센서의 신호가 끊겨있는 상태라….'

특히 퀸시와 같이 몇 안 되는 AI 로봇들은 몇 년 전에 터졌던 AI BIO 연구팀의 반란 사건으로 인해 정부의 철저한 관리를 받았다.

'그 외에 다른 특이 사항은 없었나?'
'그, 그게….'

당시, 연구팀의 수장인 박사가 우수한 레벨의 하프노이드들을 대거 훔쳐 간 것도 모자라 개발에 필요한 연구 자료 전체를 몽땅 챙겨 증발해 버렸기 때문이었다. 그 결과 정부에는 실용이 불가능하거나 오류가 잦은, 95% 이상 휴머노이드나 다름없는 깡통 개체들만 남게 되었다.

'하…?! 그 잘난 기술력들은 다 어디다 숨겨놓고 대체 왜 이럴 때만!!'
'그나마 다행인 건 지금 쉴드존 안에 보안 강화 명령이 떨어졌습니다. 실제로 범죄가 일어났을 확률이 높은 블랙펄을 시작으로 그 주변 일대에 스캐닝도 공포된 상태입니다!!'

수습은커녕 연구 또한 거의 중단된 상태로 더 이상 진행이 불가능했다. 워낙 고도의 기술력으로 분리되었던 연구였기에 복구 자체가 쉽지 않은데다 대외적인 국가 체면 때문에라도 전면에 드러낼 수 있는 상황이 아니었기 때문이었다.

'그걸 지금 말이라고! 그런 것들은 당연히 강행해야 할 일이지 않나?!'

결국, 전쟁용 무기가 목적이었던 하프노이드 사업은 막대한 금액의 투자 빚만 남고 거의 망한 것이나 다름없는 상태였다. 그러던 가운데 임시로 데리고 왔던 퀸시가 묘수로 떠오르게 되었다. 인간의 영역이 반 이상 보존되어 있는 유일한 순수 하프노이드.

'아시지 않습니까, 스캐닝 한 번에 들어가는 비용이 한두 푼도 아닌데, 퀸시님 일이니까 가능한 일 아니겠습니까? 일개 군인 한 명을 찾기 위해 스캐닝을 말입니다!'

아직까지도 퀸시만이 유일했다. 더불어 퀸시는 그들 가운데서도 손에 꼽힐 만큼 높은 등급을 가진 개체에 해당됐다. 그만큼 그녀의 존재는 굉장히 중요했다.

'앞으로 두 시간 안에 스캐닝이 시행된다고 합니다! 그래도 이 정도면 진행도 상당히 빠른 편에 속하지 않습니까?! 윗선에서도 마냥 손만 놓고 있진 않을 겁니다!'

그렇지만 어느 누구도 이를 대놓고 겉으로 드러내진 않았다. 애초에 인간보다 우월한 종자를 갖고 탄생한 퀸시는 그들에게 있어 양날의 검과 같은 위험한 존재가 될 가능성이 농후했기 때문이었다.

" 퀸시!!!"

무엇보다도 녀석의 피에 흐르는 DNA가 가장 큰 의미를 차지했다. 혹시 모를 대비책으로 녀석을 이곳으로 데리고 오게 된 것 또한 같은 이유였으니까. 더불어 녀석은 일반적인 로봇과는 달리 주체 의식이 강했다.

" 부, 부장 검사님?!!"

현실의 8시간이 하루가 되는 메타 안에서, 앞으로 60시간 만이 퀸시를 온전히 살릴 수 있는 유일한 골든 타임이었다. 이 말은 곧, 그녀의 삶이 얼마 남지 않았다는 절박한 순간임을 의미했다.

" 충성!!"
" 퀸시 어디 있습니까?"

노크도 없이 문을 벌컥 열어젖힌 리암의 등장과 함께 보안팀 대원들이 일제히 몸을 일으켜 거수경례를 취했다.

" 추적은 아직도 진행 중입니까?"
" 아, 그게….."

순식간에 살얼음판이 된 공기를 뚫고 리암의 격앙된 음성이 다짜고짜 보안팀의 팀장을 향했다.

"본체 상태는 좀 어떻습니까?"
"아, 아직까지는 다행히 별다른 이상 반응을 보이고 있진 않습니다!"

리암의 물음에 팀장이 다급히 입을 열었다. 그 와중에도 팀장을 비롯한 대원들 모두가 경악을 금치 못한 표정만큼은 숨길 수가 없었다.

'본체에 쇼크가 한 번 왔었다고 합니다.'
'쇼크…?'

평소 그답지 않은 조급한 태도는 둘째치고 항상 칼각이 살아있는 깔끔한 모습이 아닌 몰골부터가 엉망인 것이 가장 큰 이유였다.

'아무래도 브레인틱을 당한 것 같습니다.'
'뭐?! 브레인틱…?'

깃이 빳빳해야 할 남자의 셔츠는 구겨진 것도 모자라 첫 단추마저 잘못 끼워져 있었다. 마찬가지로 단단히 매듭이 묶여 있어야 할 그의 전투용 군화 또한 끈이 느슨하게 풀린 상태였다.

'네. 캠머더 범죄의 전형적인 방식으로 보입니다. 그런데… 반응 상태가 예사롭지 않았다고 합니다. 아무래도 하드급의 성질로 추측된다고….'

군인에게 있어 직급만큼이나 중요하게 여겨지는 차림새가 엉망진창인 것이었다.

'그렇다고 이렇게 손 놓고 있다고?! 아바타도 그대로 두면 소멸될 걸

뻔히 알면서?!'

' 죄, 죄송합니다…. 하지만 지금으로선 다른 방법이…'

계속 이 상태로 해결 방안 없이 시간만 지체된다면 그땐, 더 이상 돌이킬 방법이 없었다. 이대로 현실에서 사흘을 넘긴다면 결국 남는 건 죽음뿐이었으니까.

" 쇼크가 왔다고 전해 들었습니다."

추측건대, 퀸시 스스로가 맨정신으로 브레인틱에 직접 손을 댔을 리는 없었다. 예기치 못한 상황으로 인해 의식을 잃고 당했을 것이 분명했다. 그렇다면 더 심각한 사태였다.

" 네! 여러 번 발작이 있긴 했지만… 다행히 아직까지는 생명엔 지장이 없었습니다. 하지만 이대로 계속 방치된다면… 눈을 뜬다고 해도 쇼크 부작용으로 다른 문제가 발생할 수도 있습니다. 추측이긴 하지만 사용된 브레인틱이 굉장히 하드급에 속하는, 악질의 형태로 보입니다."

리암은 베드 체어에 누워있는 퀸시를 보며 두 눈을 질끈 감았다. 그녀의 창백한 얼굴은 브레인틱에 의한 대미지의 여파로 벌써 새하얗게 질려있었다. 보안팀 내 전담 의료진들의 신속한 대처가 아니었다면, 아마 이렇게 살아있는 것 자체가 기적일지도 몰랐다.

' 리암! 오늘 약속 있다고 하지 않았어?'

' 아… 그거. 안 그래도 갑자기 오늘 하루 종일 연락이 안 돼서….'

' 헉…? 왜? 갑자기?!'

' 글쎄 무슨 일이 생긴 건지… 이런 적이 한 번도 없었는데 좀 당황스럽네.'

퀸시 문제를 떠나 하루 종일 연락이 두절된 복희의 문제로 기분이 처참하게 일그러져 있던 상태였다. 더군다나 리암은 오늘만큼은 꼭 그녀에게 고백 아닌 고백을 하려던 참이었다.

' 퀸시, 여자들이 좋아할 만한 고백이 뭐가 있을까?'
' 헐…. 정말 그분이랑 사귀기라도 하시려고요…?'

물론 퀸시는 끝까지 탐탁해하지 않았다. 그녀가 무엇을 우려하여 반대하는지 모르는 것도 아니었다. 그저 사람 마음이라는 것이 쉽지 않았을 뿐. 종이접기처럼 쉽게 접을 수 있는 것이었다면 애초에 이런 고민 자체를 했을까.

' 계속 만나고 싶다면 그래야 하지 않을까…? 남들 같았으면 벌써 사귀고도 남았을 시간이다…. 내가 너무 질질 끌었어.'

모든 상황에 있어 퀸시는 일의 순서를 가장 중요시했다. 더불어 그녀에겐 늘 정해진 형식에 따른 합리성이 우선이었다. 반대로 자신은 보편성에 가까운 완전한 인간이었기에 퀸시처럼 기준과 판단만으로는 결코 간단하게 넘길 수 없었다. 상황에 따른 유연성이 중요했고 무엇보다 감정을 완벽하게 배제하기란 결코 쉬운 일이 아니었다.

' 흠…. 알겠습니다. 대장님은 이미 선택을 하신 것 같네요. 죄송해요…. 마냥 기쁜 마음으로 응원해 드리지 못해서요…. 그래도 대장님이 원하신

다면 저도 저 나름대로 노력은 해볼게요.'

확실히 자신과는 다른 부류의 생명체라는 것이 여실하게 느껴지는 순간이었다. 로봇에 가까운 인간. 어쩌면 인간이라 여길 수 있는 건 단순 껍데기일 뿐인 게 아닐까? 경계가 명확해질수록 리암은 은연중에 퀸시에게 선을 긋게 되었다. 자의가 아닌 무의식이 그렇게 움직였다.

' 대장!!! 제가 인터넷으로 싹싹 뒤져서 알아낸 정보거든요! 보통 인간 여자들은 깜짝 이벤트에 약하더라구요!! 제가 눈물 포인트들만 콕콕 짚어서 설계한 건데 이런 식으로 고백해 보심이 어떠실까용?'

예상치도 못했던 차에 녀석은 꼭 이런 식으로 사람의 뒤통수를 치곤 하였다. 그러자 그동안 퀸시에게 은근슬쩍 거리를 두었던 스스로의 유치했던 행동이 떠올랐다. 리암은 자괴할 수밖에 없었다. 가만 보면 녀석은 자신을 무력화시킬 수 있는 방법을 아주 잘 알고 있었다.

' 제가 댓글도 꼼꼼하게 읽어보고 직접 질문까지 남겨서 알아낸 거니까 확실할 거예요! 절 믿어보세요. 대장~~'

하지만 그때의 나는 단단히 꼬인 소갈머리에 상대의 순수한 의도까지 제멋대로 꼬아 이미 삐딱선을 탄 후였다.

' 하하…. 고맙긴 한데… 뭐하러 그런 수고를. 요즘 많이 한가한가 봐, 퀸시?'
' 헐…! 저 완전 바쁘거든여!!!'

퀸시가 했던 나름의 노력이란 말을 일부러 무시하면서 녀석이 선사하는 '선의라는 무력'에 쉽게 넘어가지 않기 위해 기를 썼다.

'어쨌든 수고했다. 다만, 이건 내 사적인 문제니까 내가 알아서 하마.'
'쳇! 너무행… 대장님 아직도 그때 그 일로 퀸시한테 삐치신 거죠?!'

되레 적극적인 그녀의 태도가 거슬렸다. 마치 이런 자신의 마음을 눈치 채고 스스로 후회에 덮여 자책하기를 바라는 것 같았다. 그러자 비뚤어진 심보가 쓸데없는 오기를 부렸다.

'부숴. 뭘 머뭇거려?'
'메, 메모리 카드만 빼면 되지 않을까요…?'

로봇의 얼굴을 덮고 있는 토끼 형상의 검은 마스크가 퀸시의 손에 벗겨지고 인간 여자의 얼굴을 한 깡통의 거죽이 드러났다. 그러자 퀸시는 처음의 당당했던 태도와는 다르게 주춤한 모습을 보였다. 이때다 싶었다.

'왜. 너와 같은 부류라 마음이 쓰이나?'
'그, 그게 아니라….'

그 모습에 왠지 모를 짜증을 느꼈던 리암은 미세하게 떨리고 있던 퀸시의 손에서 드릴 건을 가로챘다. 그리고 차분하게 내리깔았던 눈동자를 표독하게 치켜세우며 말했다.

'손 떼.'
'!!!!!'

평소와는 사뭇 다른 그의 냉정한 모습에 당황한 퀸시가 바짝 굳었다. 리암 또한 자신이 뱉어낸 목소리에 흠칫했지만 그것도 잠시, 한껏 작아진 퀸시의 모습에 이유 모를 심술이 튀어나왔다.

' 이게 뭐라고 시간을 끌어?'

그는 여세를 몰아 재빨리 퀸시의 손에 들린 로봇의 머리통을 빼앗아 부러 희롱하듯 그녀의 면전에 대고 흔들어 보였다.

' 이건 하프노이드도 아니지 않나?'

여전히 얼어붙어 있는 퀸시를 보며 리암이 조용히 뇌까리듯 말했다.

' 깡통 따위에 연민이라도 느끼는 겐가?'

그리고 말이 끝나기가 무섭게 로봇의 머리채를 고쳐 잡고선 단 일말의 망설임도 없이 두피에 붙어있는 나사 핀을 모조리 뜯어냈다. 그의 손길은 마치 캔 뚜껑을 따내는 것처럼 무자비했다. 이윽고 투박한 리암의 손이 로봇의 거죽을 뜯어내려던 찰나였다.

' 제, 제가 하겠습니다!!'
' 이제 와서?'
' 만회할 기회를 주십시오! 부탁드립니다!!'
' 할 수 있겠나?'

황량한 모랫바닥 위에 부러 보란 듯이 나사 핀들을 툭툭 떨어뜨린 리암은 눈동자를 치켜뜬 상태로 퀸시를 날카롭게 쏘아보며 되물었다.

' 할 수 있겠나?! 퀸시!!'
' 네!! 할 수 있습니다!!'

남자의 명령에 퀸시는 붉어진 눈시울을 재빨리 훔쳐냈다.

' 실망시키는 일 없도록, 확실히 처분하도록.'

그리고 그가 붙들고 있는 로봇의 머리를 조심스럽게 가져갔다. 그때를 떠올리자 불현듯 의문이 들었다.

' 야야야!! 오늘 텐도 떴다!'

로봇의 머릿속에 삽입되어 있는 메모리 카드들을 침착하게 분리해 나가는 퀸시를 말없이 쭉 지켜보던 리암은 내색은 하지 않았지만 속으로는 깊은 한숨을 내쉬었다.

' 어머 정말? 웬일이래?! 텐은 워터밤 축제 같은 건 별로 선호하지 않던데?'

워터밤의 축제로 열기가 한창인 가운데, 홀로 로비를 걷고 있던 리암의 발걸음이 멈칫했다.

' 몰라~? 중앙 홀 층계 쪽에 앉아 있던데? 완전 올 슈트로 쫙 빼입었더라? 아무래도 슬슬 여친 만들 때가 왔나 봐~ 걔 요즘 쭉 솔로인 것 같

던데~'

자신의 곁을 지나치던 여성 무리의 수다 때문이었다. 그는 걸음의 속도를 낮추며 그녀들의 음성에 귀를 기울였다.

[얘들아, 지금 퀸시 어디 있는지 알아봐라.]
[옙!!]

아무래도 어색해진 퀸시와의 관계를 해결할 방법을 찾은 것 같았다. 그러자 하루 종일 먹구름이 끼어 있던 그의 얼굴에 불쑥 화색이 돌았다.

[복희 씨 바쁘십니까?]

곳곳에서 잠복 중인 자신의 수하들에게 무전을 돌린 리암은 서둘러 블랙펄 내 실버 다이아몬드 존의 클럽으로 발길을 돌렸다.

[복희 씨 혹시 무슨 일 있는 건 아니죠…?]

그 와중에도 복희는 여전히 깜깜무소식이었다.

[복희 씨…. 그때 그 보호자란 친구… 정말 보호자가 맞습니까…?]

갑자기 연락이 두절된 복희에 여전히 리암의 머릿속은 복잡했다.

[왜 이렇게 연락이 안 되는 겁니까!!]

하지만 그만큼이나 자신의 마음을 무겁게 옥죄어 오던 퀸시와의 문제를 해결할 수 있다는 생각에 리암의 구둣발이 대리석 바닥 위를 경쾌하게 울렸다.

" 메일이 왔었다고? 그 중요한 사실을 왜 이제서야 알리는 겁니까?!!!"
" 그, 그게 상부에서 먼저 확인이 필요하다는 지시가 있었습니다…."

보안실에서 자신의 개인 오피스 룸으로 이제 막 돌아온 직후였다. 그사이 분명 충분한 시간이 있었음에도 불구하고 이제 와서 딴소리를 내뱉는 부하에 리암이 고성을 터트리며 말했다.

" 그래도 보고는 했어야지!!! 자네가 내 직속 사람이지 상부에 소속된 사람이었던가?!"
" 죄, 죄송합니다…."

직속 부하의 안일한 태도에 리암은 테이블 위를 쾅 내려치며 분개하였다. 상사로서의 체면이고 뭐고 눈에 뵈는 게 없었다.

" 그 외 다른 사항은."
" 어, 없었습니다!! 저는 보고 받은 그대로 전부 다 전달했습니다!!"

헐레벌떡 꽁무니를 빼는 수하 놈에 아직 열기가 가시지 않은 리암의 얼굴이 또 한 번 사납게 일그러졌다.

" 하, 지금 나랑 장난하나?!"
" 아닙니다! 저는 그저 위에서 시키는 대로 이행했을 뿐입니다!!"

그 순간 무거운 적막이 내려앉길 그의 입술이 매섭게 뒤틀렸다.

" 하…? 그래서 본인은 이 문제에 대해서 그 어떤 책임도 없다?"
" 오해십니다! 절대로 그런 의도가…!"

문제를 해결할 생각보단 책임 전가에 여념이 없는 건 윗놈들이나 아랫놈들이나 매한가지였다. 사실, 늘 하나같이 본인들 몸 사리기 바쁜 이 빌어먹을 조직의 민낯을 몰랐던 것도 아니었다.

" 이봐, 자네. 지금 내가 그딴 책임이나 묻고 따지자는 걸로 보이나? 잘잘못을 떠나서, 바로 곁의 동료가 다 죽어가고 있는 판국에 그게 가당키나 한 태도야?! 퀸시가 동료이기 전에 당장 네 가족이어도 그렇게 할 수 있겠나?!!"
" 죄, 죄송합니다!! 제가 생각이 짧았습니다!!"

다만, 그 화살촉이 자신을 향하게 되자 리암은 격하게 터져 나오는 울화통을 참을 수가 없었다.

" 그래서 결국, 메일은 열어보지도 못했다?"
" 그…! 화이트 해커단도 풀 수 없는 알 수 없는 형식의 암호가 걸려 있다고 합니다."
" 하! 결국 본인들이 책임질 수 없는 상황이니 이젠 너희들이 알아서 책임져라? 이렇게 보고하라든?"
" 아, 아닙니다!!!"

결국, 머리꼭지가 터져버린 리암은 직위의 품위고 나발이고 사람 좋은 가면을 벗어던졌다.

" 나가봐."
" 죄송합니다…."
" 아직도 안 꺼졌어? 당장 나가!!!"

리암의 호통에 고개만 연신 조아리던 부하가 부리나케 방문을 나섰다. 그는 서둘러 제 공식 계정에 연결된 메일함을 열었다.

" 퀸시의 생일…."

몇 시간 전, 본부의 공식 계정과 함께 그의 계정으로 수신된 알 수 없는 경로의 메일에선 이제껏 본 적 없는 특이한 형식의 강력한 암호가 걸려 있었다. 여기서 제일 의아한 사실은 암호를 넣는 칸 바로 밑에 대놓고 힌트가 적혀있다는 것이었다. 더불어 힌트에 적힌 문구 안에는 마치 리암 본인이 직접 풀어야 한다는 듯한 암묵적인 경고가 내포되어 있었다.

" 빌어먹을!!!"

힌트를 본 순간 리암은 거침없이 숫자를 입력했다. 하지만 엔터를 누르자마자 새빨간 글씨가 비상 신호를 깜빡이며 오류 문구를 알려왔다.

" 퀸시의 생일… 퀸시의 생일… 하…."

리암은 절망했다. 총 다섯 번의 기회 중에서 세 번의 기회는 이미 제 손으로 넘어오기도 전에 상부 측 기관에서 전부 다 써버린 후였다. 뭣 같은 자식들이 애당초 문제 해결을 떠나 먼저 공을 가로채기 위해 선수 치려다 막상 책임을 떠맡아야 할 상황이 오자 결국 다급히 자신에게 떠넘긴 것이었다. 앞으로 남은 기회는 단 한 번뿐이었다.

'대장! 이게 다 뭡니까아?'

그의 검지가 책상 위를 톡톡 두들겼다. 정신없이 떨고 있는 다리 한 짝의 아래 사정과는 전혀 다른 느긋한 속도였다.

'오늘 너 생일이잖아.'
'으악!'

리암을 바라보는 퀸시의 표정이 순식간에 경악으로 물들었다.

'뭐지…? 그 기괴한 자세는….'

심지어 선물을 받아 든 퀸시는 엉덩이를 뒤로 쭉 내뺀 이상한 모양새로 두 팔까지 앞으로 쭉 내민 채 그대로 바짝 굳어 있었다.

'아….'
'마음에 안 들어?'

리암의 물음에 퀸시가 정색을 하며 반박했다.

'윽…! 아니요오!'
'근데, 반응이 왜 그래?'

퀸시는 그가 준 선물을 물끄러미 쳐다보고 있었다.

'그, 그게 그러니까요… 이건 제 가짜 생일이라구요….'

순식간에 뻘쭘해진 분위기에 괜히 창문 너머로 시선을 피했던 리암은 그 뒤로 이어지는 퀸시의 말에 황급히 고개를 돌렸다.

'…가짜?'

기억 속에 가득 차올랐던 퀸시의 마지막 얼굴을 끝으로 리암의 눈이 번득였다.

'하프노이드들 중에서도 전 유일하게 설명서가 존재해요, 대장. 그리고 이미 갖고 계시잖아요.'

그는 펼쳐진 암호 창에 알파벳 뒤로 제조 일자와 시간으로 조합된 그녀의 모델명을 하나하나 곱씹어 가며 입력했다.

'제 모델명이 뭐였죠, 대장?'

지문을 인식하란 문구에 황당함을 감추지 못했던 것도 잠시, 범인 상대가 자신의 지문을 대체 어떻게 알고 있는 건지 의구심이 피어올랐다. 하지만 이번엔 머리보다 몸이 더 빨랐다.

[네가 가져갔던 여성체 로봇의 메모리 카드와 내가 갖고 있는 지니의 고유 칩을 그대로 교환하길 바란다. 단, 아무에게도 알리지 말고 아래 링

크를 통해서만 연락할 것. 약속을 어길 시, 코드는 그 자리에서 파기된다. 특히 이 사실이 정부 측 관계자들에게 공유된다면,]

지문이 인식되자, 자물쇠 모양으로 굳게 닫혀있던 상자가 우스꽝스러운 모양새로 열렸다. 곧, 그 안에서 여러 개의 낱말 조각들이 분수처럼 솟구치더니 눈 깜짝할 새에 조각조각 형태를 이루어 글귀를 완성해 갔다.

[YOU KNOW?! I'll 빵야! She is 끽! ASAP.]

마지막 문구를 읽자마자 리암의 입에선 끝내 허탈한 웃음이 터져 나왔다.

" 하… 이 미친 새끼가….'

그리고 그때, 마치 기다렸다는 듯이 사무실 공용 인터폰이 요란한 벨 소리를 울렸다. 괜한 찜찜함에 오피스 룸 안을 황급히 둘러보던 리암은 이내 고개를 내저으며 인터폰의 수신 버튼을 눌렀다.

" 네. 리암입니다."
- 메일은 열었나?
" 아직입니다."
- 기회가 얼마 남지 않았다던데?

리암은 태연하게 대응하며 메일 속의 링크를 자신의 하드웨어에 공유한 후 계정에 담긴 원본 메일을 즉각 파기했다.

" 기회가 단 한 번밖에 남지 않은 상태라 신중하게 처리할 생각입니다."

- 얼마나 남았지?

" 이틀 정도 남았습니다."

- 다른 대안은 생각해 봤나?

남의 일처럼 말하는 상사의 태도에 리암은 수화기를 들고 있지 않은 다른 손으로 제 얼굴을 거칠게 쓸어내렸다. 대충은 예상했던 반응이었지만, 그럼에도 불구하고 화가 끓어오르는 것을 막을 수 없었다.

" 만약 대안이 없다면 어떻게 되는 겁니까?"

- 처리해야지.

" 그게 무슨 말씀입니까?!"

순식간에 흥분으로 뒤덮인 그의 음성이 고요했던 사무실 공간에 위협적으로 울렸다.

- 자칫, 정부의 중요한 기밀 사항이 노출될 수도 있는 중대한 상황인 걸 지금 몰라서 묻나?

" 아무리 그래도 그럴 순 없지 않습니까?!"

- 안 될 것도 없지.

" 장관님!!!"

주먹을 꽉 말아쥔 리암이 책상 위를 거칠게 내려치며 소리쳤다. 그럼에도 불구하고 태연하게 이어지는 남성의 대답은 다시 한번 리암을 분노로 몰아갔다.

- 그래 봤자 메모리만 리셋될 뿐이네.

"리셋이야말로 퀸시에겐 사형이나 다름없는 행위이지 않습니까?!"

과학 기술이 고도로 발달한 지금의 시대에선 로봇으로 대처할 수 있는 육체보단 정신의 종말이야말로 진정한 죽음을 의미했다. 이와 같은 사실을 어느 누구보다 잘 알고 있는 장관은 생각지도 못한 이번에 돌연, 퀸시의 죽음을 강요하기 시작했다.

- 폐기가 아니라 리셋일세! 오히려 잘됐네. 그렇게 되면 그동안 우려했던 일도 어느 정도 해결될 테니 말일세. 이참에 교육이나 제대로 시켜 놓으면 되겠군.

"그렇게는 못 합니다! 리셋은 절대로 안 됩니다!!"

신분의 명예와 지위를 들먹거리면서… 그동안 견고하게 쌓아 올렸던 신뢰의 결과물들이 처참하게 부서지는 기분이었다.

- 리암! 정신 똑바로 안 차리나?! 지금 개인적인 감정이나 운운할 때가 아니란 건 자네가 더 잘 알지 않나!!

"아무리 그래도…!"

빛 좋은 개살구. 모든 것이 다 허울 좋은 껍데기에 불과했다.

- 리암! 너는 우리 정부의 자랑스러운 군인이자 검사이다! 네 신분과 명분을 잊지 말도록! 시간 내에 찾지 못할 시엔 퀸시의 모든 메모리 칩을 파기하도록. 이상!

수년간 몸 바쳐 지켜온 사명감들이 한순간에 와르르 무너지는 순간이었다. 냉혹하기 이를 데 없는 현실에 리암은 무력하게 고개를 떨궜다.

" 으아아악!!!!"

리암은 소리쳤다. 동시에 시끄러운 잡음으로 변질된 인터폰을 집어 들어 그대로 바닥 아래로 내던져 버렸다. 그럼에도 분이 풀리지 않아 산산조각이 난 기계 조각을 가차 없이 짓밟았다.

'안녕하십니까!'

장관의 명령은 곧, 퀸시의 고유 정체성을 이런 식으로 부숴 버리란 소리였다. 그렇게 된다면 퀸시의 본체는 그대로 보존할 순 있어도 더 이상 내가 알던 퀸시는 이 세상에 존재하지 않게 된다.

'네, 안녕하십니까.'

육체를 보존하고 일부의 기억을 저장해 놓았다 한들… 이것을 과연, 이전의 퀸시라고 말할 수 있을까…? 이는 AI가 인간의 삶에 많은 부분을 차지하게 된 이래 아직까지도 제대로 정의할 수 없는 문제였다.

'오늘부로 부장 검사님을 모시게 된 수사관 퀸시입니다!'
'리암입니다. 함께 일하게 되어 영광입니다. 퀸시 수사관님.'

리암은 기력이 빠져나가는 느낌에 의자 위로 풀썩 주저앉았다. 그리고 둔감해진 머리를 등받이에 받친 후 다시 혼재된 생각들을 차근차근 풀어

나갔다. 그때, 그의 시선이 책장 맨 아래 칸 서랍을 향했다.

'앞으로 잘 부탁드립니다!'

어쩌면 지금 퀸시에게 닥친 상황 자체가 저들이 처한 입장과 크게 다르지 않을 상황일 수도 있었다. 그러니까 놈들은 일부러 의도적인 맞불 작전으로 대응한 것이었다.

'저도 잘 부탁드립니다.'

해맑은 어린아이가 뛰어 들어와 얼마나 놀랐었는지. 리암은 아직도 그녀의 첫 이미지를 잊으려야 잊을 수 없었다. 그는 빙글빙글 돌려서 말하는 퀸시의 태도가 처음에는 무척이나 거슬렸다.

'대장님은 음악도 듣지 않으십니까?'
'그게 갑자기 무슨 말씀입니까. 수사관 퀸시님?'

그렇다고 대놓고 티를 냈던 건 아니었지만, 은연중에 짜증이 치밀었다. 리암은 속에 능구렁이 열 마리 정도를 꾹꾹 담고 있는 앳된 소녀의 저 하프노이드가 어째서인지 첫인상부터 퍽 마음에 들지 않았다.

'취미도 따로 없다고 하지 않으셨습니까….'

그러고 보니 대응 방식이 언뜻 비슷했다. 가히, 이런 점만으로 함부로 판단하기엔 무리가 따랐지만, 어쩌면 놈들이 퀸시와 비슷한 존재일 수도 있다는 생각을 지울 수가 없었다.

'그런데요?'

물론 항간에 떠도는 소문에 의하면, 당시 반란을 일으켰던 박사는 더 이상 공급이 불가능했을 정부용 안티 아피스로 인해 늙어 죽었을 확률이 높았다. 하지만 그녀와는 달리 안티 아피스의 영향을 크게 받지 않는 하프노이드들은 온전히 살아있을 확률이 높다. 고로, 충분히 가능성이 있는 추측이었다.

'그렇게 일만 하시면 정신 건강에 좋지 않습니다.'
'하하···. 그 말은 지금 제 정신에 문제가 있다는 얘기로 들리네요?'

그리고 또 하나, 분명 자신의 손으로 해체 직전까지 갔던 여성형 로봇은 그저 낡아빠진 깡통에 불과했다. 산산조각이 난 본체의 완성품은 이미 여기저기 흩어져 직접 보지는 못했지만, 부품만 봐도 요즘 같은 시대에는 취급조차 하지 않는 구형이었다. 바로 말로만 듣던, 일 세대 여성체 로봇임이 틀림없었다.

'대장님을 보면 꽈배기가 생각납니다!'
'예···?'

두뇌를 이루는 하드웨어 자체가 지금은 구하기도 힘든 부품인 것으로도 모자라 조립된 방식조차 희한했다. 그래서 당연히 고철들을 모으는 불법 업체에서 만든, 출처조차 명확하지 않은 로봇일 거라 판단하여 버렸던 것인데··· 명백한 실수였다.

'대장님의 머리 위엔 늘 먹구름이 떠 있고요!'

'허…!'

적당한 말로 되받아치면 조용히 물러설 줄 알았던 그녀가 되레, 눈을 동그랗게 뜨고선 그의 눈을 똑바로 마주한 채 말했다.

'어린 시절의 아픔을 치유하는 데엔 음악만큼 좋은 치료제가 없다고 합니다. 좋은 의도로 드리는 말씀이니 부디 오해하지 않으시길 바랍니다!'

꽤 맹랑한 태도에 그렇게 리암은 얼이 빠졌다가 정신이 돌아온 뒤엔 그만 포커페이스도 잊어버린 채 이맛살을 잔뜩 구겨버렸다.

'절대로 대장님을 무시해서가 아니라 생각해서 하는 말인데… 제가 좀 직설적이죠? 불쾌하셨다면 사과드릴게요. 죄송합니다! 실례가 많았습니다!!'

과연, 직속 상사의 면전에 대고 이런 황당무계한 소리를 할 수 있는 인간이 몇이나 있을까…? 시큰둥한 표정으로 녀석이 툭 쏟아낸 말들은 리암의 입장에선 하나같이 기함할 정도로 경악을 금치 못할 대사들이었다. 자신이 아닌 어느 누구라 하더라도 기가 찰 수밖에 없을 상황이었다.

'좀 더 변명할 기회를 주신다면, 제가 아직 학습 발달이 많이 부족한 로봇이라서 인간 사회에서 말하는 적당한 선이라는 의미가 아직도 많이 헷갈립니다. 염치없는 소리지만 부디 너그럽게 이해해 주시길 부탁드리겠습니다!'

그 와중에도 리암은 여전히 그녀와 자신의 경계를 명확하게 구분 짓는 행위를 멈추지 않았다.

  '저는 대장님과 친해지고 싶습니다! 대장님과 가까워지고 싶어서 보이
는 관심이니 이 또한 부디 너그럽게 이해해 주십시오!'

  그러나 퀸시는 마치 어디로 튈지 모르는 탱탱볼 같았다. 상대의 마음을
훤히 내다보고 있는 것처럼 불시에 튀어 올라 정면으로 맞설 줄 알았다.

  '그리고 말입니다, 대장님! 하프노이드들도 인간들과 크게 다르지 않습
니다!!'

  연달아 치고 들어온 공격에 리암은 결국 아무 말도 못 하고 입만 벙긋
거릴 수밖에 없었다. 뜨끔한 마음 또한 숨기지 못했다. 대놓고 로봇이란
말을 한 적은 없었지만, 그렇다고 동급의 인간으로서 대우를 해왔던 것도
아니었다는 사실을 꼭 들킨 기분이었다.

  '하…. 퀸시 수사관님.'

  마지막으로 덧붙여진 퀸시의 대사에 나는 그대로 나가떨어졌다. 제대로
들키고, 제대로 한 방 먹은 것이다. 게다가 어쩐지 기가 찰 노릇인데 헛웃
음이 터져 나왔다.

  '그냥 그렇다고요! 어디까지나 모두 제 개인적인 의견이었습니다만?'

  일순간 태세를 전환한 그녀의 태도에 나는 결국 터져 나오는 웃음을 참
지 못하고 그렇게 한참을 킬킬대고야 말았다. 체면 따위는 잊어버린 지

오래였다. 이런 나를 보며 두 눈을 땡그랗게 뜬 채 빳빳하게 굳어있던 퀸시가 떠올랐다. 거기에 어버버하며 부리나케 뒷걸음질을 치던 모습까지….

'퀸시 수사관님!!'

그제야 난 깨달을 수 있었다. 어린 소녀의 모습을 한 하프노이드인 그녀를 아닌 척 얕봤던 자신의 과오를 말이다. 그녀보다 키만 크고 덩치만 컸지 하는 짓은 천생 영락없는 어린아이에 불과했던 나는, 뒤늦게서야 스스로의 잘못을 인지했던 것이다.

'…네?!'

리암의 부름에 떨떠름해진 표정의 어린아이 얼굴이 다시 문틈 사이로 고개만 빼꼼히 내밀었다. 웃음기가 싹 가신 얼굴로 진지하게 그녀를 마주하자 부딪힌 아이의 시선이 눈동자를 요리조리 피해 가며 어색한 웃음을 흘렸다.

'그럼 추천해 주시겠습니까.'
'무… 무엇을 말씀입니까?'

마주친 그녀의 눈빛이 다시 갈피를 잡지 못해 이리저리 흔들렸다. 그 모습을 보자 내면 깊숙이 숨겨뒀던 짓궂은 어린아이가 슬슬 시동을 걸어왔다.

'음악 말입니다.'

나는 진심 반 농담 반이 섞인 마음을 아이에게 투척했다. 결국 퀸시는 빼꼼히 내밀고 있던 고개를 물리더니 다시 문을 열고 들어와 어정쩡한 모습으로 되물었다.

'분명… 관심 없다고 말씀하시지 않으셨습니까?'
'네, 아까까지만 해도 그랬습니다.'

그제서야 퀸시의 얼굴을 덮고 있던 긴장감들이 서서히 녹아내렸다. 하지만 이번에는 내가 되려 진지한 모드를 지울 수 없었다. 더 이상 아이에게 엉망인 어른으로 비치고 싶지 않았다.

'네. 그러셨습니다. 분.명.히.'
'정신병은 고쳐야 하지 않겠습니까?'
'뜨헙!!!!'

퀸시의 반응에 결국 목석같던 리암의 얼굴이 무너졌다.

'하하하. 왜요. 그새 마음이 바뀌셨습니까?'
'아, 아니요! 아직도 유효합니다만…?'

그의 입에서 한바탕 또 웃음이 터졌다. 그때, 뜨악을 입에 물고 있던 퀸시의 모습은 지금까지도 잊을 수 없을 만큼 생생했다.

'그러니까 퀸시 수사관님이 직접 추천해 주시면 되겠네요.'

우리는 그렇게 가까워졌다. 까마득한 유년 시절부터 나의 발목을 잡아

왔던 트라우마를 알고 있는 상대는 퀸시가 유일했을 정도로….

'대장!! 오늘도 대장 머리 위로 먹구름이 동동 떠 있어요!'
'놀리지 마, 퀸시. 오늘은 장난칠 기분이 아니야.'

더불어 시간이 흘러 서로를 조금씩 알아가게 되면서부터 그녀의 진심 어린 도움으로 나는 변해가고 있었다.

'흠…. 이건 비밀인데요… 대장님은 일 년 중 366일이 늘 장난칠 기분 이 아니시거든요~'
'맙소사…!'

어느샌가 퀸시는 그저 그런 수사관에서 때로는 동생 같고 딸 같으면서 도 한편으론 엄마의 역할까지 톡톡히 해내는, 이제는 리암의 삶에서 결코 떼어 놓으려야 놓을 수 없는 소중한 존재가 됐다.

'퀸시!! 일 년은 365일이야.'
'헐…. 대장! 장난친 거라구요…!!'
'큭…. 알아. 나도 농담친 거야.'

이대로는 절대 그녀를 파기하게 내버려둘 순 없었다. 생각의 끝에 불쑥 리암의 머릿속으로 블랙펄에서 퀸시를 마지막으로 봤던 순간이 스쳐 갔 다.

'대장은 너무 생각이 많아요! 그 생각이 꼬리에 꼬리를 무니까 자꾸 마 음이 아픈 거라구요!! 안 되겠습니다! 저랑 나가서 콧바람이라도 쐬셔야

겠어요! 그나저나 어제도 또 한숨 못 주무셨어요?! 얼굴이 말이 아닙니다!! 못생긴 얼굴이 더 못생겨지셨다구요!!'

끝까지 눈에 밟히던 남자의 존재와 브레인틱. 찝찝함을 넘어서 기시감을 풍겨왔던, 연관성이 그려지는 사물들이 한데 모이자 리암은 무력감으로 늘어져 있던 몸뚱이를 일으켜 미련 없이 자리를 박차고 일어섰다.

RRRRR RRRRR

보안팀에 호출을 넣음과 동시에 그의 손이 서랍 아래 감춰뒀던 하드 케이스를 향했다. 상부에 곧바로 넘기지 않고 일선에서 먼저 정리하려던 생각이 선견지명이 될 줄이야….

- 네 부장님! 보안팀입니다!
"리암입니다. 곧 쉴드존에 접속하려 합니다."

별다른 정보가 없을 시엔 그대로 제 손에서 파기하려던 물건이었거늘. 지금의 심경에선 어떠한 이유로도 윗선에 보고할 명분 자체가 없었다.

"정확히 한 시간 뒤에 준비해 주세요."
- 네! 알겠습니다!

그대로 케이스를 주머니에 쑤셔 넣은 리암이 한쪽 눈을 깜빡여 홀로그램 창을 불러왔다. 거래하기 이전에 먼저 확인해야 할 녀석이 존재했다.

텐

" 하는 척만 하면 바로 들킬 텐데?"
" 뭐어?!!!"

댄의 말이 떨어지기가 무섭게 뱅의 얼굴 위로 심오한 낯빛이 드리워졌다.

" 그럼 진짜로 해야 돼?"
" 그럼 가짜로 하겠냐?"

뻔뻔한 낯짝에 뱅은 속이 다 부글부글 끓었지만 더 이상 반박할 수 없었다. 그럼에도 불구하고 한 대 쥐어박고 싶은 마음이 간절해지는 순간이었다.

" 아 진짜!! 이 와중에 넌 장난이 치고 싶니?"
" huh? 난 장난친 적 없는데?"

심드렁한 얼굴이 눈썹을 들썩인다. 어쭈? 이제는 귓밥까지 파고 있다. 잠시라도 녀석에게 연민을 느꼈던 스스로에게 이 순간 맹렬히 레드카드를 선사하는 바이다. 생각을 끝으로 뱅은 살쾡이처럼 잽싸게 뛰어올라 댄의 면전에 주먹을 들이밀었다.

" 죽고 싶냐?"
" 살고 싶다."

물론 힘만 무식하게 센 놈이라 쨉도 안 됐지만 그럼에도 불구하고 굳이 최선을 다해 볼까, 심히 고려해 보기로 한다.

" 터지고 싶냐?"
" 가능하겠냐?"

예상은 했지만 씨알도 먹히지 않았다. 저와는 달리 여전히 천하태평인 댄의 짓궂음에 뱅은 애꿎은 자신의 머리칼을 부여잡고 절규를 부르짖었다. 이 노므 쉐키…. 울고불고 그 난리를 피울 때부터 경계를 했어야 했다. 아니, 애초부터 이 새끼를 믿은 내가 병신이었을지도?

" 그래서 너 진짜로 나랑…"
" Yup! 가짜 아니고 진짜로 너랑."
" 아오 진짜!!"
" 어쩔 수 없잖냐."

대답과 동시에 어깨를 으쓱인 댄이 씩 입꼬리를 올렸다. 뱅은 저 웃는 낯짝에 약이 더 바짝 올랐다. 다 떠나서 시종일관 천연덕스럽게 말대꾸나 늘어놓는 저놈의 주둥이가 제일 얄미웠다. 마침내 그녀는 침대 위에 얼굴을 처박고 두 주먹으로 매트 바닥을 쾅쾅 내리치며 아우성을 쳤다.

" 으아아아아아아!!! 진짜 짜증 난다!!!"
" 워워, 너 지금 굉장히 짐승 같다?"

진심으로 댄을 패주고 싶었다. 쟨 뭐가 항상 저렇게 여유로운 건지… 원체 가벼운 녀석이라 놈은 그렇다 쳐도 사실 내겐 너무 가혹한 일이었다.

" 차라리 짐승이 되련다!!! 으아아아아!!!"
" 워워워~"

나한텐 무려 첫 키스라고 첫 키스!! 더더군다나 그동안 꽤나 능숙한 척, 어른인 척, 유경험자였던 척했던 지난날들을 떠올려 보면 이놈한테만큼은 절대적으로 함구해야 했다. 그러니 더더욱 난감할 수밖에….

" 뭐가 그렇게 고민이냐?"
" 그럼 고민이 안 되겠냐?!"

댄의 장난스러운 말투에 뱅이 눈썹을 꿈틀거리며 입술을 콱 짓씹었다. 꼭 제 속내를 다 알고 저런 식으로 말하는 것 같아서 괜히 더 조바심이 났다.

" 그냥 입술 박치기한다고 생각해라."
" 뭐, 뭐어…?! 이, 입술 박치기이이?!!"

이젠 대놓고 킬킬대며 어깨를 들썩이는 녀석에 뱅은 부들거리는 주먹을 콱 말아쥐었다. 여차하면 놈의 코를 납작하게 뭉개버릴 생각이었다.

" 아니면 심폐소생술이라던가…? 크크큭!"
" 이 새끼가 진짜!!"

여전히 깐족거리는 댄에 그만 울분을 참지 못한 뱅이 날렵한 이단 옆차기를 시작으로 주먹 쥔 손을 살벌하게 휘둘렀다.

" 워워!!"
" 오늘부로 인생 하직하고 싶냐?!"

하지만 옆차기를 하자마자 갑자기 몸이 붕 뜨더니 순식간에 하얀 천장과 고급스러운 샹들리에가 시야를 가득 채웠다.

" 윽…! 야!!!!"
" 왜."

이럴 줄 알았으면 아바타만이라도 장신으로 해둘걸. 등판에 닿은 베드 퀼트의 푹신한 감촉을 느끼며 뱅은 터무니없는 후회를 곱씹었다. 이래서 뭐든지 간에 너무 정직해도 문제였다.

' 내가 살려 됐는데?'
' 뭐…?'

아지트를 뛰쳐나온 이후, 자신의 개인 계정엔 손도 대지 않았던 뱅은 당연히 지금쯤이면 계정 자체가 사라졌을 거라고 생각했다.

' 난 내 계정 닫힌 줄 알았는데….'
' 그걸 왜 닫냐? 죽은 것도 아닌데!'
' 아니!!! 휴면으로 넘어간 줄 알았다고!!'

하지만 댄이 보안 코드에 교란 장치를 걸어 둔 덕분에 사라지기는커녕 수월하게 접속할 수 있었다.

'이 오빠가 손 좀 써놨다. 네가 꽤 오랫동안 반응이 없길래.'
'그걸… 네가 어떻게 알아?'

뱅의 반응에 일순간 댄의 얼굴이 짜게 식었다. 어이가 없다는 완연한 표정이었다.

'Huh?!'
'아니… 내가 무시한 것일 수도 있잖아!! 근데 그게 아닌지 어떻게 알았냐구….'

그 찰나의 녀석이 무척이나 낯설게 느껴졌을 정도로 다시 조우하게 된 댄은 이전의 내가 알던 놈이 맞을까 싶을 정도로 달라져 있었다.

'야…. 너네 잼하고 코인 누구한테 받아쓰냐?'
'아아…!'

물론 성격만큼은 여전했다. 비록 지금의 녀석은 지지가 아닌 낯선 텐의 얼굴을 한 댄이었지만, 녀석에게서 느껴지는 성격이나 분위기만큼은 누가 뭐래도 댄 그 자체였으니까. 그럼에도 불구하고 하지만 뭔가 달랐다.

'하?! 아바타 관리도 주기적으로 해주는 게 누구였냐?!'
'우, 웁스…!'

그러나 미약하게 남았던 경계의 끈은 금세 사라졌다. 다만, 상황이 이렇다 보니 어느 누구에게도 쉽사리 믿음을 줄 수 없었을 뿐.

' 너야말로 날 의심하는 거냐?'
' 아니?!'

사실… 이때까지도 녀석이 말한 눈알 브로치나 해킹툴 같은 심오한 세계가 전부 다 이해되진 않았지만 굳이 더 캐묻진 않았다.

' 했네, 했어.'
' 아니거든?!'

거의 가족이나 다름없는 관계에서 심증만으로 잣대를 세우기가 쉽지 않았을뿐더러 무엇보다 단순한 싸움이 아니었음에도 불구하고 끝까지 신경을 써준 녀석에게 당장의 궁금함보단 고마움이 더 컸기 때문이었다.

" 으악!! 너 이거 안 놔?!"
" 어. 못 놔주겠다."

원래 뱅의 아바타인 로즈는 현실의 기럭지보다 훨씬 더 길쭉한 다리를 가진 체구였다. 게다가 댄의 공식 아바타인 지지와 거의 비슷한 체격이었는데…. 지금은 상황 자체가 달랐다.

" 와 씨!!! 너 돌았어?!"

그러니까 텐의 모습을 한 댄은 실제 모습과 크게 다르지 않은 장신이었다. 놈은 굳이 크게 힘들일 필요도 없이 그저 신장의 격차만으로도 나를 손쉽게 제압할 수 있는 위치였다.

" 시간 없다. 뱅."
" 으익….."

순식간에 뱅의 몸 위로 올라탄 댄은 그녀의 두 손을 가볍게 결박한 채 코끝의 숨이 느껴질 정도로 가까이 다가와 말했다.

" 그냥 해. 미리 사과할게."

녀석의 말이 떨어지기 무섭게 입술이 부딪혔다. 그 순간 낯선 감촉에 숨을 크게 들이마신 뱅은 두 눈을 꾹 감고 어깨를 잔뜩 움츠렸다.

" 야…. 너 왜… 크크크크큭"
" 왜… 왜 뭐! 너 왜 웃어!!"

하지만 얼마 지나지 않아 돌연 입술을 뗀 댄은 갑자기 기가 막힌다는 듯 어깨를 들썩거리며 웃기 시작했다.

" 아하하하학! 으하하하하학!!"
" 웃지 마!! 웃지 말라고!!"

말도 제대로 잇지 못할 정도로 끅끅대던 녀석은 이제는 아예 고개까지 홱 젖혀 박장대소를 터트렸다. 덕분에 댄에게 잡혀 있던 양손이 자유로워진 뱅은 그대로 자리에서 벌떡 일어나 벌게진 얼굴로 격분했다.

" 이 새끼가 진짜아아아아!!!"

길길이 날뛰던 뱅의 시야가 다시 한번 뒤집어지는 순간이었다.

" 딱 한 번만 가르쳐준다."
" 뭐, 뭘 가르쳐 뭘!!"

이번엔 천장 대신 댄의 얼굴이 등장했다.

" 넌 똑똑하니까 잘 배워 둬라."

웃음기가 싹 빠진 제법 진지한 얼굴이 가까워지는 순간 다시 입술이
맞물렸다.

' 보통 연인끼리 키스를 하거나 관계를 갖고 있는 경우에는 스캐닝에 걸
려도 대충 피해 간다고 하더라고. 인권 보호 협회에서 난리를 쳤었나 봐.'

점점 더 농밀하게 엉겨오는 호흡 끝에 합이라도 맞춘 듯 감겨있던 눈이
번득 뜨였다.

' 근데 쉴드존이면 오히려 브레인틱 같은 마약을 더 많이 하지 않아? 이
런 사건에는 꼭 성범죄가 같이 따라오기 마련인데, 성에 관련된 상황에선
스캐닝을 피해 간다니 이건 너무 어불성설인데?!'

이윽고 시선이 마주쳤다.

'어쨌든 지금으로선 이 방법이 제일 확실하니까.'

힘없이 벌어진 뱅의 입술 사이로 끈적한 숨이 터져 나왔다. 그러자 댄이 다시 그녀의 두 뺨을 천천히 감쌌다.

'흠…. 그렇다면 어쩔 수가 없는 상황인 거네…. 이런 젠장?!'

동시에 고개를 틀어 부딪혀 온 그의 입술이 이번에는 숨 쉴 틈도 없이 거칠게 뱅의 입술을 삼켰다. 덕분에 뱅은 근접한 거리에서 들려오는 소란 조차 인지하지 못할 정도로 머릿속이 하얗게 굳어버렸다.

[[[[[이렇게 막무가내는 안 됩니다!!]]]]]

혼란을 틈타 겹쳐있던 입술에 작은 틈이 벌어지고 순식간에 맑은 공기 가 몰려들었다. 그 틈새를 비집고 숨을 들이켜자 다시 뭉개진 입술 사이 로 댄의 혀가 매끄럽게 움직였다. 생경한 소름에 그녀가 자발적으로 댄의 목을 바투 끌어안았을 때였다.

[[[[[검찰이라고 검찰!!]]]]]

갑자기 객실의 문이 거칠게 열리는 소리와 함께 남성 둘의 실랑이하는 소음이 고막 센서를 크게 울렸다. 뱅은 예상치도 못한 외부 침입자의 목 소리에 서둘러 몸을 일으켰다. 하지만 그녀보다 한 템포 더 빨랐던 댄이 뱅의 어깨를 지그시 눌렀다.

[[[[[그래도 이러시면 안 됩니다!!]]]]]

[[[[[안 비켜? 공무집행방해죄로 당신 또한 연행될 수 있다는 걸 잊었나?]]]]]

그들이 있는 침실을 향해 발소리가 점점 가까워지자 댄이 뱅의 턱을 그러쥐었다. 그리고 그대로 고개를 꺾어 다시 깊숙이 혀를 얽었다.

" 아무리 그래도…!!"
" 이 새끼 어디있!!!"

이윽고 구둣발 소리가 우뚝 멈춰 섰다.

" 맙소사…!"

그러나 댄은 격정적으로 맞물린 입술을 떼어내기는커녕 오히려 더 격렬한 키스를 이어나갔다.

" 텐…?!"

물리적으로는 몇 분 안 되었지만, 체감상으로는 삼십 분 이상으로 느껴지는 시간이 흐르는 동안 낯선 이방인의 입에서는 텐의 이름이 수 차례 언급되었다.

" 텐!!! 지금 제가 하는 말이 들리지 않습니까?!"
" 검사님!! 아무래도 이건 아닌 것 같습니다! 일단 나중에 다시…!"

이후, 약 오분가량을 상대는 안중에도 없다는 듯 오롯이 입술 박치기에만 집중하고 있던 댄의 얼굴이 뱅에게서 멀어졌다.

"뭐야?"

느긋하게 고개를 뒤로 물린 댄이 뱅을 향해 가볍게 윙크를 날리며 말했다. 이윽고 두 사내를 향해 고개를 돌린 그가 눈썹을 매섭게 치켜세우며 덧붙여 물었다.

"뭐냐고 묻잖아."
"그…!"

댄은 관리인을 부름과 동시에 다시 뱅을 향해 손을 뻗어 그녀의 입술에 묻어 있는 타액의 흔적을 엄지로 쓱 닦아냈다.

"어이, 관리자."
"네?! 저, 저요?!"

그리고 태연하게 말을 이어나갔다.

"제정신인가?"
"아, 아닙니다!! 죄송합니다!! 검찰이라고 막무가내로 들이닥치는 바람에…."

관리자의 변명에 댄의 고개가 삐딱하게 기울었다.

"블랙펄도 이제 한물갔나 봐?"

" 헉⋯. 테, 텐 님!! 정말 죄송합니다!!"

금세 서늘해진 그의 시선이 이번엔 그 옆 장신의 사내를 향했다. 그러자 흠칫 놀란 표정을 지어 보인 사내가 그제야 정신이 돌아온 듯 급하게 입술을 열었다.

" 텐!! 검찰에서 나왔습니다!! 확인할 사항이 있어서 이렇게 실례를 무릅쓰고 찾아왔습니다. 허락도 없이 찾아온 점은 미리 사죄드립니다. 하지만 공적으로 엄연히 중대한 일이니 부디 너그럽게 협조 부탁드려도 되겠습니까?"

외부인의 태도는 뻔뻔하기 그지없었다. 댄은 대답 대신 조소를 터트리며 몸을 틀어 뺑의 머리 꼭대기까지 이불을 홱 끌어 올렸다.

" 너그럽게라⋯."
" 부, 부탁드리겠습니다!!"

뺑의 모습이 이불 속으로 완전히 자취를 감춘 후에야 비로소 침대를 빠져나온 댄이 바닥 위를 어지럽게 뒹굴고 있는 옷가지들 사이에서 가운 하나를 집어 들었다.

" 영장은 가져왔나?"
" !!!!!!"

그리고 탈의된 상체 위로 가운을 덮으며 남자를 향해 천천히 걸음을 옮겼다.

" 글러 먹었군."

어정쩡하게 서 있는 장신의 남자에 맞서 자신의 잔뜩 성이 난 근육 위
로 보란 듯이 가운을 고쳐 입은 그가 이번엔 시선을 바꿔 그 옆의 호텔
관리자를 향해 혀를 차며 말했다.

" 쯧, 호텔 관리도 아주 엉망이고."
" 죄, 죄송합니다!! 몇 번이나 말씀을 드렸는데도 불구하고⋯!!"

연신 고개를 수그리기 바쁜 직원에 가볍게 손을 올려 제지한 댄이 고개
를 좌우로 뚝뚝 꺾어가며 아직 물기에 젖어 있는 머리칼을 툭툭 털어내
듯 쓸어 올렸다.

" 이봐. 당신."
" 저⋯ 말씀이십니까?"

그가 장신의 사내에 턱짓하며 되물었다.

" 그래서. 누구라고?"
" 검찰입니다."
" 그거 말고. 자기소개가 빠졌잖아?"

낮게 가라앉은 댄의 목소리에 기세등등했던 남자는 순식간에 저자세로
태세를 전환했다.

" 아⋯! 그⋯ 주, 중앙 군검찰 소속 부장 레오입니다."

" 직권 남용이군."

남자의 말이 끝나기도 전에 댄이 빈정거리듯 대답했다.

" 아니 그러니까 제가 계속 말씀드리지 않았습니까!! 여기는 아무리 정부 측 관계자라 하더라도 아무나 막 들어올 수 있는 곳이 아닙니다!!"

그러자 그 옆에서 눈치만 보고 있던 관리인이 급히 끼어들어 레오를 향해 핏대를 세우며 목소리를 높였다.

" 그만! 그쪽은 잠시 빠졌으면 좋겠는데?"

이에 댄이 미간을 잔뜩 찌푸린 채 단칼에 관리인의 입을 막았다. 그리고 다시 레오를 향해 짜증이 가득한 얼굴로 화살을 돌렸다.

" 그래서 용건이 뭡니까?"
" 잠시 확인할 게 있습니다."
" 잠시면 되나? 내가 지금 좀 바쁜데 말이지?"

고개를 쳐든 댄이 남자를 향해 제 뒤를 가리키며 턱짓했다. 그러자 사내가 다짜고짜 낯선 여자의 이름을 소리치듯 언급했다.

" 지, 지니가 사라졌습니다!!!"
" …지니?"

얼굴이 홍당무처럼 시뻘게진 남자를 보며 댄은 속으로 비릿한 웃음을 지었다.

" 네! 지니요!! 기억 안 나십니까?!"
" 글쎄, 지니라…."

남자는 그의 직업 특성상 제일 중요하게 여겨야 할 사건 경위와 절차를
그저 장식용인 양 깡그리 무시하고 있었다.

" 그녀가 사라진 당일! 당신을 만난 걸로 알고 있습니다!!"
" 그렇습니까?"

지니를 언급한 순간부터 천장 어딘가에 시선을 두고 있었던 댄이 다시
사내를 응시하며 말했다.

" 네…?"
" 그게 나랑 무슨 상관이지?"

삐딱해진 고개를 치켜세운 댄이 남자를 향해 부러 빈정거리듯 대답했다.

" 허…!! 상관이 없다고요?!"
" 있어야 하나?"

여전히 불성실한 댄의 반응에 이번엔 레오가 격앙된 감정을 드러내며
언성을 높였다.

" 그녀가 사라진 날!! 너를 만났다고!!!"

" 워워~ 진정하라고."

일순 댄의 입술에 조소가 흘렀다. 상대는 기가 찰 정도로 허술했다.

" 만났어, 안 만났어?!"
" 어이, 검찰 양반."

금세 흥분에 휩싸인 남자는 자신의 본분을 떠나 스스로 처해진 상황까지 잊어버린 듯했다.

" 만났잖아!!!!"
" 대화가 통하질 않는군."

그는 댄이 알고 있던 기존의 얼굴에서 새로운 아바타로 신분까지 바꿔놓고선 막상 자신을 알고 있는 듯한 말투와 태도는 그대로였다. 아니, 애초에 거기까진 생각할 겨를조차도 없었을 것이다.

" 내 말이 맞잖아!! 안 그래?"
" 허, 네가 날 언제 봤다고 반말지거리야?"

처음부터 검찰이라는 신분으로 등장한 남자는 정식 권한도 없이 무턱대고 찾아와 사생활 침해도 모자라 사건의 정황 설명도 없이 무례를 범하더니, 그깟 감정 컨트롤 하나 제대로 하지 못해 급기야 초면인 사이에서 반말이나 퍼붓고 있었다. 여기까지가 지금까지 댄의 시선 속, 레오라는 남자의 전반적인 모습이었다.

"죄, 죄송합니다. 제가 흥분했습니다! 하지만 그쪽도 반말하신 것 같습니다만…?"

"Huh?"

놈은 될 대로 되라는 식으로 객기를 부리고 있었다. 남자의 어처구니없는 행동에 댄의 자비 없는 소갈머리가 슬슬 꼬여가고 있었다.

"다시."

"네…?"

마침내 심지에 제대로 불이 붙은 댄은 당혹감이 가득 차오른 사내를 보며 수차례 가르치듯 되물었다.

"질문부터 다시 하라고. 육하원칙, 절차에 맞춰서."

"아…!!!"

일순 사내의 얼굴이 순식간에 수치심으로 벌겋게 타올랐지만, 이러나저러나 처음부터 기본 절차 과정을 무시한 자신의 몫일 뿐이었다.

"사건 당일, 지니를 만나셨습니까…?"

"만난 것이 아니라 클럽에서 마주쳤지."

"아…! 그, 그리고 무엇을 하셨습니까?"

"그게 다야."

댄의 건성한 태도에 레오는 주먹이 부들부들 떨렸지만 그 이상 말을 잇진 못했다. 그가 뱉어낸 말은 정황상 모두 사실에 근거했기 때문이었다.

" 그… 그게 다라고요?! 허!!"

" 내가, 사건 당일, 블랙 다이아 존 로열 클럽에서 지니라는 애를 마주쳤
다. 이상 끝. 볼일 끝났으면 그만 나가줬으면 하는데?"

하지만 레오의 입장에서도 쉽게 포기할 순 없는 노릇이었다. 마지막 희
망의 끈은 남자에게 있다고 자신의 직감이 그렇게 말해주고 있었으니까.
어차피 처음부터 안면몰수를 자청한 레오는 스스로 억지인 줄 알면서도
끝까지 굴하지 않고 댄에 맞섰다.

" 잠시만요!! 증거 있습니까?"
" 하, 증거?!"

어이가 없을 정도로 막무가내인 레오에 이번엔 댄의 입술이 매섭게 뒤
틀렸다.

" Shit!! 이봐, 검찰 양반! 미리 CCTV도 확인 안 했나? 억지도 정도껏
부려야지. 지금도 상황 인지가 안 되나? 내가 뭘 하고 있었는지, 봤잖아?
안 그렇습니까? 관리자 양반."

수 초간의 짧은 적막을 뚫고 그의 입에선 신경질 가득한 욕지거리가 가
감 없이 쏟아져 나왔다.

" 마, 맞습니다!! 텐 님 말씀이 다 맞죠! 암요!!"
" 하지만! 그게 증거가 될 순 없습니다!!"

그럼에도 부득부득 우겨대는 레오의 태도에 머리칼을 거칠게 쓸어 넘

긴 댄은 끝내 어금니를 짓이기며 뱉어내는 말끝마다 뚝뚝 힘을 실어 되물었다.

" 내가 지금 나 혼자도 아니고. 내 여자랑, 침대에, 누워 있었잖아?! 이래도 아니라고 우길 건가?!"
" 하…. 그 부분만큼은 본의 아니게 미안하게 됐습니다. 그만큼 급박한 상황이라…!"

댄의 말투는 명백히 레오를 무시하는 행동이었다. 더 밟아 버릴 수도 있었지만, 이딴 쓸데없는 짓에 굳이 금쪽같은 시간을 낭비하고 싶지 않아 나름대로 자제하고 있었던 건데…. 댄은 불쑥불쑥 치고 올라오는 성질머리를 꾹 짓눌러가며 남자를 향해 덧붙여 포고했다.

"허, 유유상종인가? 그 지니인지 뭔지도 아주 스토커가 따로 없더니… 난 분명히 경고했었다. 이미 임자가 있는 몸이라고!! 그 여자도 막무가내더니… 이것들은 쌍으로 민폐가 낯짝이군."

말이 끝나기가 무섭게 다시 관리인에게 시선을 돌린 댄은 머리꼭지까지 차오른 분노를 그대로 쏟아내듯 고함쳤다.

" 어이, 이제 그만 나가 주는 게 어때?! 아니면 내가 나갈까?!"
" 죄, 죄 죄송합니다!!! 지금 당장 정리하겠습니다!!!"

폭발한 댄의 모습에 사색이 된 관리자가 손이 발이 되도록 싹싹 빌어 보이며 고개를 조아렸다.

"곱게 넘어가려고 했다만, 도저히 안 되겠는데? 오늘부로 블랙펄에 발을 끊어야 하나?"

블랙 다이아몬드 등급에서도 로열 퍼슨으로 구분되는 텐은 그들 가운데서도 영향력이 높은 인물이었다. 특히 고액의 숙박비를 일시불로 지불해야 하는 로열 존의 스위트룸을 장기 렌트로 이용할 수 있는 텐과 같은 고객은 절대 흔치 않았다.

"아니요!! 아닙니다!! 텐 님, 바로 즉각 처리하겠습니다!! 그리고 오늘의 이 불미스러운 일에 관해서는 어떤 식으로든 제 이름을 걸어서라도 만회하겠습니다!! 제발 부디 노여움을 푸시고 양해 부탁드립니다!! 정말… 정말 죄송합니다!! 제가 정말 입이 열 개라도 할 말이 없습니다…. 아휴…."

관리인은 말이 끝나기가 무섭게 곧장 제 옆의 남자를 향해 두 눈을 위협적으로 부라리며 거칠게 손짓했다.

"들으셨죠?! 당장 나오세요!!"
"잠시만요, 관리자 양반! 이 또한 엄연한 업무 방해입니다!"
"아주 판사 납셨네요, 검찰 양반! 업무 방해는 지금 당신이 하고 있는 겁니다!"

하지만 레오는 되레, 관리자의 태도에 학을 뗀 듯 고개를 내젓더니 다시 댄을 향해 어금니를 짓씹으며 말했다.

"그래도 조사는 받으셔야 합니다."

" 증거를 가져와, 그럼."

　도통 말이 통하질 않는 남자를 보며 댄은 침착하게 인내를 곱씹었다. 누가 피의자고 피해자인 건지. 머리에 피도 안 마른 애송이는 끝까지 머저리 같은 짓을 남발하고 있었다.

" 그럼 신분증이라도 보여드리겠습니다."
" 쯧, 말귀를 못 알아먹는 건지. 멍청한 건지. 이봐, 당신 검찰에서 나온 거 확실해?"

　불현듯 레나의 고약한 취향이 스쳐 갔다. 이런 띨한 놈이 뭐가 좋다고… 댄은 남자와 말을 하면 할수록 점점 더 열이 뻗치는 기분에 휩싸였다. 볼수록 멍청한 얼굴에 키만 멀대같이 커서는 여전히 말이 통하질 않았고 심지어 말귀도 못 알아먹으니 말이었다. 생각을 끝으로 댄의 입술이 다시 뒤틀렸다.

" 내가 그 여자랑 잠깐이라도 대화를 나눴던 건 클럽 안이었어. 그것도 스토커처럼 따라붙어서 다짜고짜 제 말만 하길래 정중히 사양을 했던 게 다라고. 아… 그러고 보니 그 여자가 계속 찝쩍댔었군. 클럽 밖으로 나가는 순간까지 뒤따라 나왔으니까. 하지만 그때, 지금 저기에 누워있는 내 애인이 와서 겨우 떼어낼 수 있었고 그 뒤론 나도 모를 일이지. 만약, 내 말을 못 믿겠다면 아까도 말했다시피 제대로 된 증거를 가져와. 그럼 간단할 일이잖아?"

　자신의 앞 머리칼을 신경질적으로 헝클어뜨린 댄이 긴말을 끝으로 인상을 찌푸렸다. 그리고 자연스럽게 관리자에게 화살을 돌린 그가 동시에 사내를 향해 보란 듯이 턱짓하며 재차 되물었다.

" 안 그렇습니까? 관리자 양반."
" 맞는 말씀입니다! 아주 명쾌하네요!!"
" 하, 굉장히 피곤하군. 이 양반한테 CCTV 좀 보여주시죠."

고개를 연신 주억거리는 관리자에게 댄은 마지막 일격을 가했다.

" 아 네네!! 걱정 마십시오!! 그리고 앞으로는 절대로 두 번 다시 이런 일이 없도록 신경 쓰겠습니다!! 정말, 정말로 죄송합니다! 부디 제발 너그러운 마음으로 양해 부탁드리겠습니다…. 다시 한번 고개 숙여 이렇게 사죄드립니다."

당당하게 증거를 논하는 댄의 태도에 관리자는 똥파리라도 된 것처럼 온몸을 비벼가며 그의 비위를 살살 맞춰왔다. 자칫 잘못하면 본인의 목이 날아갈 수도 있을 만큼 중대한 상황이니 아주 필사적이었다. 하여튼 머저리 같은 놈 하나에 여러 명이 피해를 보고 있었다.

" 자기야…."

그때였다. 적막을 가르는 가녀린 음성에 남자 셋의 시선이 일제히 침대를 향했다.

" 언제 끝나?"
" 아…."

거기엔 텐의 애인으로 추정되는 여자가 이불을 살짝 끌어 내린 채 눈만 빼꼼히 드러내 보이고 있었다.

"응?"

갑작스런 뱅의 등장에 댄의 얼굴이 당혹감으로 가득 차올랐다. 반면, 그녀는 눈썹을 축 늘어뜨린 채 애교가 살짝 섞인 목소리로 댄을 향해 재촉하듯 되물었다. 이에, 미세하게 꿈틀거리던 댄의 입꼬리가 뒤늦게서야 겨우 대답을 쥐어 짜냈다.

"아… 미안."
"나 배도 고프구 심심한데…."

하지만 뱅은 여기서 멈추지 않았다. 연달아 이어지는 그녀의 활약에 댄은 재빨리 몸을 틀어 뱅과 정면으로 눈을 마주쳤다.

"곧 끝나."
"칫!"

동시에 댄은 터지기 일보 직전인 얼굴로 입술을 한번 꾹 깨물고는 이번에는 겨우 다정하게 쥐어짜 낸 목소리로 재빨리 수습하듯 대답했다.

"미안해, 자기야?"
"얼른 끝내구 나랑 놀아!"

예상치 못한 뱅의 일격에 하마터면 그대로 푸학 하고 웃음을 터트릴 뻔한 댄이 서둘러 그녀를 향해 걸음을 옮겼다.

" 에이, 그새 삐졌어?"

그 틈에 시선을 주고받던 뺑이 다시 이불을 끌어 얼굴을 가려버렸다. 손끝이 미세하게 떨리는 걸 보니 아무래도 제대로 터진 모양이었다.

" 내 자기가 불편한 것 같네요."
" 아…. 미, 미안합니다! 그, 그럼, 증거 자료 확보하는 대로 다시 찾아뵙겠습니다!!"

어느새 침대 위로 안착한 댄이 여자의 머리칼을 부드럽게 쓸어 넘기며 말했다. 남자 둘을 향한 건조한 목소리와는 다르게 이불에 감싸여 있는 여자를 향한 그의 시선은 낯부끄러울 정도로 뜨거웠다.

" 충분히 알았으니까 이만 나가주시죠?"

심지어 두 뺨을 발갛게 물들인 여자가 쑥스럽다는 듯이 고개를 떨구자 댄은 보란 듯이 여자의 머리칼에 입술을 묻으며 낮게 웃음을 흘렸다. 그 와중에도 눈치 없이 이를 쭉 지켜보던 사내가 끝까지 미련을 버리지 못하고 재차 입을 놀렸다. 되레, 부끄러움은 그 옆 관리인의 몫이었다.

" 하…. 죄송합니다. 공식적으로 절차 밟아서 다시 연락드리겠습니다."
" 혀, 당연한 말씀을?"

대답을 끝으로 댄의 입술이 그녀의 이마 위로 미끄러져 내려왔다. 촉 소리가 날 정도로 진하게 입술을 묻은 그에게 이미 검사와 관리자는 없는 사람이었다. 이후로 그는 쉴 새 없이 뱅의 이마에 자신의 입술을 붙였다 뗐다 반복하며 뱅의 어깨에 미세한 진동이 울릴 때까지도 입맞춤을 멈추지 않았다.

" 아….."

덩달아 댄마저 볼 안쪽을 짓씹어 가며 매트 위를 짚고 있는 손아귀에 꾹 힘을 주었다. 그렇게 낯 뜨거운 광경이 펼쳐지는 와중에도 여전히 염치없이 서성거리는 사내에 결국 댄이 한 마디 덧붙였다.

" 아직도 볼 일이 더 남았습니까?"
" 죄, 죄송합니다! 나머지는 제가 알아서 처리하겠습니다!"

그러자 눈치껏 상황 파악을 한 관리자가 이 사단의 원흉인 남자의 팔을 붙들고는 침실 밖으로 몸을 돌렸다.

" 잠깐만요!! 텐!!"
" 못 들으셨습니까?! 빨리 나가셔야 한다고요!!"

하지만 남자는 여즉 정신을 못 차린 건지 아무리 팔을 잡아당겨도 고집 있게 힘을 주고 버텼다.

" 알겠다고요!! 이것 좀 잠깐 놓읍시다!! 텐!!"
" 어휴!! 자꾸 이러시면 고스트 시큐리티 보안관들을 부를 겁니다!!!"

종국엔 무력조차 통하지 않자, 관리자는 보안 시스템이 부착된 워치를 가리키며 협박할 수밖에 없었다. 그랬더니 그제야 남자가 관리인의 성화에 반응을 보였다.

" 증거가 나오면 그땐 꼭 조사에 응해주십시오!!!"
" 일 절만 하지?"

여전히 포기를 모르는 남자의 태도에 댄이 짜증이 가득한 얼굴로 사내를 향해 고개를 틀었다.

" 마, 마지막으로!! 한 가지 더 여쭙고 싶은 말이 있습니다!!!"
" Shittt! 또 뭐!!"

사납게 치켜진 댄의 눈빛에 지옥과 천당을 오가는 건 순전히 그 옆에서 안절부절못하고 있는 관리자의 몫이었다.

" 혹시 복희 씨와 따로 연락하십니까?"
" 허, 뭐?!"

별안간 실소를 터트린 댄이 급기야 삼백안으로 치켜진 살벌한 눈으로 남자를 뚫어지게 노려봤다.

" 죄, 죄송합니다. 결례가 많았습니다!!"

하지만 이러한 순간에도 소리 소문 없이 찾아오는 레나의 얼굴에 댄은 재차 꼬리를 내밀어 오는 작은 악마의 머리를 짓눌러가며 고요히 노기를 삼켰다.

" 저, 저도 죄송합니다!! 호텔 측에 보고 해서 꼭 보상 처리든 뭐든 만회
하겠습니다!!"

관리자의 애절한 외침을 끝으로 남자는 그의 손에 짐짝처럼 끌려 나갔
다.

[끝난 건가…?]

이후, 침실 안에는 다시 고요한 적막이 찾아왔다.

[응? 댄?]
[어….]

지독한 침묵을 깨고 댄의 홀로그램 창 위로 뱅의 블록챗이 떠올랐다. 비
싼 값어치에 비해 경비가 허술하기 짝이 없는 것만큼 도청당할 위험도
높았기에 마지막까지 경계를 내려놓을 수가 없었다.

[성공한 거야?]
[글쎄.]

댄의 기분은 이미 나락으로 곤두박질쳐졌다. 남자의 입에서 흘러나온
레나의 닉네임 때문이었다.

[댄, 괜찮아?]

[전혀.]

그때부터 겨우 바닥 끝까지 꾹꾹 눌러 담았던 시커먼 심연의 그림자가 금방이라도 솟구쳐 오를 듯이 부글부글 끓었다. 레나를 살릴 수 있다는 희망이 없었더라면, 그 자리에서 사내를 죽여버렸을지도 몰랐다.

[흠…. 나 잠깐 조용히 짱 박혀 있을까?]
[아니, 괜찮다. 신경 쓰지 마.]

잠시 생각을 멈추고 가만히 있어도 울화가 치밀어 올랐다. 저걸 어떻게 구워삶아야 이 분통이 사그라들지, 머릿속을 가득히 채워오는 잔인하고 악랄하기 그지없는 생각들에 스스로가 시한폭탄이 될 것 같았다.

[근데 저 남자 네 연락 받았을까?]
[글쎄다.]

댄의 온몸에서 느껴지는 시커먼 아우라에 서둘러 화제를 바꾸려던 찰나에 뱅이 멈칫했다.

[아! 맞다!! 그러고 보니까 스캐닝! 녹색 선은 보지도 못했는데, 대체 어떻게 된 거지?!]
[저 검찰 양반 덕에 피해 갔다. 저 새끼가 차고 있던 워치 때문에.]

분명히 스캐닝 때문에 시작한 연극 놀이었는데, 생각지도 못했던 불청객에 이야기가 전혀 다른 방향으로 흐르게 되면서 놓쳐버린 것이다.

[와우! 그런 방법이 있었어?!]
[직권남용인 거지. 아니, 불행 중 다행이라 해야 하는 건가?]
[댄. 이왕지사 이렇게 된 거. 그냥 좋게 좋게 생각하자.]
[그래. 그것도 나쁘진 않네.]

블록챗의 마지막 대답을 끝으로 침대 위로 벌러덩 드러누운 댄이 제 눈가 위에 팔을 올린 채 뱅을 향해 나직이 읊조렸다.

" 이제 네 차례다."
" 응. 쟈기야….."
" 어디로 가야 한다고?"
" 월드 스트릿."

그녀의 대답에 댄이 멈칫하며 되물었다.

" 월드…?"
" 응?! 왜?"
" 아니….."
" 왜?! 뭔데 또!"

입술을 달싹이며 쉽사리 대답을 뱉어내지 못하는 댄에 그만 상체를 벌떡 일으킨 뱅이 끝까지 연기모드를 장착한 채 되물었다.

" 아니, 쟈기야! 무슨 일인데~

하도 사건 사고가 끊이질 않아서 이제는 조그마한 반응에도 그냥 넘어갈 수 없었다.

"그쪽으로 꼭 가야 할 운명인가 해서."

댄의 대답에 뱅의 눈썹이 크게 포물선을 그렸다.

"뭐어?! 운며엉?"
"어. 운명."

순간 이 녀석이 내가 알던 그 녀석이 맞는지 의심까지 할 뻔한 그녀였다.

"우리 쟈기~ 개소리하네?"
"Duh! 개소리지! 개 같은 운명이니까? 크크큭….."

무미건조한 목소리로 대답을 떨궈낸 댄이 웃음기 하나 없는 얼굴로 끌끌 소리를 내어 웃었다.

"그치 그치~ 우리가 좀 개 같은 커플이긴 해~~ 호호호호~~"

덩달아 웃는 낯을 보였지만, 뱅은 속으로 깊은 한숨을 내쉴 수밖에 없었다. 감성팔이가 뭔지도 모를 것 같은 녀석이 평소 같았더라면 절대로 하지 않았을 짓을 하니 괜히 더 불안했다.

"자기야! 가자! 나랑 놀아줘야지~~~"

생각을 끝으로 불쑥 침대를 빠져나온 뱅이 두 발을 바닥에 내리며 기합이 잔뜩 들어간 목소리에 애교를 왕창 섞으며 말했다. 동시에 한쪽 눈을 찡긋해 윙크를 날리는 것도 잊지 않았다.

" 오늘은 쇼핑도 자안~뜩 할 거니까~~"

우울감에 잠식당하느니 차라리 객기가 낫겠다는 생각이었다.

" 어어… 그래."

그러자 수 초간 말없이 뱅의 눈을 응시하던 댄이 처음으로 경쾌한 목소리로 대답했다. 여기에 뱅은 익살스러운 목소리로 대미를 장식하듯이 또 한 번 댄의 웃음 버튼을 누르며 말했다.

" 기대해~~!! 내가 오늘 기합 잔뜩 넣고~ 우리 쟈기 카드 와앙창 왕창 긁어 줄게~~~"
" 하하, 그래. 쟈기야~ 아주 고맙고 황송하네."

그 순간 서로의 시선을 마주한 입꼬리가 장난스레 씰룩였다. 이윽고 제 눈가를 거칠게 쓸어낸 댄은 별안간 벌떡 몸을 일으켰다. 그리고 자신을 향해 내밀어진 뱅의 손을 덥석 잡으며 말했다.

" 가자."

루시

퍽!

테니스 라켓의 굵직한 바디가 휙휙 바람을 가르자 위협적인 자태의 공들이 연달아 스크린 네트 위로 처박혔다. 이윽고 홀로그램 전광판 위로 플레이 스코어가 경쾌한 소리를 울렸다.

" 후~ 오랜만이라 점수가 영~ 역시 뭐든지 꾸준히 해야 돼. 안 그러니 뱅?"
" 하하…. 네 뭐….''

그제야 브라운 컬러의 긴 머리를 풀어 헤친 여성이 뱅을 향해 고개를 돌리며 말했다. 그녀는 들고 있던 라켓을 바닥 위로 휙 내팽개치고는 비치된 테이블을 향해 몸을 틀었다. 이윽고 여자의 입술이 다시 스스럼없이 움직였다. 이번의 타깃은 뱅이 아니었다.

" 네가 댄?"
" 안녕하십니까."

전면에 놓인 홀로그램 스크린을 가만히 응시하고 있던 댄이 목소리의 주인공을 향해 태연히 시선을 옮겼다. 그는 여성과 눈이 마주친 순간 앞아 있던 자리에서 천천히 몸을 일으켜 가볍게 목례를 건넸다. 그러자 풍성한 머리칼을 요염하게 쓸어올린 여자가 댄을 향해 한쪽 눈을 찡긋 깜빡이며 너스레를 떨었다.

" 반갑다? 난 루시~ 아바타가 꽤 쌔끈한데?"
" 칭찬 감사합니다."
" 문신으로 도배한 것치곤 제법 나쁘지 않네? 실물도 잘생겼으면 좋겠다~"

얼굴 반반한 젊은 남자만 보면 루시는 늘 이렇게 하이 텐션으로 기분이 상승한 태도를 보였다. 잠시 잊고 있었던 그녀의 추태에 뱅은 서둘러 화제를 돌렸다. 그 와중에 댄의 눈치를 살피는 것도 잊지 않았다.

" 그동안 잘 지내셨나요?"
" 어머 뱅~ 그리고 보니 내가 인사를 생략했었네? 미안?"
" 괜찮습니다."
" 근데 넌~ 그동안 이렇게 멋진 친구가 있다고 왜 말을 안 했니~"

저를 처음 봤을 때와는 사뭇 다른 반응이었다. 루시는 대화 중에도 댄을 향한 시선을 놓지 않았다. 말로만 전해 들었던 그녀의 소문은 아무래도 사실인 듯했다.

" 아… 댄에 대해선 어느 정도 알고 계신 줄 알았어요…. 하하하…."
" 얘는~ 그냥 니 엄마 통해서 말만 들었지~ 내가 뭘 알겠니~ 하긴, 또 너 들어오고 나서 내가 좀 바빴구나?"

이전과는 다른 적극적인 루시의 태도에 뱅은 그대로 등을 돌리고 싶은 심정이었다. 대충 예상은 했지만 아무래도 제 곁에 앉아 있는 댄이 의식될 수밖에 없었다. 하필, 녀석이 제일 경멸하는 유형의 인간이라 더더욱 신경이 쓰였다.

" 숙소는 어때? 지낼만하니~?"

쉴 새 없이 쏟아냈던 질문을 끝으로 뱅에게 가벼운 윙크를 날린 그녀는 현재 뱅이 소속되어 있는 LY 제약사의 대표이사이자 불파이트 갱단의 우두머리, 루시였다.

" 네, 덕분에요."
" 다행이네~? 그래~ 우리 애들하고는 어때? 별일 없지?"

팟 소리와 함께 화려한 스톤으로 치장되어 있는 그녀의 네일 아래 지포 라이터의 부싯돌이 발화되었다. 일순 루시의 사파이어색 눈동자 위로 순식간에 파란 불빛이 번쩍이길 뱅의 입술이 열렸다.

" 물론이죠. 루시는 여전히 활기차시네요."
" 뭐~ 이렇게라도 기운이 넘쳐줘야 하지 않겠니? 너도 너무 일만 하지 말고~ 운동도 좀 하고 그래~"
" 여러모로 신경 써주셔서 감사합니다."
" 넌 참 예의가 발라~ 그나저나… 후우~"

대뜸 말을 끊은 루시가 입에 시가를 머금자 금세 탁한 회색빛 연기가 자욱하게 번졌다. 그 틈에 시가대를 손가락에 걸친 그녀가 갑자기 몸을 일으켰다.

" 댄, 그 아바타 이름은 뭐니?"
" 킥입니다."

루시는 댄이 앉아 있는 소파로 자리를 옮겨 털썩 엉덩이를 붙이며 말했다.

" 킥? 음~ 이름 좋네~ 깔끔하고?"
" 칭찬 감사합니다."

그리고 댄의 대답이 끝나기가 무섭게 루시가 다시 여상한 얼굴로 물었다.

" 그럼, 텐은? 텐은 어디에다 두고 왔니~?"
" …옷장에 있습니다."
" 옷장?! 호호. 얘 센스 좀 봐! 너 꽤 재밌다~?"

갑작스러운 루시의 돌직구에 댄의 눈썹이 미세하게 들썩였다. 호락호락한 여자가 아닐 거란 것쯤은 이미 뼁을 통해서도 알고 있었다. 이 바닥에선 워낙 유명한 갱단이라 대충 예상은 하고 있었는데, 생각보다 루시의 정보력은 날카로웠다.

" 제가 텐이란 건 어떻게 아셨습니까?"
" 글쎄~~ 뭐 어떻게 알았는지가 중요한가~~?"
" 혹시 따로 뒷조사하셨습니까?"

" 어머 얘는~~ 뒷조사라니! 그렇게 말하면 섭섭하다구~!"

우회 없이 직진으로 일관하는 댄의 태도에 그를 응시하던 루시의 눈빛
이 그 어느 때보다 반짝였다. 동시에 검붉은 립스틱을 바른 입꼬리가 의
미를 알 수 없는 만족스러운 곡선을 느긋하게 그렸다.

" 기분 상하셨다면 죄송합니다."
" 어머 얘는~ 됐어~ 죄송은 무슨~"

말투는 너스레를 걸쳐 자칫 만만하게 보일 수도 있었지만, 그것과는 달
리 뱀의 눈깔로 그를 관통하듯 마주하고 있는 루시는 결코 만만한 상대
가 아니었다. 쉴드존 내 뱅이 지내는 직원용 숙소의 로비를 비롯한 여러
곳에 위치해 있던 박제된 야크만 봐도 대충 짐작할 수 있었다.

" 뭐~ 너도 이미 알고 있겠지만, 블랙펄에서 텐 자체가 원체 유명 인사
잖니? 어디 흔한 외모도 아닌데~ 그 얼굴이 우리 불파이트 구역에 왔을
때 내가 얼마나 놀랐게?"

역시나 제 예상대로였다. 애당초 그런 허름한 장소와는 어울리지 않았
던 야크의 얼굴. 섬뜩했던 소 눈깔이 문득 머릿속을 스쳤다.

" 황송하네요."
" 어머? 얘 말하는 것 좀 봐~ 너 완전 시크하다, 얘~ 멋져, 멋져~~"

하지만 그보다도 더 피곤한 건 밑도 끝도 없이 치고 들어오는 루시의
추태였다. 참다못한 댄이 이맛살을 와그작 찌푸렸다.

" 그래 뭐, 쓸데없는 서론은 거두절미하고 바로 본론으로 들어가 볼까?"

그 반응에 돌연 여유로웠던 미소를 지운 루시는 표독스럽게 치켜뜬 눈빛으로 그제야 본색을 드러냈다.

" 듣던 중 제일 반가운 소리군요."
" 어머 댄!! 너 진짜… 내 스타일이다~~!!!"

하지만 댄의 대답이 떨어지기가 무섭게 겨우 진지해졌던 분위기가 그새 파투가 났다. 그 순간 댄은 루시의 급격한 태세 전환을 보며 문득 리암이 떠올랐다. 차라리 그 멍청한 놈 코스프레나 할까…? 라는 말도 안 되는 생각이 들 정도로 루시의 교태가 진심으로 끔찍했다.

" 너 돌직구 겁나 쩐다? 난 너처럼 박력 있는 남자가 좋더라~?"
" 허, 칭찬 감사합니다."

하지만 그녀는 여기서 멈추지 않았다.

" 호호호~~ 철벽남이네~ 너무 좋다!"

그녀는 되레, 가슴골이 깊이 파인 상체를 바짝 기울여 부러 댄을 향해 보란 듯이 속살까지 훤히 내보인 채, 본격적으로 부지런히 혀를 놀렸다.

" 우리 그냥 오늘부터 1일 할까?"
" 정중히 사양합니다."

불쑥 치고 들어온 루시의 도발에 댄의 눈썹이 날카롭게 치켜졌다.

" 그만 본론으로 넘어가시죠?"

이로써 원하는 목적지와는 거리가 멀어질 수도 있었지만, 그는 단칼에 거절을 하며 고개를 저었다.

" 오호호호호호호! 얘 봐 얘 봐!! 완전 물건이야!!!"

댄의 대답이 떨어지기가 무섭게 입술을 활짝 벌린 루시가 느닷없이 커다란 소리로 웃음을 터트렸다.

" 루, 루시…. 댄이 좀 스테레오타입이죠…? 하하하…."
" 호호호호호~ 아냐 아냐~ 나 얘 너무 맘에 든다~ 뺑~"

눈살이 살풋 접힌 루시의 눈빛에서 꽤 오랜만에 흥미로운 낯빛이 맴돌았다.

" 이제 그만 본론으로 넘어가시죠."
" 그럴까 그럼?"

루시는 여전히 경계의 끈을 놓지 않는 눈앞의 사내를 응시하며 손가락에 걸친 시가대를 톡톡 쳐냈다.

" 그래서 네가 원하는 게 뭐라고?"

삽시간에 웃음기가 쏙 빠진 루시의 목소리가 돌연 적막으로 가득해진 공간 안을 서늘하게 울려왔다.

'안녕 나의 카우들?'

그녀가 털어낸 잿가루가 자욱한 연기와 함께 태연자약하게 공기 중을 부유했다.

'안녕하세요, 루시…! 갑자기 연락도 없이 무슨 일로….'

공식 명칭은 LY 바이오 주식회사. 수많은 불법 약물과 각종 질 나쁜 범죄들로 점철된 이곳은 루시가 운영하고 있는 제약 회사였다.

'어머? 얘 말하는 것 좀 봐? 내가 내 연구실에 오는데 꼭 허락받고 와야 해?'
'아, 아니요! 그런 의미로 말씀드린 게 아니라….'

대외적으로는 작은 중소기업의 형태로 안티 아피스와 히프나틱에 들어가는 주된 원재료를 생산하여 공급했지만, 실체는 직접 관련된 약물까지 개발이 가능한 곳으로 대기업만큼이나 위험한 권력을 갖춘 곳이었다. 더불어 그 배후에는 블랙 스트릿 3구역을 차지하는 불파이트 갱단이 존재했다.

'됐고, 아직까지도 미완성이라고?'
'아… 저 그게….'

덕분에 정식 절차를 밟고 유통되는 것이 아니었음에도 불구하고 이곳에서 생산되는 안티 아피스와 히프나틱은 꽤나 높은 등급의 브랜드로 취급되었는데, 시중에 판매되는 같은 약들 사이에서 효과가 최고라는 입소문이 자자할 정도였다.

'너네 지금 내 돈을 그저 똥으로 받아 가겠다는 거니?'
'아, 아닙니다!!'

그만큼 부작용도 높아 늘 여러 가십들이 들끓었지만, 여론의 움직임이 자주 상하 곡선을 그리는 것과는 별개로 늘 인기가 높았다.

'너넨 투자 비용이 무슨 애들 껌값인 줄 아나 봐?'
'죄… 죄송합니다…. 면목이 없습니다….'

공식적인 루트와 불법적 뒷구멍을 동시에 갖춘 이곳, 정부와 관련된 여러 협회들과 비공식적으로 손을 잡고 움직이는 LY는 '루시의 원더랜드'였다.

'알면 좀 알아서들 잘하자?'

또한, 보이지 않는 검은돈 출처의 태산들 중 하나로 정부와 정부 소속의 검찰 군부대 또한 쉽사리 손을 댈 수 없었다.

'네!! 명심하겠습니다!'

하얀 수증기들이 자욱하게 깔린 실험실. 루시의 등장과 함께 더욱 스산한 분위기를 자아내는 가운데, 몸 전체를 방역복으로 덮은 그녀가 손가락 한 마디 정도 되는 크기의 작은 유리병을 손에 쥔 채 말했다.

'이게 니들이 말한 그 골칫거리니?'
'네. 아직 임상 실험 단계에서 멈춰 있는 상태입니다.'

실외 기온보다 15도가량 낮은 온도의 지하 실험실에는 코를 찔러오는 알싸한 약품 냄새가 의학 전용으로 만들어진 특수 방독면도 뚫어버릴 정도로 지독했다.

'왜지? 내가 알아들을 수 있게 누가 좀 제대로 설명해 봐!!'
'그, 그게….'

별안간 루시의 미간에 굵은 삼지창이 드리워졌다.

'뜸 들이지 말고 빨리빨리 대답 안 할 거니? 너네 지금 나랑 장난해?!'
'아, 아닙니다! 이번에 쓰인 새로운 약초 성분의 독성이 굉장히 강합니다. 그러다 보니까….'
'하? 그걸 지금 변명이랍시고 하는 거니?'

저도 뻔히 알고 있는 사실을 변명이라고 지껄이는 연구원에 그녀는 칼날 씹은 얼굴을 부러 감추지 않았다.

'이, 임상 시험 전 단계에서부터 이미 부작용도 잦았고 또… 그에 반응하는 사례가 가지각색이라….'
'얘~ 너 감봉당하고 싶어? 내 지갑이 무슨 ATM인 줄 알아 얘가~?'

루시의 말 한마디에 연구원들은 합이라도 맞춘 듯 절로 고개를 조아렸다.

'아, 아니요. 루시! 그… 제 말은… 그게 그러니까….'

이것이 바로 루시의 위력이었다.

'됐고! 그 앤? 요즘 반응은 어때? 여전해?'
'아…. 로라요? 여전히 같은 증세의 부작용 반응만 보이고 있습니다.'

짜증이 한가득 밴 촌철을 쉴 틈 없이 뱉어낸 그녀는 불쑥 시선을 돌려 선팅이 진한 실험실의 커다란 유리창 너머를 응시했다. 그곳엔 임상 시험을 위해 설치해 둔 임상 센터가 간이로 마련되어 있었다.

'그래? 만약, 약물을 중단시킨다면?'

꽤나 심각한 상황임에도 루시는 냉정하다 못해 무심했다.

'그렇게 되면 발작의 횟수가 증가하고 또 쇼크까지 예상한다면 자칫 심장에 무리가….'
'흠…. 뭐 어쩔 수 없네? 그럼, 계속 맞춰야지 뭐~ 죽일 순 없는 거잖아? 안 그래?'

말이 끝나기가 무섭게 한껏 움츠러든 연구원들을 쓱 둘러본 그녀는 들고 있던 유리병을 다시 제자리에 돌려놓고 맞은편에 자리한 임상 센터를 향해 분주히 걸음을 옮겼다. 로라의 상태를 직접 확인하기 위해서였다.

'로라~ 안녕?'

발랄한 목소리에 의료용 산소호흡기에 생명을 맡기고 있던 로라가 무겁게 눈꺼풀을 들어 올렸다. 초점이 사라진 갈색 눈동자가 겨우 루시에 다다르자 그제야 굳게 다물려 있던 입술이 천천히 움직이기 시작했다.

'… 으….'

얼마 전, 로라는 임상 시험 도중에 갑작스럽게 발작을 일으켜 히프나틱 중독에 의한 부작용 판정을 받은 이후 본사의 지하 5층에 마련된 특별 임상 센터로 옮겨졌다.

'이런, 그새 얼굴에 살이 많이 내렸네?'
'… 루… 시….'

말이 좋아 특별이었지 이곳은 사실 죽어가는 피실험자들을 위해 임시방편으로 마련해 둔 영안실이나 다름없는 곳이었다.

'쯧…. 가엾어라. 그러게 내가 뭐랬니….'

로라의 병명은 아직까지도 그 이유가 정확하진 않았지만, 증상으로 보았을 땐 히프나틱 중독에 의한 파킨슨 증후군에 가까웠다. 처음에는 중뇌 위축으로 눈동자의 움직임이 마비되고 그 이후로는 모든 신체의 근육이 천천히 굳어가기 시작하면서 현재는 알츠하이머에 가까운 기억상실 증세까지 보이는 중증 단계로 매우 심각한 상황이었다.

'응, 로라~ 억지로 말하지 않아도 돼.'

'오… 빠….'

그 원인에는 시험 단계에서 준수해야 하는 약물 오남용과 그녀가 임상시험 중에 맞았던 개발 단계의 히프나틱이 가져다준 알 수 없는 부작용이 꼽혔는데 어쩌면, 후자 쪽이 더 강한 이유일지도 몰랐다.

'오빠? 오빠는 잘 있어~ 로라~ 오빠가 보고 싶구나? 걱정 마~ 곧 볼 수 있을 테니까. 그러니까 얼른 나아야지~?'

로라는 짧은 단발에 젖살로 인한 통통한 볼살이 꽤 귀여운, 인간치고 제법 똑똑한 머리를 갖고 있어 루시가 애정하는 연구원 중 하나였다. 그리고 파핑의 여동생이었다.

그녀에게 촉망받는 카우.

여기서 카우라는 표현은 루시가 데리고 있는 수하들을 일컫는 애칭으로써 그녀는 자신이 지휘하는 갱단의 의미에 맞춰 스스로를 투우사라 칭하고 그 아래 있는 부하 직원들을 가리켜 투우 소 대신 카우라고 불렀다.

" 안녕 로라? 오랜만이지~?"

하지만 로라가 부작용으로 인해 센터의 보호를 받고 난 이후부터 루시의 눈빛은 달라졌다. 날이 갈수록 파리해져 가는 로라를 보며 은연중 심리를 알 수 없는 묘한 표정을 지어 보이곤 하였다.

" 주사 맞을 시간이라 내가 직접 왔어~"

어느 순간부턴 면회는커녕 신경조차 쓰지 않던 그녀가 오늘은 웬일로 직접 로라를 찾았다.

" 내가 아니면 누가 널 이렇게 야무지게 챙겨주겠니?"
" 어… 윽… 아윽….."

사실 루시의 입장에선 손해를 감수해 가면서까지 로라의 목숨줄을 붙들고 있는 상태였다. 나름 방관한 죗값이었달까.

" 넌 정말 복 받은 줄 알아야 한다~?"
" … 루… 시….."

한편으로는 어차피 살날도 얼마 남지 않은 명줄이었기에 유용한 실험용 쥐가 되어주길 바란 것도 있었다. 그러나 로라의 생명줄은 루시의 생각보다 더 짧고 값어치가 없었다.

" 쉬잇! 착하지~? 우리 로라~~~!"
" 아… 안… 도… ㅐ… 아… 으…."

이제는 슬슬 로라의 손을 놓아줄 때였다. 물론, 그날이 오늘이 될 거라고 미리 정해 놓았던 건 아니었지만, 루시의 계산기에 마이너스 부호가 뜨는 순간 꽤 간단한 결론이 지체없이 도출되었다. 그러자 그녀는 이곳에 들르기 전, 신약 실험실에서 몰래 챙겼던 약물을 꺼내 미리 챙겨온 주사기에 주입하기 시작했다.

" 힘 빼고~~ 착하지~~"

" 어억…!"

얇은 주삿바늘이 단 며칠 만에 까맣게 괴사된 로라의 발톱 사이를 가르고 깊숙이 침투하는 순간이었다.

" 옳지~ 잘 먹네~? 아주 쭉쭉 흡수하는구나~~"

" 흐으으으…."

하필, 하루에 몇 안 되는 시간 중 유일하게 제정신으로 돌아왔던 찰나에 루시를 만나게 된 로라였다.

" 어거억어억!!!"

그녀는 믿을 수 없는 루시의 행동에 스스로 제어할 수 없는 몸뚱이와 마찬가지로 제대로 소리조차 질러낼 수 없는 성대를 젖 먹던 힘을 다해 쥐어 짜냈다.

" 흠~ 벌써 느끼는 거니?"

루시의 손에 들린 파란 유리병은 아직 임상 단계조차 거치지 않은 새로운 히프나틱이었다. 이곳에서 파란 약물은 신약 개발 진행 중을 의미하는 초기 단계를 상징했다.

" 으어어어억…!"

" 뭐~ 아직 쓸만한 단계는 아닌 것 같은데…."

정신이 멀쩡할 때, 그녀가 직접 맡았던 업무였기 때문에 결코 모를 수가 없었다. 애초에 발톱 사이에 주삿바늘을 꽂는다는 것은 증거를 감추려는 의도가 뻔한 수법이었다.

" 루… 룩… 시…. 억!"
" 반응은 확실히 빠르네?"

또한, 혈관으로 직접 투약했을 때보다 약물을 더 빠르게 흡수시키는 방법 중 하나로 즉각적인 반응을 보기 위해 사람이 아닌 동물에게만 쓰이는 불법에 해당하는 행위였다.

" 근데 너무~~~ 쓸만하지가 않다! 이 버러지 같은 놈들이 아주 내 돈을 우습게 알고 말이지?"
" 우욱!"

약물을 주입한 지 몇 초 되지도 않았는데, 벌써 하얀 거품을 뿜어내는 것도 모자라 눈자위가 하얗게 뒤집어진 로라의 반응에 루시는 실망으로 가득 찬 얼굴로 고개를 절레절레 내저었다.

" 으어어억!"

서둘러 그녀는 한쪽 눈을 깜빡여 홀로그램 창을 부름과 동시에 비상 버튼을 눌렀다. 이후 그녀는 미리 준비해 둔 봉투에 증거물들을 담아 제 파우치 백 안에 쏙 담아낸 뒤 생사를 오가는 로라를 보며 애도의 공기 키스를 쪽 날렸다.

" 가여운 로라~ 신의 가호가 함께하길~ 쪽! 또 보자구~?"

이윽고 루시가 띄어둔 홀로그램 창 위로 익숙한 이름이 깜빡였다.

[안녕 박사님? 나 루시!]
[루시, 이 시간엔 어쩐 일로….]

통화가 연결되자 루시는 서둘러 등을 돌렸다. 텅 빈 복도 위로 날카로운 구두 굽 소리가 소슬하게 멀어지는 가운데 위협적인 비상벨이 요란한 적색 경고등을 울렸다.

쾅쾅쾅

얼마 뒤, 복도 끝에 위치한 두꺼운 철제문이 부서질 듯이 열리고 소란스러운 음성과 함께 분주한 발걸음들이 로라의 병상을 향했다.

' 뭐… 뭐라고요? 로라가요?!'

한편, 루시의 긴급 연락을 받자마자 로라가 입원해 있는 병상을 찾아간 파핑은 그 자리에서 주저앉아 절규했다.

" 뭐…? 뇌사상태??? 갑자기?!"

파핑의 얼굴에 잔뜩 드리워져 있던 절망의 그림자가 이번엔 첸에게 옮겨졌다.

" 몇 시간 전에 느닷없이 쇼크가 왔었대…. 그것도 루시가 오랜만에 면회 간 날이었는데…."

" 말도 안 돼!! 이건… 말이 안 되는 일이잖아…. 어떻게 이렇게…."

첸은 청천벽력과도 같은 파핑의 비보에 제 귀를 의심하며 길길이 날뛰었다.

" 당분간 히프나틱도 중단해야 한대. 대신 개발 중인 신약을 대처해준다는데…."

" 신약…? 그것도 딱히 안전한 대처는 아니잖아…."

의식이 오락가락하긴 했어도 이 정도는 아니었는데…. 이게 무슨 자다가 봉창 두들기는 소리란 말인가?!

" 지금으로서는 달리 방법이 없대. 어떻게든 목숨줄만이라도 붙여놓자쪽으로 최선을 다해보재…."

" 아니… 대체 누가 어떤 새끼가 그런 무책임한 말을 지껄이는 건데?!"

" 누구긴 누구겠냐…. 루시지."

" 분명 어제까지만 해도 괜찮았었는데… 갑자기 왜…!"

망연자실한 표정으로 그대로 바닥에 주저앉은 파핑을 보며 첸은 그제서야 뒤늦게 몰려오는 자괴감에 머리를 쥐어뜯었다.

" 아까 루시가 그러더라. 어떻게든 살려 준다고. 신약을 쓰든 뭘 하든 어떤 식으로든 노력할 거라고… 그러니까 분명히 안심해야 하는 거잖아…?"

파핑의 처량한 목소리가 서늘한 정적을 가르고 공기 중을 쓸쓸하게 부유했다.

" 하…. 지가 신도 아니고 뭘 어떻게 살려내. 염병."

첸의 푸념에 끝내 파핑의 눈에서 굵직한 눈물방울이 처량하게 흘러내렸다.

" 그러니까 내 말이…. 찝찝해 죽겠다. 첸…. 근데 또 당장에 비빌 구석은 루시뿐이고…. 하, 어떻게 이러냐…. 왜 씨발!!!! 왜 나만 이렇게 살아야 하는 건데!!!! 왜왜왜!!!!! 왜… 왜 나한테만… 흐윽…."

파핑의 반으로 접힐 것 같은 좁은 어깨가 들썩이길 급기야 울분이 가득한 분통이 터졌다. 그는 주먹 쥔 손으로 있는 힘껏 땅바닥을 내리치며 한탄했다. 분에 찬 서러움이 진창으로 뒤범벅된 그의 외침이 텅 빈 복도 위로 처량한 메아리처럼 울려 퍼졌다.

'학교는 무슨 학교야! 일해서 돈 벌 생각은 안 하고?!'
'배워야 돈을 벌죠. 배워야!!'

고달픈 삶이었다.

'네까짓 머리로 무슨 얼어 죽을 공부야?! 같잖은 소린 하덜 말고!! 당장 지금이라도 공장부터 나가!!'

찢어지게 가난한 수레바퀴의 대물림은 바퀴벌레가 수천 수백 마리의

알을 까는 행위와 크게 다르지 않았다. 죽지도 않고 부활하고 부활하여 죽을 만큼 일을 해야 겨우 하루살이처럼 순간을 연명해 나가는 순환은 족쇄나 마찬가지였으니까.

'아니 뭐 머리 나쁘게 태어난 게 내 죕니까?! 나 같은 놈은 평생 이러고 살아야 한다고 미리 도장이라도 찍고 태어난답니까?! 공부라도 해야 이 지긋지긋한 가난에서 쥐똥만큼이라도 벗어나죠!!!'

이렇게 살다간 결국 이대로 죽어버릴 것 같은 순간에도 발목이 붙들렸다. 사는 것이 녹록지 않은 것만큼 죽는 것도 또한 만만치 않았다.

'아이토닉…? 와 나…. 이젠 먹지도 말고 기계처럼 일만 하라는 건가…?'

하지만 파핑의 삶은 지독한 가난의 굴레를 벗어나지 못해 쳇바퀴 굴러가듯 멈추질 않았다.

'왜? 완전 대박이지 않아?! 주구장창 돈만 벌 수 있고! 떼부자 되는 거 시간문제라니까?'

허나 이 빌어먹을 야속한 세상은 끊임없이 허물을 벗고 계절을 바꿔 입으며 세월을 덧대어 잘만 나아갔다.

'헐…. 야, 생각을 좀 해라!! 우리 같은 놈들이 부자가 되겠냐? 아니 부자들은 아이토닉 안 먹는데? 결국 잘 사는 놈들은 계속 잘 살 거고, 없는 놈들은 좆만 빠지게 일해봐야 계속 같은 자리란 말 아니야? 안 그래도 연애할 돈도 없는데, 결혼은 언감생심! 앞으로 먹지도 못하고 늙어 죽을 때

까지 외롭게 기계처럼 노동만 하다 가라는 거 아니냐고!! 아오씨. 저주다,
저주!!'

어디 이뿐일까? 육체는 늙으면 안 되니 안티 아피스까지 생돈 들여 맞
아야 하고…. 미친 세상이 그저 돈 들어갈 상황만 구실 좋게 만들어 놓고
이젠 아주 사람을 대놓고,

소! 소! 소! 소 취급을 했다.

그나마 현실에서 벗어날 수 있는 유일한 방법이라고는 이 거렁뱅이 같
은 삶에 수면 하나가 유일한 돌파구였는데, 아이토닉의 부작용을 핑계로
이마저도 거둬 가버리고야 마는 지독한 세상이었다.

' 우리 우주의 영광, 우주의 신께선 강력한 회개를 원하십니다!! 그대들
이여!!!'

이 망할 삶에 아주 조금이라도 희망을 부여하고파 종교를 찾았던 적이
있었다.

' 이 땅에 욕심을 버리고 저 드넓은 우주를 위해 영광을 쌓아야 합니다!!
이 땅 위에 태어난 순간부터 우리는 죄악인이오!!!'

하지만 이곳도 아니었다. 애초부터 공평하게 부여된 삶도 아니었는데,
단지 태어났다는 이유 자체가 죄악이라며 제대로 된 명분도 없이 그저
다 네 잘못이라고만 떠들어댔다.

'우리의 죄악을 씻기 위해선 하늘의 땅을 위해 일하는 일꾼으로서의 삶을 살아가는 것이 마땅하리니!!! 회개하라!!! 회개하라!!!'

더불어 우리는 타고난 죄를 씻기 위해 평생을 회개하며 이 땅이 아닌 저 사후의 삶을 위해 부를 축적해야 하고 쌓아 올리는 모든 부는 유일한 신을 위해 받쳐야 한단다.

'여러분들은 영혼의 눈을 뜨고!!! 그대들이 영생을 위해 필요한 우주의 땅에 그대들의 노고를 받쳐 죄악을 씻어야 할지어다!! 할지어다!! 할지어다!!'

그러니까 결론은 소처럼 일해 돈이나 갖다 바치란 소린데 거기에 회개까지 해야 했다. 니미릴⋯. 그 간단한 말을 뭘 저렇게 복잡하게 하는 건지⋯.

'태어난 그 자체만으로도 우리는 벌써 죄인이나 다름없는 것입니다, 형제님.'
'뭔, 이런 옘병할⋯.'

대체 내가 무엇을 잘못했다는 말인가⋯? 파핑은 생각하고 또 생각해 봤지만 알 수 없었다. 그저 억울하고 또 억울할 뿐이었다. 제아무리 똥멍청이라 해도 그들의 설교가 어폐란 것쯤은 가늠할 수 있었다.

'언제까지 무지한 바보처럼 눈뜬장님으로 살 것입니까?'
'눈뜬장님은 무슨, 눈 뜨고 코 베여 가게 생겼구만?'

하지만 이 또한 내가 다 무지하고 무지해서라고 그들은 입 모아 가르치기 바빴다. 한마디로 멍청하면 구원도 받지 못하는 엿같은 세상인 것이다.

'오빠!! 나 꿈이 생겼어!!'
'꾸… 꿈…?'

얼떨결에 태어나 눈 떠보니 가난한 집안의 장남이었고 주어진 대로 욕심부리지 않고 열심히 살았더니 돌아오는 유산이라고는 노름꾼이었던 아비가 행방불명과 함께 남겨놓고 간 빚더미와 집 나갔던 어미의 자살로 나라에서 통보된 벌금 통지서가 다였다.

'응!! 로라는 나중에 커서 꼭 의사가 될 거야!'

시궁창 같은 가난과 불행이 풍요를 이루는 비루한 인생에서 그나마 죽지 않고 버틸 수 있었던 이유는 유일한 피붙이이자 안식처였던 내 동생 로라 때문이었다.

'의, 의사…?'

하지만 의사를 장래 희망으로 꿈꾸는 그녀에 파핑은 겉으로 내색은 안 했지만, 속으로는 깊은 한숨을 내쉬어야 했다.

'응!! 내가 돈 많이 벌어서 오빠 꼭 호강시켜 줄 거야!'

아직 한참이나 먼 미래의 이야기였지만 들어갈 학비만 생각해도 눈앞이 다 아찔했다. 그러면서도 내심 동생이 뿌듯했으나 또 한편으로는 진심으로 응원해 주지 못했던 마음에 미안함과 죄책감이 늘 실과 바늘처럼 따라다녔다.

'그런 이유라면 난 반대야.'
'왜에?!'

로라는 머리가 좋은, 영특한 아이였다. 같은 배에서 나왔는데 어떻게 이렇게 다를까 싶을 정도로 똑똑하고 예쁘기까지 한데 또 총명했다.

'너가 행복해지기 위한 선택이야말로 진짜 네 꿈을 이루는 거잖아.'
'뜬금없이 무슨 소리야…?'
'어쨌든 내가 어떻게든 너 하고 싶다는 건 다 하게 해줄 테니까….'

반면에 늘 똥멍청이 소리를 달고 사는 파핑은 가끔 빙의라도 된 것처럼 느닷없이 현명한 소리를 하곤 했다. 그때마다 로라는 제 동그란 눈을 커다랗게 뜨고는 입을 떡 벌릴 수밖에 없었다.

'다 해주긴 뭘 다해줘!! 이 똥멍청이야!!'
'여튼!! 넌 돈 벌 생각 따윈 하지 말고! 너가 정말 하고 싶은 게 무엇인지를 생각해! 알겠지?!'

한편, 로라는 파핑의 희생에 못내 마음이 쓰렸다.

'그럼, 오빠?'
'나는 너가 행복하면 됐어.'

아무리 피를 나눈 남매였고 가족이라지만 본인의 인생도 아닌, 그녀가 원해서 일궈낸 인생의 행복을 꼭 자신의 훈장인 것처럼 말하는 오빠가 안쓰러움과 동시에 한편으로는 굉장히 부담스러웠다.

'멍텅구리 같은 소리 하시네. 그게 뭐야 대체!'
'머… 멍텅구리?! 야! 너 오빠한테 그게 무슨 말버릇이야?!'

로라는 제 귀에 박혀오는 파핑의 뾰족한 잔소리에도 귓구멍이나 벅벅 긁으며 늘 한마디도 지지 않고 대꾸했다. 그래 봤자 장난스러운 말장난에 불과했지만.

'으휴…. 멍텅멍텅 멍텅구리에 말 많은 딱다딱다 딱따구리 같으니라고!'

파핑이 제발 알아줬으면 좋겠다고 생각했다. 오빠의 마음은 충분히 이해하고 그 곱고 고운 마음 씀씀이는 너무너무 감사해야 마땅하지만 그만큼 무겁고 어쩔 땐 증발해 버리고 싶을 만큼 두려웠다고.

'뭐… 뭐뭐?! 머… 멍텅 딱다 뭐어?!'

그렇지만 막상 세상이 다 무너진 얼굴로 서럽게 울고 있을 파핑을 생각하면 심장이 아리고 아려서 그마저도 쉽지 않았다.

'이번 신약, 마지막 3단계 임상 시험만 통과하면 우리 팀 전체 승진이래!'

참으로 거지 같은 속내였다. 안쓰러움과 도망가고 싶은 마음이 함께 공존할 수 있다는 것 자체가 전부 다 거짓 같았다. 그럴 때마다 로라는 늘

죄를 짓는 것 같았다.

 '아직 확실한 건 아닌데, 정직원 관련된 얘기도 의논되고 있대!'
 '진짜?!'

 원대한 꿈은 그저 꿈일 뿐이었다. 눈앞에 펼쳐진 현실은 결국 의사는커녕 그래도 나름 이름 있는 제약 회사의 취직한 것만으로 감지덕지였다. 그것도 매년 갱신해야 겨우 연명할 수 있는 계약직으로 말이다.

 '어! 성과가 빨리 나올수록 보너스도 상당할 거고 연봉도 올려준대!'

 아무리 머리가 좋아 공부를 잘해 수도권 내에 4년제 대학을 나와도 가난은 절대 탈피할 수 있는 옵션이 아니었다. 가난한 자에게 가난이란 평생을 족쇄처럼 옭아매고 쫓아다니는 운명이었다는 것을 나는 대학을 졸업한 이후, 사회에 첫발을 내디딘 후에야 깨달았다.

 '회계팀에 있는 친구가 직접 해준 말이야. 그것 때문에 일거리 늘어났다고 핀잔 중에 나온 말이거든.'

 손등 위로 턱을 괴고 있던 로라는 동료의 말이 끝나기가 무섭게 곰곰이 생각에 잠겼다. 그러다 불쑥 그녀의 눈에 섬광이 스쳤다.

 '확실해?'

 이번 신약의 절반 이상은 저가 다 만들었다고 해도 과언이 아닐 정도로 약물의 성질에 대한 정보를 누구보다 빠삭하게 알고 있었다. 그랬기 때문에 누구보다 자신이 있었다.

　'안돼.'
　'왜? 왜 안된다는 건데?'

　임상 시험에 연구자인 자신 또한 포함한다면 더 좋은 결과물을 얻게 되지 않을까 불현듯 욕심이 낳은 악마가 다정하게 귓가를 속삭였다.

　'로라!!! 하지 마…. 그건 아니야.'
　'싫어!! 너는 되고 왜 나는 안된대? 너 그거 지금 굉장히 이상한 잣대인 건 알고 하는 말인 거지?'

　돈 문제도 한 큐에 끝낼 수 있을 문제였지만 더욱 구미가 당기는 문제는 첸과의 관계에 있었다. 안 그래도 업무의 포지션상 어쩔 수 없이 시간을 두 배로 늘려주는 히프나틱을 복용하는 첸은 현실보단 가상 세계에 더 많이 머물러 있던 터라 삶의 패턴이 어긋나 자주 볼 수가 없었다.

　'그걸 말이라고 하는 거냐, 지금?'
　'넌 왜 내 말은 제대로 들어보지도 않고 무조건 안 된다고만 하는 건데!!!'

　더군다나 쉴드존에선 다른 일도 할 수 있을 만큼 현실보단 많은 시간과 기회가 널려있었다. 그러니 시험에 참가만 하면 히프나틱을 맞아도 일의 연장으로 쉴드존에서 생활할 수 있으니 누이 좋고 매부 좋을 일이라고 생각했다.

　'야!!! 로라 너 그거 하기만 해?! 어?!!'

' 내가 알아서 해!!'

종내엔 첸하고 대판 싸웠다. 말다툼이 오가는 내내 시종일관 절대로 안 된다는 무책임한 말만 내뱉던 첸은 급기야 오라버니까지 소환했다.

' 진짜 하기만 해봐 너!!! 아주 다리몽둥이를 분질러 놓을 줄 알아!!'
' 오빠!!! 이씨!! 첸!! 너 진짜 내 마음도 몰라주고!!'

이 일로 말미암아 그에게 씌어있던 콩깍지가 대번에 벗겨졌다. 깊은 실망감에 휩싸인 나는 되려, 판단력까지 흐려졌던 스스로를 탓하였었다.

' 다 널 위해서야 로라!! 우겨서 될 문제가 아니라고!!'
' 뭐?! 우기긴 뭘 우겨!! 다 너 때문에 그러는 거잖아!!'

열이 머리 꼭대기까지 차올랐다. 오라버니 옆에 꼭 붙어서 그의 화를 부추기고 거드는 첸을 보며 로라는 눈깔이 휘까닥 돌았었다. 꼭 이런 식으로 사람 자존심을 매몰차게 밟아놓는다고 생각했다. 생각이 거기까지 미치자, 그들의 의사 따위는 더 이상 중요하지 않았다.

' 루시, 이번 신약 임상 시험에는 저도 참여하고 싶어요.'
' 뭐…? 안돼.'

로라의 말이 끝남과 동시에 손가락에 걸쳐뒀던 시가를 대번에 입에 물린 루시는 필터 끝을 가볍게 빨아들이며 살풋 미간을 찌푸렸다.

' 왜요? 이 약은 부작용도 별로 없어요, 루시!! 저 진짜 자신 있어요!! 이

약만큼은 자부할 수 있어요!'

　루시의 입속에서 뿜어져 나온 자욱한 연기가 몇 초간의 침묵 끝에 로라
와 그녀 사이를 가르고 파스스 흩어져 내렸다.

　' 안돼!'

　연달아 탁한 회색빛 연기가 그녀의 입에서 재차 뿜어져 나왔다.

　' 안돼.'
　' 루시!'

　시가를 가장한 마리화나였다. 루시의 눈꺼풀이 필요 이상으로 늘어지는
순간이었다.

　' 흠…. 나 세 번은 말렸다? 그래도 할 거니?'
　' 네…. 전 꼭 하고 싶어요, 루시!!'

　생각에 잠긴 듯 초점이 흐려졌던 루시의 눈이 다시 로라를 쫓아왔다. 차
갑고 무거운 그녀의 시퍼런 눈동자가 일순 서늘하게 빛을 발했다.

　' 그럼 해~ 뭐… 네가 직접 선택한 일인 걸~ 이제 와서 내가 말린다고
되겠어?'
　' 루, 루시… 감사합니다!!!'

　생글생글 웃어 보이는 그녀의 얼굴 위로 묘한 기시감이 스쳤지만, 로라

는 그 찰나의 순간을 대수롭지 않게 여겼다. 절대로 무시해서는 안 될 기분이었는데….

' 글쎄~ 그런 말은 나중에 듣는 걸로 할게~~'

바로 코앞에 얹어진 욕심에 눈이 멀어 천사의 탈을 쓴 악마에게 스스로가 영혼을 내어 준 셈이었다.

결국, 내 손에 쥐어진 패는 이미 후회와 절망뿐이었다.

명백한 자만이었다. 결국, 욕심이 잉태한 원망은 스스로를 파멸로 안내했다. 돌이켜보면, 그렇게 하찮은 삶도 아니었는데… 쳇바퀴처럼 기억 속 어딘가를 돌고 도는 그날의 기억은 늘 하루도 빠짐없이 그녀를 찾아왔다.

" 으어어억어억!"

특히 약물이 투입되는 순간 그 위력은 배로 강하게 작용되었다. 로라는 그렇게 매일같이 주입되는 약물에 무력하게 지배당하고 있었다.

오빠, 도망가!

그리고 지금은 루시가 빠져나간 직후였다.

첸, 제발 오빠를 데리고 도망가!

정신이 온전해지던 찰나, 로라는 젖 먹던 힘을 다해 몸부림을 쳤다. 그리고 허공을 향해 크게 외쳤다.

 제발… 그녀에게서 멀리 달아나!

 물론 짐승의 소리나 다름없는 아우성일 뿐이었지만.

킥

퍽!

댄의 주먹이 파핑의 얼굴에 정면으로 꽂혔다. 코뼈가 주저앉을 정도로 둔탁한 소리가 메이트 홀 안을 위협적으로 울렸다.

" 으악!!! 내 코!!! 피난다! 피!!"

순식간에 쌍코피가 줄줄 흐르는 콧대를 부여잡은 파핑이 두 눈에 쌍심지를 켜고 발악했다. 반면, 소파 위에 너부러져 있던 첸은 워낙 눈 깜짝할 새에 벌어진 일이라 그대로 얼어붙을 수밖에 없었다.

" 어디서 터진 주둥아리라고 함부로 놀려?"
" 이 새끼가!!! 말로 하면 될 걸 왜 때려 왜!!! 네가 깡패냐?!"

파핑의 말이 끝나기가 무섭게 그를 내려다보고 있는 댄의 표정이 심상치가 않았다. 눈빛에서 살기가 느껴질 정도였으니까.

" 죽고 싶지 않으면 입 닫아라."
" 아니 뭐!! 내가 틀린 말을 한 것도 아니고!! 그냥 팩트잖아!"

결국 사람 하나 죽여도 눈 하나 깜짝할 것 같지 않은 댄의 서슬 퍼런 낯짝을 보며 첸이 나섰다.

" 입 다물어 파핑!!"
" 으이씨! 첸!! 지금 나한테 화낸 거야?!"
" 제발 좀!!"

코피로 범벅을 한 얼굴로 되레, 저에게 짜증을 부리는 파핑을 제쳐둔 첸은 제 머리보다 한참이나 위에 있는 댄을 향해 다가섰다.

" 저기, 댄…."
" 제삼자는 빠져라."
" 그냥 네가 한 번만 이해해 주면 안 될까…?"

아바타의 기력지로도 그 고생을 시키더니 이 새끼는 현실에서마저 혀가 내둘러질 정도로 큰 장신이었다. 자신 또한 보통 남자들의 평균 키보다 훨씬 큰 편이었음에도 불구하고 놈에 비해선 한참이나 밀렸으니 말이다.

" 어. 안 되겠는데?"
" 얘가 좀 무식해서 그렇지 나쁜 뜻으로 말한 건 아니야!!"

녀석은 기생오라비 같은 뺀질한 외모와는 다르게 제법 단단한 근육질의 몸을 갖고 있었다. 쩍 벌어진 넓은 어깨에 손발은 또 얼마나 큰지… 놈의 어깻죽지조차 미치지 않는 파핑은 육안으로만 봐도 비교 대상이 될 수 없었다.

" 야, 첸!! 너 말이 어째 좀 심하다?"
" 시끄러워 파핑! 넌 잠깐 빠져있어!!"

댄에게서 뿜어져 나오는 살벌한 기운에 첸은 자존심이고 뭐고 넙죽 엎드려 성질을 굽혔다. 저렇게 두어 번 더 맞으면 저나 파핑이나 그대로 황천길이었으니까.

" 참나! 내가 어딜 봐서 무식하다는 건데!!! 다짜고짜 주먹부터 휘두르는 이 새끼가 더 무식한 거지!!"
" 파핑 쫌!! 그만해 그만!!"

마음 같아서는 한 대고 두 대고 주먹이든 발길질이든 되갚아 주고 싶었지만, 이 새끼는 하프노이드였다. 잘못 건드렸다간 우리 같은 인간들은 뼈도 못 추리고 사망이었다.

" 아니 내가 뭐, 틀린 말한 것도 아니고!!!!"
" 파핑, 제발 조용히 좀 있어!!!"

그랬기에 여전히 분수도 모르고 쫑알거리는 파핑에 첸은 다그치듯 호통쳤다. 그때, 여태껏 별 대꾸 없이 잠잠하던 댄이 삽시간에 미간을 확 찡그리며 욕설을 뱉어내기 시작했다.

" Fuxx off! 병신들이 말도 더럽게 많네."
" 이 새끼가···. 큭!"

순식간에 파핑의 멱살이 놈에게 붙들렸다. 첸의 얼굴이 구겨지기도 전에 벌어진 일이었다. 허공 위로 붕 뜨인 파핑의 몸뚱이가 종잇장처럼 힘없이 나풀거렸다.

" 죽여놔야 입 다물지?"
" 컥억…!! 댄!!"

어금니를 으득 짓이긴 댄이 눈알을 잔뜩 부라리며 파핑의 숨통을 조여왔다. 금세 새파랗게 질린 파핑이 컥컥대며 미친 듯이 발버둥을 쳤다.

" 으허억…."

하지만 힘으로나 덩치로나 그저 속수무책이었다. 급기야 파핑은 숨통이 콱 막히는 느낌을 시작으로 지난 세월이 주마등처럼 쭉 펼쳐진 저승행 문턱 앞에서 기를 쓰고 버텨야 했다.

" 댄, 제발 그만!!!"
" 삼자는 빠지라고 경고했다."

허공에 매달려 있던 녀석의 혀가 길게 늘어졌다. 그저 발만 동동 굴리며 이 모든 상황을 허망하게 관망할 수밖에 없던 첸이 어쩔 수 없이 주머니에 손을 가져갔을 때였다.

" 댄!!!!"

별안간 뱅이 나타났다.

" 그만해 그만!"

" Damn it!!"

여차하면 전기총이라도 쓸까 머리를 굴리던 차였다. 하지만 다행히도 그녀는 아주 자연스럽게 파핑의 멱을 쥐고 있는 댄의 손을 단번에 제지했다.

" 으휴! 제발 그놈의 성질머리 좀 죽이라니까?!"

" 안 죽였으면 이 새끼가 살아있겠냐?"

" 아주 자랑이다!!"

핏발 선 눈자위, 눈동자가 사백안으로 치달았던 녀석은 뱅의 손길이 닿자 그제야 차분하게 흥분을 가라앉히며 파핑에게서 순순히 물러섰다.

" 으켁켁켁…. 아아 목소리가… 목소리가 안 나오는 것 같아…. 켁켁!"

" 조용히 해! 너 지금 말만 잘하고 있어."

이 와중에도 투정을 늘어뜨리기 바쁜 파핑에 뱅은 단호한 목소리로 녀석을 다그쳤다.

" 너무해, 뱅!! 조금 전까지 생사를 오간 사람한테…."

" 그러길래 왜 짐승의 코털을 건드려?"

한편, 첸은 생각했다. 겉보기엔 댄이 뱅의 손길에 가볍게 밀려난 것처럼 보였어도 사실은 스스로 걸음을 물러 준 것이나 다름없다고. 생각의 끝에 첸이 파핑을 타박했다.

" 어휴…. 그래도 입은 동동 잘 떠다니는 걸 보니 괜찮은가 보네."
" 첸! 아까부터 왜 자꾸 나한테만 뭐라고 해?! 넌 내 편을 들어 줘야지!!"
" 네 편이니까 이러는 거야, 이 똥멍충아!"

바짝 쪼그라들었던 마음에서 이제 겨우 안심하려던 차에 대뜸 댄의 입이 열렸다.

" 그러는 네 동생은. 정신이 완전히 나갔는데, 육체가 온전하다고 해서 예전의 네가 알던 동생이 맞긴 한 거냐?"
" 야!!! 너 말이 너무 심하잖아!!! 내 동생은 건드리지 말라고!!"

그 순간 냉소를 한가득 담고 있던 댄의 눈빛이 파핑을 향해 번득였다.

" 역지사지가 안 되는 놈이로군."

일말의 감정도 느껴지지 않는 그의 차가운 목소리에 파핑을 제외한 나머지 동료들은 일제히 합죽이가 될 수밖에 없었다. 당사자인 파핑 또한 총알처럼 뇌리에 박힌 댄의 촌철에 더 이상 반박이 힘들었다.

' 제길…. 아직도 얼얼해 뒤지겠네.'
' 쉴드존에서 맞은 건데, 아직도 아프냐?'

눈알이 빠지도록 특정 인물을 주시하던 파핑이 슬쩍 첸을 보며 물었다. 그리고 다시 시선을 옮겨 망막에 씌운 렌즈와 연동된 홀로그램 망원경을 다초점에서 단초점으로 바꿨다.

' 야! 말도 마라! 겉만 멀쩡하지, 꼭 파열된 것처럼 눈알이 다 빠질 것 같다.'

' 그, 그 정도로 아프냐? 하긴 소리가 엄청 크긴 하더라….'

겉보기엔 멀쩡한 눈을 손으로 살살 문지르고 있던 첸은 파핑의 말을 끝으로 미간을 잔뜩 찌푸리며 혼잣말처럼 중얼거렸다.

' 정신적으로 느꼈던 대미지가 가시질 않아서 그런가… 꽤 오래가네.'

' 그나저나 언제까지 이러고 있어야 하는 거냐?'

' 글쎄다. 이 기생오라비 같은 놈. 일부러 우리 골탕 먹이려는 건가?'

웬만해선 더 이상 엮일 일 자체가 없다고 생각했는데… 운도 더럽게 없지. 불과 몇 시간 전 루시에게서 연락이 왔었다. 뱅의 친구라는 놈의 일을 도우라고. 그것도 말이 좋아 돕는 거지 그냥 셔틀이나 하라는 거였다.

' 아니 생판 얼굴도 모르는 로봇의 메모리 카드를 내가 왜 찾아줘야 하는 건데?!'

' 누가 너 보고 찾아오랬니? 얌전히 받아 오랬지?!'

우리가 맡은 역할은 생각보다 간단했다. 댄에게서 신호가 오면 녀석이 말한 장소로 가서 물건만 받아오면 끝이었다.

' 아니 그거나 저거나 그게 그거지!!!'

' 아니?! 전혀 다르거든?! 파핑!! 삐뚤어진 입이어도 말은 똑바로 해야지!!'

' 아오 씨! 진짜!! 첸!!! 뱅이 나 무시하는 거 봤지?! 얘가 막 이런다니

까?!! 너가 한 마디 좀 해줘!!'

그러니까 분명히 처음에는 그랬다.

*' 야, 뱅. 우리가 만약 못 하겠다고 하면? 그땐 어쩔 건데? 우린 루시의
부하지, 네 부하가 아니잖아?'*
' 일 잘못되면 로라한테 약 중단하라고 했어.'
' 뭐?! 여기서 로라가 왜 나와!!!'

첸보다 파핑이 더 빨랐다. 그는 얼굴을 와그작 구기며 뱅을 향해 분개하
듯 성을 냈다. 하지만 뱅 또한 만만치 않았다.

' 그걸 왜 나한테 물어? 루시한테 직접 물어.'
' 뭐어?!'

파핑의 한 마디에 로라의 아바타를 뒤집어쓴 뱅이 이번엔 아무 말도 없
이 사납게 째려봤다. 일순 그녀를 바라보는 파핑의 눈동자엔 혼란이 가득
일렁였다. 어떤 지독한 쌍년의 얼굴이 불현듯 떠올랐기 때문이었다.

*' 로라의 아바타를 이대로 놀리면 곧 폐기 처분해야 할 텐데. 뱅이 잠시
맡아주면 어떨까 해. 어차피 뱅도 지금은 개인적인 사정 때문에 방문자용
패스권밖에 이용이 안 되니까. 어때? 파핑? 딱인 것 같은데.'*

어느 날 홀연히 나타난 뱅을 가리키며 루시가 명령을 내렸다. 그것도 로
라의 친오빠인 당사자 앞에서 로라의 아바타를 멋대로 흥정하면서 말이
었다.

'로라의 아바타를요…? 게다가 폐기 처분이라니요?! 로라는 아직 버젓이 살아 있잖습니까?!'

앉은 자리에서 벌떡 몸을 일으킨 파핑이 별안간 루시를 향해 사납게 으르대며 소리쳤다. 그 옆에 있던 첸은 여전히 넋을 잃은 상태였다.

'누가 로라가 죽었대? 당장 사용할 수 없는 계정 때문에 하는 말이잖니! 일정 기한 동안 방치해두면 계정 자체가 폐기 처분된다는 걸 몰라서 그래?!'
'하…. 루시! 아무리 그래도….'

파핑은 속이 다 부글부글 끓었지만 더 이상 반박할 수 없었다. 너무 어이가 없어도 꿀 먹은 벙어리가 된다고 하더니 자신이 딱 그 짝이었다.

'어쨌든, 긴말 필요 없고! 뱅이 잠시만 쓰게 하자. 그럼 계정도 살릴 수 있고~ 이 얼마나 누이 좋고 매부 좋을 일이니? 어차피 로라가 다시 깨어날 때까지만이잖아?! 그러니까 좋게 좋게 생각해, 파핑~ 뭘 그렇게 어렵게 생각하는 건지 모르겠네? 아니, 막말로 폐기 처분을 내가 하니? 정부에서 하지~ 그리고 얘들아, 계정 바꿔치기도 아무나 할 수 있는 게 아니란다? 다~ 내가 전생에 쌓은 덕이 많아서 인복이 넘쳐나서 가능한 일이라구~ 가만 보면 니들은 세상이 전부 다 공짜로 돌아가는 줄 알더라? 얘! 그런 건 없어~'

일방적인 통보를 끝낸 루시는 빙싯 웃으며 한가롭게 때가 시커멓게 낀 시가잭을 닦기 시작했다. 그리고 한 마디를 덧붙여 말했다.

'넌 오빠란 애가 그렇게 감정만 앞서서야 되겠어? 당장 로라를 위해서 아무것도 해줄 수도 없으면서?'

틀린 말이 아니었기에 파핑의 입장에선 더더욱 할 말이 없었다. 하지만 쎄한 느낌은 지울 수 없었다. 가만 보면 그녀는 자신과는 전혀 별개인 일이나 다름없는 사람처럼 행동했다.

'폐기 처분이 된다면 정확히 언제부터 진행되는 건데요…?'

줄곧 안타까움을 표현하면서도 입장 정리는 칼 같았다. 절대 손해는 보지 않겠다는 완연한 태도였다.

'보통은 계정이 휴면 상태로 돌아간 뒤 삼 개월 후니까…. 이미 끝났지. 근데 로라의 아바타는 내가 특별히 뒤로 돈 좀 써서 몇 달 더 연장해 놨어. 그래서 아직까지 멀쩡한 거란다~ 파핑. 넌 오빠란 애가 그런 것도 제대로 모르면서 대뜸 성질부터 부려서야 되겠니? 지금 나한테 고마워서라도 넙죽 엎드려야 할 판에?! 쯧! 이래서 애새끼들은 안돼.'

파핑은 때마침 떠오른 기억과 함께 지끈지끈한 머리를 붙잡았다. 단내가 폴폴 풍기는 입에선 한숨이 가득한 욕지거리가 쏟아져 나왔다. 당시의 루시의 표정을 비롯한 모든 상황이 머릿속에 얼핏 스치기만 해도 열 손가락이 다 부들거렸다.

'이제 그 유예 기간도 얼마 안 남았고 선택은 니들 몫이잖니? 어떡할래~? 폐기해?'

생각하면 생각할수록 루시의 태도가 눈에 영 거슬렸다. 자신의 본능이 은연중에 계속 말을 걸어오는 것 같았다. 그 여우 같은 할망구를 믿지 말라고.

'이런 젠장! 여기도 아니라는데?!'

첸의 딱딱하게 굳어가는 표정을 보며 파핑은 저만큼이나 짜증이 가득 찬 첸의 눈치를 조용히 살폈다.

'왜?! 또 이동하래?'
'아오!!! 무슨 똥개 훈련 시키는 것도 아니고!!!'

벌써 야드 스트릿 20번지에서부터 시작해 40번 대를 웃도는 지역만 몇 바퀴를 돌았는지 모르겠다. 결국 그들은 댄이 맨 처음 말했던 장소로 다시 이동해야만 했다.

'설마 이 새끼 일부러 이러는 건 아니겠지?'
'그럼 죽여버려야지.'

혹시 모를 상황에 차도 오토바이도 외륜 보드도 금지였다. 무조건 두 발로 무식하게 걸어야만 했다. 대신 임무를 완수하면 뱅이 픽업하러 온다는 참으로 어이없는 계획이었다.

'와 진짜…. 이러다 내가 먼저 뒤지게 생겼네!!'
'그러니까 말이야!! 난 아까부터 발바닥에서 불이 난다, 불이 나!!'

덕분에 도로 반사경에 비친 그들의 얼굴은 피골이 상접하다 못해 눈 밑이 푹 꺼진 게 해골이나 다름없는 모습이었다.

' 으휴…. 보너스 안 주기만 해봐라!! 전부 다 불살라 버릴 테다!!'
' 그러니까 말이다. 근데 루시가 과연 보너스를 챙겨 줄까?'

파핑은 왠지 느슨해진 것 같은 방독면의 고정 끈을 다시 떼었다 조이며 무겁게 늘어지는 발걸음을 부지런히 놀렸다. 쉴 새 없이 튀어나오는 루시를 향한 욕은 에너지 보충을 위한 자양강장제였다.

' 으이씨… 노망이나 들어라! 할망구년….'

점점 멀어지는 그들의 등 너머로 어느새 중천에 걸려있던 해가 금세 주홍빛을 그리며 뉘엿뉘엿 지고 있었다.

[어이, 검사 양반. 지금 나랑 싸우자는 건가?]
[그럴 리가 있나요.]

댄은 쉴드존 안에서 제삼의 눈으로 쓰기 위해 만들어 뒀던 그의 다르파인 로트와일러에 두꺼운 체인으로 된 목줄을 채워 낸 후, 재빨리 눈을 깜빡여 시크릿 모드를 걸어 뒀던 블록챗을 불러왔다.

[여유롭네? 피곤하다. 이거 그냥 폐기하지 뭐.]
[그럼 저도 폐기합니다.]

시간만 질질 끌기 바쁜 리암의 태도에 이가 부득부득 갈릴 정도로 열이 뻗쳐올랐지만 지금 당장 댄이 할 수 있는 화풀이라고는 그와 똑같이 기껏 약 올리는 수준의 말장난이 전부였다.

[어. 그렇게 해봐, 어디.]

하지만 시간과의 싸움으로 따진다면 저보다 훨씬 더 불리한 쪽은 되레, 리암이었다.

[하…. 왜 자꾸 시비를 겁니까?]
[내가? 그럴 리가.]

지금 댄의 아바타는 텐도 지지도 아니었다. 블랙펄에서 운영하고 있는 X-Ten의 사장이자, 모델로서 광고를 위해 스트릿 댄서로도 종종 활약 중인 킥.

[하…. 지금 한번 해보자는 겁니까?]

그는 텐보다도 5cm나 더 큰 장신의 키에 슬랜더로 얼굴부터 온몸이 타투로 가득했다. 대외적으로 얼굴이 알려진 텐을 쓸 수가 없었기에 루시를 만나기 위해선 어쩔 수 없이 꺼내 쓴 이후론 요즘엔 이런 쪽의 업무 용도로 자주 사용하게 되었다.

[나야 좋지.]

블록챗을 통한 대답과는 다르게 댄은 불끈 주먹을 움켜쥐었다. 그는 지금 킥의 모습으로 시내 한가운데 위치한 카페테리아에 앉아 커피를 즐기는 척 리암의 행태를 쫓는 중이었다.

" 으르르르….."
" 워워! 헤인즈."

그때, 그의 반려 다르파이자 맹견에 속하는 헤인즈가 주변을 스윽 살피며 날카로운 송곳니를 뾰족하게 드러낸 채 으르렁거리기 시작했다. 아무리 다르파여도 생명체의 특징이 그대로 부여된 이후엔 지금과같이 신기할 정도로 실제와 비슷한 습성을 취했다.

" 월월!"
" 쉬~ 착하지?"

댄의 커다란 손바닥이 헤인즈의 귀와 머리를 시작으로 몸통 전체를 정성스레 스윽 스윽 쓰다듬어 주자 금세 노기를 삼킨 헤인즈는 커다란 덩치와는 어울리지 않게 고양이처럼 두 발을 가지런히 모으더니 철푸덕 주저앉듯 바닥 위로 몸을 엎드렸다.

[폐기 전에 재미나 좀 볼까 하는데.]
[잠깐만요.]

댄은 미리 준비해 온 간식을 헤인즈의 입에 물려주곤 지금과 같은 상황을 대비해 일찍이 준비해 둔 이미지 파일 하나를 리암에게 첨부하였다.

[드라마 한 편 보내줄까?]

브레인틱의 움직임에 반응한 퀸시의 뇌파 측정값이었다.

[하…. 오 분만요. 오 분만.]

놈이 한 번 더 뺑이를 치게 한다면 거의 슬립 모드에 가까운 상태로 속도를 늦춰 둔 브레인틱의 모션을 풀가동할 생각이었다.

[생각보다 양이 방대해서 뭘 먼저 보내야 할지 고민이긴 한데. 흠….]
[생각할 시간이 필요합니다.]

퀸시의 고유 코드를 해킹해 그녀의 기억장치 속에 공유가 가능하도록 설정된 데이터의 일부를 미리 백업해 뒀던 댄은, 이 정신없는 와중에도 꽤 치밀하게 시간을 들여 도움이 될 만한 퀸시의 영상 파일들을 샅샅이 찾아둔 상태였다.

[이미 충분히 줬다.]
[전 아직입니다.]

개중엔 지금 당장은 아니더라도 제법 쓸만한 파일도 있었고 무엇보다 리암에 대한 그녀의 충성심을 엿볼 수 있는 파일들은 운 좋게 적은 양도 아니었다.

[뭐, 어쨌든. 네 감성엔 이게 어떨까 싶군.]
[이봐요!!!]

그동안 쭉 지켜봐 왔던 리암의 모습들을 돌이켜 본다면 그는 역시 이성보단 감정이 먼저 앞서는 유형이었다.

[듣고 있어 새꺄. 소리 지르지 마. 이거 음성지원 되는 거 몰라?]
[아… 미, 미안합니다.]

점잖아 보이는 가면을 쓰고 있지만 사실 참을성 없는 어린아이나 다름없었다.

[댄. 아직이야?]
[돌아버리기 일보 직전.]

뱅이었다. 그녀는 오합지졸만 보내기엔 믿을 수 없다며 그들에겐 비밀로 한 상태에서 혼자만 따로 움직이는 것을 강행했다.

[뭐 어떻게… 아기 상어라도 불러줄까?]
[욕해도 되냐?]

처음에는 당연히 위험할 수 있을 법한 상황을 고려해서 몇 번이고 막아섰지만, 뱅은 제법 단호한 태도로 고개를 저으며 반박했다.

'어쨌든 내가 직접 움직여. 그렇게 할 거야.'
'안돼. 너 혼자 움직이기엔 위험하다.'

물론, 댄 또한 팽팽히 맞서 그 뜻을 굽히지 않았다.

'댄! 너만 레나가 소중한 게 아니야!'

'뻥! 그런 말이 아니잖아!!!'

그럼에도 끝내 확고한 열매를 씹어 먹은 뻥의 태도에 말문이 턱 막힌 댄은 급기야 제 얼굴을 벅벅 문지르며 백기를 들었다.

'알아! 나도 너만큼이나 초조하고 불안하다고…. 그걸 말하는 거야. 게다가 저 새끼들이 못 미더워서 그래. 내가 직접 나서는 게 나아! 그래야 너도 마음 편히 움직일 수 있고….'

몸집은 자신보다 훨씬 더 작고 조그마한 녀석이 고집은 또 얼마나 센지 한 번 핏대를 세우기 시작하면 아무도 말릴 수가 없었다.

'그러다 무슨 일이라도 생기면….'
'야!! 인간 여자 취급하지 마!!'

꼭 저렇게 말을 해야 속이 시원한 건지 나쁜 의미가 아닌 걸 알면서도 기분이 별로 좋진 않았다.

'그럼 니가 남자냐?!'

그런데 녀석은 여기서 멈추질 않고 또 혼자 발끈해서 캥거루처럼 주먹을 휘두르더니 결국 라스트 스퍼트를 제대로 날려왔다.

'너 잊었어? 레나는 살인 병기였어!'

하지만 뻥은 레나와 달랐다. 애초에 만들어진 목적 자체가 달랐고 살인 병기인 레나도 당했던 판국에 그 대상이 뱅이라면 더더욱 안심할 수 없는 노릇이었다.

'하…. 뱅. 나 진짜 불안하다고!!'

혼란에 혼란이 가중된 머리를 부여잡은 댄은 결국 관자놀이를 짚었다.

'믿어!!! 그냥 믿어 새꺄!!!'
'아아…. 대화가 안 돼. 대화가….'

댄이 끝내 뒷목을 짚었다.

[하, 이 머저리 같은 새끼가 상황을 더 피곤하게 만드네.]

애초에 그녀의 입에서 다짐이 발언 된 순간부터 우려는 실현이 된 것이나 다름없었다. 앞으로 그려질 미래가 암담했다.

[조금만 참고 얌전히 버텨! 또 승질부리지 말고!! 그리고 장소 알아내는 대로 나한테 바로 연락 줘. 혹시 몰라서 처음 말했던 장소에서 대기 중이야. 왠지 느낌이 그래.]
[어. 알았으니깐 넌 제발 차 안에만 있어라? 밖엔 절대 나가지 말고! 공기 청정기도 절대로 끄지 말고! 날이 꽤 차니까 난방도 꼭 켜고!! 알았냐?]

벌써부터 막막해지는 심정은 어찌할 수 없는 불가항력이었다.

[헐…. 아주 남편이 따로 없네?!]

[Huh?! 미친!]

[쟈기~~ 언제 끝나? 나 배도 고프구 심심한데~]

[오 마이…! 내 대가리야….]

뱅에게 답장을 보내자마자 뻐뻑하게 땡겨오는 목뒤를 좌우로 뚝 꺾은 댄이 고개를 핵 젖혔을 때였다.

[물건 어디 있는지, 얼굴 먼저 보고 알려 드리겠습니다.]

드디어 리암에게서 연락이 왔다. 하지만 지독할 정도로 우유부단한 리암의 태도에 결국 댄의 인내심이 바닥을 드러냈다.

[하…. 장난하냐, 지금?]

[어차피 메타잖습니까?! 실체도 아닌 아바타 대 아바타로 보자는 것도 어렵습니까? 그렇다면 저도 더 이상의 협상은 힘듭니다.]

그 와중에도 댄은 끊임없이 리암을 쫓고 있었다.

[시간을 좀먹고 있군. 그럴 필요가 있나?]

[나한테는 충분히 명분이 됩니다.]

그는 댄과 꽤 가까운 위치의 분수대 앞에 서서 벌써 수십 가치는 되어 보이는 꽁초를 떨궈내고도 내리 줄담배를 멈추지 않았다.

[하여튼 가지가지 하네. 이 양반.]

지금까지 놈을 지켜본 결과, 현재는 혼자가 분명했고 다르파 헤인즈에 연동된 탐지 센서에서도 의심할 만한 낌새는 따로 감지되지 않았다.

　[직접 만나서 얘기합시다.]

　물론 그렇다고 완전히 안심할 순 없었지만.

　[만날 장소는 내가 보낸다. 먼저 물건이 있는 장소부터 넘겨. 약속은 지킬 테니.]
　[허허…. 그쪽을 어떻게 믿고?]

　하지만 더 이상의 시간 낭비는 의미가 없었다.

　[대화가 통하질 않는구만.]

　결국 둘 중 하나가 모험을 걸지 않으면 이도 저도 아닌 상태로 흐지부지하게 끝날 수도 있었다. 그땐 어느 누구도 원하는 것을 손에 넣지 못하는 최악의 상황이 도래할 것이다.

　[어차피 물건을 찾는 시간보다 너와 내가 만나는 시간이 더 빠를 거다.]
　[아무리 그래도 그건 좀 힘들겠는데요.]

　블록챗 위로 리암의 대답이 올라온 순간, 하마터면 댄은 겨우 차려 놓은 밥상을 엎을 뻔했다. 하지만 고지가 눈앞에 있었기에 다시 인내를 되뇌며 대신 테이블 위에 올려둔 아이스 음료를 벌컥벌컥 들이켰다.

[이봐, 당신. 너 복희가 누구인지 알게 됐잖아.]

댄은 지금까지 부러 참고 있던 이름을 미끼가 아닌 지푸라기를 잡는 심정으로 뱉어냈다. 그러자 리암의 입에 물려있던 담배가 힘없이 뚝 떨어졌다. 그 모습을 슬쩍 지켜보던 댄은 서둘러 미리 물색해 뒀던 장소의 링크를 보내며 마지막 쐐기를 박았다.

[이미 내가 누군지도 알고 있을 테고. 안 그래? 지금 당장 보내준 장소로 이동해라. 늦지 않게. 그리고 물건이 있는 장소도 바로 보내. 아니면 둘 다 살리지 못해. 어차피 너도 네 조직에서 눈 밖에 난 상황이잖아. 잘 생각해 보라고 누가 적이고 아군인지.]

이제 슬슬 상황을 마무리할 때였다. 댄은 이번 라운드에서 자신이 가진 모든 패를 올인하기로 결심했다. 생각을 끝으로 댄은 야심 차게 준비해 온 눈알 브로치를 꺼냈다.

[댄아! 일변 니 신발 밑창에 크랙킹 심었구 CCTV도 교란시켜 놨단다! 그리구 잊지 멀구 눈알 브로치는 꼭 몸에 지녀야 헌다!]
[어어. 고맙다 호키!]

쉴드존 안에서 사용하고 있는 눈알 브로치는 계정에 따로 들어가지 않아도 아바타들을 어디서나 갈아입힐 수 있는 페이크 프로그램과 각종의 크랙킹 프로그램들이 깔린, 블록체인 기반의 해킹툴이나 다름없는 디바이스형 프로토콜이었다.

[그 지집년이랑 이동헐 땐 니가 갸를 보릿자루 머냥 들쳐업던 메던 혀

야 하는디 워칙헌다냐?]

[오 마이…!]

블랙펄 안에서 클럽을 벗어나 지니를 안고 객실로 움직이는 동안 그 어떤 CCTV 센서에도 그의 모습이 잡히지 않았던 이유 또한 바로 이와 같이 데이터를 주고받는 교환 과정에서 통신을 교란해 흔적을 없앴기에 가능했던 일이었다.

[찰리가 그런겨! 나헌티 머라 마슈….]

[Fuxx….]

그리고 이후, 누군가가 만약 이 영상을 열어본다면 시나리오에 따른 조작된 드라마를 보게 될 것이었다.

[알겠습니다. 지금 바로 이동합니다.]

[어이, 검사 양반. 제발 원원 좀 하자.]

리암에게 장소를 보내자마자 댄 또한 미련 없이 발걸음을 이동했다. 그러자 바닥에 엎드려 있던 몸을 후다닥 일으킨 헤인즈가 댄의 보폭에 맞춰 몸통을 탈탈 털어내며 슬금슬금 묵직한 걸음을 옮기기 시작했다.

[새대가리 좀 그만 굴리고.]

[허…?]

댄은 리암과 만나기로 한 장소로 이동하는 내내 블록챗을 멈추지 않았다.

[쉽게 가자, 쉽게.]

일부러 약을 올려 놈의 성질을 건드리면서 말이다.

샤샥 샤샥

한편, 이동 중인 헤인즈의 두툼한 목줄 위로 작은 거미 한 마리가 사뿐히 타올랐다. 이윽고 컹컹거리는 헤인즈의 숨소리에 맞춰 투명한 거미줄이 그의 목줄을 휙휙 휘감고 있었다.

랩

귀여운 나! 아가 랩은 요즘 참 외롭고 또 외롭다. 뽀짝뽀짝, 오리 다르파
에 들어가 물갈퀴가 달린 발로 물살을 살살 가르며 고뇌에 빠져본다.

아아…. 인생이란 덧없고 덧없는 것이로구나!

오늘따라 하늘이 참 푸르고 푸르렀다. 바람마저 살랑살랑 불어오니 한
낮의 오후가 참으로 애석하게도 처량하기 짝이 없었다.

" 꽥꽥 꽥꽥"

이런 날은 야외 카페테리아에 앉아 우아하게 프렌치 스타일의 브런치
를 만끽해야 했다. 마늘 버터와 달팽이가 어우러진 에스카르고에 갓 구운
바게트를 와앙! 여기에 디저트로 마카롱과 설탕 열 스푼 팍팍 때려 넣은
따끈한 에스프레소 한 잔이라면….

그야말로 지상낙원일 터!

하지만 지금 나의 런치는 니미럴?! 다르파 오리가 먹는 플랑크톤이었
다. 구사일생 후 눈을 떴을 땐, 마지막으로 접속했던 다르파 오리 안이었
다. 그나마 다행이라고 여겼지만, 막상 제대로 된 언어를 구사할 수 없어

또다시 절망에 빠졌다.

[으악!!!]

사건 당일, 벽 천장 모서리에 박혀있는 나의 본체이자 또 내 얼굴이나 다름없는 Cutie Booty!

' 웁스! 이게 진짜 되네?'

그러니까 지금 나의 소중한 똥구멍에 거대한 우레탄 도끼날이 자루 채 꽂혀 있었다. 어쨌거나 시작은 이랬다.

[드, 드디어 미친 거야?!]
' 설마 넌 이게 미쳐서 하는 짓으로 보이니~?'

우지끈 금이 간 나의 똥구멍에선 알루미늄 파편들이 눈가루처럼 부서져 흩어졌다. 이게 대체 얼마짜리 빵댕이인데, 이렇게 허무하게 부서지다니···.

[Ewwwww!! 그럼 정상이라는 거야?!]
' Yes, of course! 너무 멀쩡해~~ 완벽하게 정상이란다~? 어쨌든 쏘오리~'

영양가 없는 말다툼 끝에 에네스가 뱀 같은 혀를 날름거리며 어쭙잖게 사과를 건넸다.

[에네스···.]

바로 코앞에서 고의로 도끼를 던져놓고는 미안하다며 너스레를 떨었다.

' 미안해, 랩~ 너무 정확하게 꽂아버려서~?'

자각 끝에 홀로그램 형상으로 둥둥 떠 있던 랩의 몸이 우뚝 멈춰 섰다. 눈으로 직접 보고도 도무지 믿을 수가 없었다.

[너… 지, 지금….]
' 쉬잇! 착하지?'

하지만 녀석의 행위는 여기서 끝나지 않았다.

' 나 지금 엄청 바쁘니까 악담은 지옥이나 가서 하렴~'

에네스는 들고 있던 점보 펜치를 제 본체와 연결된 굵은 케이블에 가져가 힘을 가하기 시작하면서 그 와중에도 쉬지 않고 혀를 놀리며 농락을 멈추지 않았다.

[대체, 이게 다 뭐 하는 짓이야?!!]
' 시간이 없어서 예우도 갖출 시간이 없네?'

어디 그뿐일까? 정신 나간 여자처럼 실실 쪼개며 윙크를 날리는데….

[Eww!! 이러려고 애들이 사냥 나갈 때까지 아지트에 남아 있던 거였구나?]
' 역시 똑똑하네 우리 랩은~'

그 순간 랩은 이게 무슨 옛 아침 드라마와 호러영화의 말도 안 되는 믹스 짬뽕인가 싶었다.

[도대체 이러는 이유가 뭐야?]
' 글쎄~ 지긋지긋하지 않니? 이런 생활.'

의미를 알 수 없는 묘연한 대답을 끝으로 에네스가 쥐고 있던 펜치의 손잡이에 힘을 더하자 치지직 소리와 함께 파란 불꽃들이 마구마구 솟구치기 시작했다.

' Huh…?'

그때까지도 나는 여전히 보고도 믿기지 않은 현실에 그저 두 눈만 꿈뻑이며 남 일 보듯이 관전만 하고 있었다.

' 어차피 이 정도면 뭐~ 충분히 살 만큼 살았잖아?!'
' 뭐어?!'

이윽고 고막 장치에 꽂힌 그녀의 대사는 나를 그만 꿀 먹은 벙어리로 전락시켰다.

' 더 살아봐야 좋은 꼴이나 보겠니? 너 다음엔 레나~ 그다음엔 뭐, 걔들은 알아서 죽어주시겠지. 그래도 넌 내 손에서 죽는 거잖아~?'

에네스의 유전자에는 사이코패스의 피가 흘렀다. 클로닝으로 탄생된 하프노이드 가운데, 다른 유전자는 섞이지 않은 순정 버전으로 그들 안에서도 유난히 더 티가 났다.

'감사하게 생각하렴~ 정부에 잡혀가서 실컷 이용이나 당하고 사시사철 주기적으로 해부나 당하다가, 한낱 무기로 전락하는 것보단 영광이지 않니?'

물론, 이미 다 알고 있는 사실이었다. 허나, 방심이 문제였을까…? 여태껏 대수롭지 않게 넘겼던 이유는 결과적으로 녀석 또한 인간이 아니었기 때문이었다. 게다가 에네스에게 유전자를 나눠준 그 사이코패스의 감시 하에 자랐기에 더더욱 문제가 될 거라곤 상상조차 못 했다.

'어차피 링크니 뭐니, 홀로그램으로 살 거라며?'
[Ewww!! 그게 이유가 돼?!]

무엇보다도 나는 그녀의 현명하지 못한 태도에 진심으로 의아했다. 도대체 이렇게 해서 얻을 수 있는 이익이 뭘까…?

'어폐잖아? 안 그래?'
[어폐…?]

랩은 목숨이 간당간당한 절체절명의 순간임에도 삐딱하게 기울어지는 고개를 막을 수가 없었다. 꼬리의 꼬리를 물어오는 의문에 진심으로 납득이 가질 않았기 때문이었다.

'어차피 더 살아봐야 전기세만 축내지 않겠니?'
[전기세…?]

사이코패스의 거죽을 넘어서 끝내 악마로 변해버린 에네스를 보면서도 여전히 랩은 갸우뚱했다.

' 그러게 누가 그렇게 잘난 척하고 살래?! 넌 너무 입바른 소리만 해서 싫어.'
[전기세가 이유인 거야?! 아님 잘난 척?! 입바른 소리?!]

그저 그녀의 의문스러운 말을 곱씹어 가며 이해를 촉구하느라 여념이 없는 상태였다.

' 여튼 안녕 랩~ 그동안 즐거웠다?'
[Ewww!! 자, 잠깐만!!!!!]

저 아이는 대체 왜, 무엇을 위해 이런 미친 수고를 벌이는 걸까? 딱딱하게 굳어버린 머릿속은 당최 움직일 생각을 하지 않았다. 그러다 제일 결정적이었던 질문의 답변은 끝내 들을 수 없었다.

으아아아악!

왜냐고?! 저 미친년이 말이 떨어지기가 무섭게 케이블 선을 완전히 끊어버렸기 때문이다.

[댄!! 댄댄댄댄!!!!!]

전원이 켜져 있는 상태에서 본체가 셧다운이 된 순간, 찌릿하게 번져왔던 그 날카로운 감각은 아마 죽을 때까지 평생 영원히 잊을 수 없을 것이다.

[뱅?! 뱅뱅뱅뱅뱅뱅!!!]

덕분에 트라우마가 되어버린 에네스의 표독스러운 얼굴, 사악한 미소와
더불어 깔깔대던 웃음소리까지 머릿속 한 편에 유리 조각처럼 박혀 다시
제정신으로 돌아온 이후에도 회복까지 꽤나 오랜 시간이 걸렸다. 뭐, 그
래 봤자 반나절뿐이었지만.

[레나!! 레나레나레나!!!!!]

정신이 돌아온 순간 가장 먼저 댄에게 연락을 했다. 하지만 전송이 되질
않았다. 설마 그새를 못 참고 에네스와 한패가 되어버린 건가 싶어 얼른
뱅, 레나에게 긴급 호출을 해봤지만 모두 다 같은 이유로 회신에 실패했
다.

[레에나…. 훌쩍….]

다르파 안에 갇힌 상태로는 블록챗을 사용할 수 없었다. 계정에서 로그
아웃되면서 엑세스 자체가 막혀버린 것 같았다. 블록챗은 저가 만든 산물
이었는데…. 창시자인 본인이 더 이상 손을 댈 수가 없는 황당한 상황이
었다.

[빼에에엥…. 훌쩍….]

GPS 추적 장치가 없으니 뱅의 행방은 알 수가 없었고 남은 동료는 댄
과 레나 그리고 잭뿐이었다. 하지만 가릴 처지가 아니었음에도 잭은 찾으
면 안 될 것 같았다. 메타에서 레나를 보필하는 역할이 댄이라면 에네스

를 보필했던 동료가 잭이었기 때문이었다.

[대엔…. 이 개시키야…. 뿌에에엥….]

가상 안에서조차 다르파 고양이로 살아야 했던 레나는 인간의 아바타를 부여받은 이후 당연히 보호자가 필요했다. 그렇지만 에네스는 아니었다. 다른 동료들은 모르는 전혀 다른 이유로 엄마의 명령 아래 보필이 아닌 잭의 감시를 받았다.

' 냐옹 냐옹~'

그래서 더더욱 찝찝했다. 더군다나 잭하고는 그닥 친하지도 않았다. 여하튼, 그 뒤로 나는 매일을 지푸라기라도 잡는 심정으로 샌드 스트릿의 블랙펄 근처를 기웃거리면서 댄과 레나의 아바타가 보이기만을 목이 빠지도록 기다렸다. 물론, 이 방법 또한 확률이 현저히 낮았지만 어쩔 수 없었다. 블랙펄이 목적인 그들이 샌드 스트릿을 활보할 이유가 전혀 없었기 때문이었다.

' 찍찍 찍찍~'

어느 날은 쥐의 형상을 한 다르파에 안착했다. 시커먼 하수구 안에서 구정물과 함께 보기만 해도 소름 돋는 바퀴벌레들과 조우해야 했지만, 감내했다. 그러나 얼마 안 가 이마저도 포기할 수밖에 없었다. 바로, 건물을 지키고 있는 고스트 시큐리티들의 따가운 눈초리 때문이었다. 초호화 빌딩의 우아한 품격을 자랑하는 블랙펄은 신분인증이 되지 않은 한 그 쌔삥한 건물의 근처조차 배회할 수 없을 만큼 감시망이 살벌했다.

허억!

며칠 전엔 그것도 모르고 접근했다가 그들이 뿜어낸 전기총에 맞고서야 알게 되었다. 그렇게 또 죽는구나 싶었는데, 몇 시간 후 청승맞은 몰골로 쓰레기통에서 뿅! 눈이 떠졌다. 그 이후론 이 짓거리도 깔끔하게 포기하고 다른 방법을 찾았다. 하지만 동물 형상의 다르파로는 그저 샌드 스트릿의 뒷골목을 배회하는 것 외에 그라운드 역 주변의 인공 호수 위를 유영하거나 날아다니는 것만이 당장에 할 수 있는 전부였다.

' 어이 형씨~'

그러던 어느 날이었다. 날이 좋다는 이유로 오랜만에 추적이 불가능한 박쥐 다르파에 접속한 나는 그 뒤로 샌드 스트릿의 뒷골목 일대를 해가 지는 줄도 모르고 하루 종일 빙글빙글 돌고 돌다 지쳐 잠시 전깃줄에 앉아 숨만 돌리려다 그대로 잠이 들어버렸다.

' 어디 불편하신가?'
' 알 거 없잖아.'

익숙한 목소리에 눈이 번쩍 뜨인 순간이었다. 랩은 날개 속에 숨겨뒀던 얼굴을 쏙 꺼내어 꽃봉오리처럼 감싸뒀던 몸을 활짝 펴냈다. 그리고 소리가 들려왔던 건물의 방향으로 하강을 시도했다.

[[[[[댄댄댄!!!]]]]]

역시, 댄이었다! 놈을 발견한 순간, 랩은 고막 센서의 볼륨을 최대치로 올려놓고 가장 근접한 거리의 몸통을 숨길 수 있을 만한 곳을 두리번거리며 찾았다. 그나마 다행히 어두운 새벽이었기에 망정이지 까딱하다가는 상대 무리에게 들킬 수도 있을 만큼 비좁은 골목이라 자리를 잡는데도 꽤 애를 먹었다.

' 워우, 약이라도 하셨어? 눈깔이 맛탱이가 갔는데?'
' 가던 길이나 가.'

대체 무슨 일을 당한 건지 녀석의 상태가 말이 아니었다. 평소의 녀석이라면, 저딴 인간 무리쯤이야 열 명 스무 명이 덤벼도 끄떡없어야 했다. 누가 뭐래도 댄은 천하의 깡패 그 자체였으니까.

' 다 죽어가는 놈이 입만 살아서는.'

그러자 불현듯 에네스가 떠올랐다. 그 악마 같은 년이 평화로웠던 우리의 일상에 폭탄을 터트린 게 틀림없었다. 느낌이 왠지 그랬다. 그렇지 않고서야 지금과 같은 상황은 절대 있을 수 없는 일이었다.

[[[[[안돼에에에에에에에!!!!]]]]]

휘청거리는 댄을 보면서 랩은 제발과 안 돼를 수백수천 번이나 외쳤다. 비록 목소리가 아닌 초음파만 왕창 발사할 수밖에 없었지만, 그래도 포기하지 않았다.

피용!

하지만 전기 충격기에 저항 한번 못하고 별안간 쓰러지는 댄을 보며 급기야 랩은 소중한 눈물을 터트릴 수밖에 없었다.

[[[[댄청이 시키 죽으면 안 돼 뿌에에에엥]]]]

제일 서러웠던 것은 이딴 새의 몸으로는 아무것도 할 수 없다는 현실이었다. 그렇다고 손 놓고 방관할 수만은 없어 랩은 날갯짓에 박차를 가해 댄을 납치한 그들을 쫓고 쫓았다.

' 야! 댄!! 차 빌려 왔어!'

댄이 사라진 건물 앞에서 꽤 오랜 시간을 발만 동동 굴리며 속 끓이던 차였다. 해가 중천에 이르자 놈이 다시 건물 밖으로 모습을 드러냈다. 다행히 녀석은 걱정했던 것과는 달리 무탈해 보였다.

' 설마… 이 똥차를 타고 간다고?'

또한, 그새 기력을 회복한 건지 체력 상태도 멀쩡해 보였다. 그때, 땅콩만 한 경차 안에서 갑자기 처음 보는 여성이 내리며 놈에게 딴지를 걸었다.

' 그렇게 맘에 안 들면 걸어오시든가~'
' 하…. 그냥 저 새끼들을 싹 다 조질까?'

그 모습을 보자마자 역시 난봉꾼 같은 새끼… 라는 말이 목젖까지 울컥했던 것도 잠시,

[[[[[우와아…. 진짜 못생겼다…!!!]]]]]

다시 마하의 속도로 쑥 내려갔다. 암만 봐도 상대 여성의 외모나 스타일이 댄의 타입이 아니었달까?

' 니가 운전해. 나 장롱 면허인 건 알지?'
' 야, 그냥 오토로 연결해 두면 되잖아!'
' 응, 이거 연식이 오래된 거라 안 돼~'
' 아오!! 두야!'

댄의 탄식을 끝으로 놈과 낯선 여성은 함께 블랙 스트릿을 벗어나 샌드 스트릿으로 향했다. 이후, 그라운드 역에 다다랐을 땐, 마치 약속이라도 한 듯 자연스럽게 찢어졌다. 그 뒤로 댄은 여자의 모습이 완전히 사라진 후에야 그라운드에서 얼마 떨어지지 않은 근처의 노상 카페에 자리를 잡았다. 그리고 몇 분 후 느닷없이 뱅이 나타났다.

[[[[[빼애애애애애애앵!!!!]]]]]

반가운 뱅의 얼굴을 보며 랩은 닿지 않은 소리 대신 기쁨의 초음파를 미친 듯이 발산했다. 하지만 닿을 수가 없어 상실감이 이만저만이 아니었던 차였다.

' 오 마이 갓! 너 옷이 그게 뭐냐?'
' 야! 이 화상아!! 우리가 지금 차림새나 따질 때야?!'
' 아오씨… 아무리 그래도….'
' 시끄러 인마!'

276 DAN

그러다 문득, 랩은 나뭇가지 사이로 거미줄에 대롱대롱 매달려 있는 거미를 발견했다. 동물의 몸으로는 녀석들을 따를 수가 없어 포기하려던 찰나에 우연히 찾아낸 기회였다. 랩은 재빨리 거미의 몸에 접속을 시도했다.

[Black Diamond로 등급이 확인되었습니다.]

아이디: tenshark31
이름: 텐
등급: Black Diamond *Royal person*
잼: Above DIA *Secret*
코인: Above Coin *Secret*
국적: 폴리스
나이: 21세
직업: 프리랜서

다르파 안에 갇힌 이후, 드디어 블랙펄 입성에 성공하게 된 순간이었다. 랩은 잠시 기쁨에 젖어 재빨리 설움의 눈물을 훔쳐냈다. 아니나 다를까, 새로 안착한 다르파 거미가 무척이나 만족스러웠다. 크기도 딱 알맞게 작아 눈속임이 편했고 무엇보다 움직임까지 빠르고 가벼웠으니 그야말로 안성맞춤이 따로 없었다.

' 환영합니다. 텐!'

그렇게 로비 홀 중앙으로 생성된 라인 앞에서 댄의 신분 검열이 진행되는 동안 랩은 서둘러 그 옆에서 대기 중인 뱅의 통이 큰 바지 위에 넙죽 안착했다.

[Silver Diamond 등급이 확인되었습니다.]

아이디: bang333
이름: 로즈
등급: Silver
잼: 835
코인: 5,790,000
국적: 폴리스
나이: 21세
직업: 프리랜서

이후 랩은 뱅으로 넘어온 차례에서 잽싸게 그녀가 매고 있던 가방의 옆구리에 붙어 액세서리 흉내를 냈다.

' 환영합니다. 로즈! 어디로 모실까요 레이디?'

그랬더니 다행히 센서에 걸리지 않고 무사히 통과할 수 있었다. 랩은 이런 방법이 있다는 것을 그때 처음 깨달았다.

' 저 친구와 동행할 겁니다. 고마워요~'

뱅은 안내원의 손을 잡고 텐의 뒤를 따랐다. 그 틈새를 타 랩은 그녀의 가방 옆구리에서 거미 다르파의 기다란 다리들을 움직여 좀 더 안전해 보이는 가방 안으로 쏙 몸을 숨겼다.

'시간 없다. 뱅.'

'으익….'

이 미친 것들이 지금 무슨 짓을 하고 있는 거지?! 랩은 기겁으로 물든 표정을 지울 수가 없었다. 어디 그뿐일까? 스캐닝을 피하기 위해서 어쩌고저쩌고 같잖은 이유를 덧붙이는 댄을 보며 급기야 랩은 있지도 않은 눈썹을 와그작 찌푸렸다.

'그냥 해. 미리 사과할게.'

그렇게 랩은 입을 떡 벌린 상태로 낯짝이 뻔뻔하기 짝이 없는 댄봉꾼 새끼를 한참 동안 눈에 쌍심지를 켜고 쏘아봤다. 만약, 다르파의 몸이 벌이었다면 당장 힘차게 날아올라 독침을 콕 쏘아버렸을 것이다.

저 새끼가 어디서 개수작질이야!!!!

이윽고 댄의 입술이 뱅의 입술에 닿았다. 그 순간 랩은 저가 당하는 것도 아닌데, 괜히 제 오금이 다 저린 기분에 휩싸였다. 그러자 거미 다르파의 다리 여덟 개가 의도치 않게 파르르 떨렸다. 그랬더니 투명한 거미줄이 툭 튀어나오는 거다.

쉭
쉭

시간이 갈수록 점점 격해지는 그들의 소시지 부비부비 앞에서 랩은 조용히 고개를 돌렸다. 이 전부터 댄 새끼가 은근히 뱅을 좋아하긴 했었다.

눈치가 코딱지만큼 있었다면 절대 알 수 없을 만큼 미미한 기류였지만 눈치코치는 이미 태어난 순간부터 탯줄처럼 달고 자랐던 랩은 진작부터 저놈의 응큼한 속내를 알고 있었다.

말을 안 해서 그렇지.

그 사이 랩은 좀 전에 튀어나왔던 거미줄 생성 방법을 그새 터득하였다. 댄 새끼의 얼레리꼴레리를 구경하고 있을 바엔 어떻게든 녀석들에게 닿을 방법을 찾는 쪽이 훨씬 더 효율적이었으니까.

샤샥 샤샥

랩은 고뇌했다. 댄 새끼의 예민함을 어떻게 끌어내야 할지. 눈에 띄는 것이 제일 좋은 방법이긴 했지만, 당장 거미 다르파의 모습으로 나타난다면 저 무지막지한 발에 밟혀 세 번째 깨꼬닥을 맞이하게 될 테니까.

" <u>으르르르르…</u>"

이후, 랩은 꽤 오랜 시간 자취를 감춘 채 놈이 수차례 아바타를 바꿔가면서 움직이는 동안 조용히 인내하며 얌전히 댄의 곁에 머물렀다.

" 워워~ 헤인즈 쉿!"

처음 헤인즈를 향한 녀석의 자상한 음성을 들었을 땐 살짝 자신이 없었다. 거기다 놈의 손길이 헤인즈의 털을 부드럽게 쓰다듬는 모습이란…. 그저 보는 것만으로도 등골에 소름이 쫙쫙 뻗쳐 몸서리가 쳐졌다.

" 월월월월월!! 으르르르르…."

하지만 달리 방법이 없었다. 어차피 여기서 더 고민해 봐야 이 짓거리나 저 짓거리나 못 할 짓인 건 다 똑같았으니까.

" 흠, 이런 적이 없었는데… 오류인가?"

헤인즈의 두 눈을 가만히 들여다보던 댄이 조용히 중얼거렸다. 그 순간 랩은 쾌재를 외치며 간절하게 앞발을 뻗었다. 그러니까 방법은 자신이 직접 헤인즈가 되어 개판을 쳐놓는 것이었다. 어떻게? 짖어야지 뭐!

" 아우아우아우~~~ 월월월월월!!!!!"
" 희한하네? 저번에도 그러더니만… 내가 이런 소리를 입력했던가?"

고개를 갸웃거리는 댄의 혼잣말에 랩은 더 우렁차게 짖었다. 비록 개 짖는 소리였지만, 이 순간 랩의 마음만큼은 그 누구보다도 애틋하고 애틋했다.

댄!!!
나야 나!!!
나 좀 제발 봐줘!!!
여기 귀여운 랩이 있다구우우우우우우우!!!!

그렇게 랩은 두 눈에 별을 박고 두 손을 꼭 맞붙여 깍지를 낀 간절한 마음으로 댄을 향해 끊임없이 소리치듯 외쳤다.

" 대에에에에에엔!!!"
" 뭐여!!!!"

한편, 댄이 맡겨 놓은 반려견 헤인즈의 상태를 점검하던 호키는 하드웨어 안에 심어 놓았던 보안 장치를 열자마자 퐁 소리와 함께 튀어나오는 괴상한 목소리의 정체에 화들짝 놀라 잠시 저세상으로 운명할 뻔했다.

" 으악!!!!"

어디 그뿐일까? 앉아 있던 의자에서 벌떡 일어섰다가 하필 또 다리까지 꼬이는 바람에 그대로 바닥 아래 철퍼덕 엉덩방아를 찧고야 말았다.

" 여 째끄만기 사람이여 짐승이여 뭐여?!"

꼬리뼈가 으스러질 정도로 세게 부딪혔음에도 그는 아픔보단 황당함에 먼저 비명부터 내질렀다.

" 뭐야?! 이 괴물은?!"
" 야는 또 뭐래는 겨 시방… 괴물?"

호키는 희멀건 얼굴에 눈썹 대신 푸르딩딩한 점 두 개를 박고 있는 어린아이의 모습을 보며 이게 꿈인가 생신가 보고도 믿기질 않는 광경에 어안이 다 벙벙했다.

" 왜 눈이 세 개야?!"
" 니 거긴 워츠케 들으갔디야?"

불만으로 가득 찬 얼굴이 뾰로통한 표정을 지어 보이며 툴툴거렸다. 덤으로 고사리 같은 양손을 허리춤에 야무지게 올린 아이는 호키를 샐쭉하게 쳐다보고 있었다. 그러니까 허공 위에 둥실둥실 떠오른 상태로 말이었다.

" 눈 한 짝이 왜 거기에 달렸어?!!"
" 그라믄 니는!!!"

각자 묻고 싶은 말만 신나게 쏟아붓던 차에 별안간 호키가 브레이크를 걸었다. 제아무리 황당무계한 상황이라 할지언정 자신의 차크라나 다름없는 제 삼의 눈을 무시하는 것만큼은 참을 수 없었기 때문이다.

" 니 눈썹은 다 워따 팔어묵고 모너릐자 아덜 새끼머냥 그 꼴인겨?"

호키의 말이 떨어지기가 무섭게 랩의 두 눈으로 서글픈 눈물이 그렁그렁 차올랐다. 겨우 다르파 밖으로 나왔더니… 이번엔 이마 위에 눈알 하나가 박힌 살벌한 괴물이 등장했다.

" 무슨 말이야…?"
" 뭐여…. 시방, 말귀두 뭇 알어듣넌 겨?"

거기에 설상가상으로 알 수 없는 언어를 구사했다. 어느 나라의 말인지 통역이 필요한데 다르파 몸뚱이에선 인터넷 서칭이 불가능했다.

" Are you Korean?"
" Yes I am~"

눈알만 데굴데굴 굴리던 랩은 급한 대로 세계 공통 언어를 냅다 던져보기로 했다. 이것도 안 된다면 그다음은 바디랭귀지라도 할 참이었다. 지금과 같은 상황에선 오로지 소통만이 답이었으니까.

" Oh··· bro!"
" Yeah~ Baby~"

이상한 언어를 구사하던 남자가 멋지게 혀를 굴리며 대답했다.

" Could you do me a favor?"
" Oh··· What can I do for you?"

그 순간 랩의 두 손이 부드럽게 맞닿아지고 온몸이 배배 꼬였다. 굉장히 만족스럽다는 의미의 바디랭귀지였다.

" Oh···! Really?"
" By all means. What's going on?"

드디어 성사된 소통에 마음이 급해진 랩은 살풋 미소를 지어 보이는 눈알 괴물의 태세 전환이 은근히 찝찝했지만, 애써 무시하며 얼른 본론부터 냅다 던졌다.

" I would like to meet Dan!"
" 이, 댄 팬이였슈?"

허나, 안타깝게도 눈알 괴물은 돌아이였다.

" NO!!"

" 이, 아니긴 뭘 맞는구먼! 쑥스러워서 그려?"

그는 뜬금없이 자신의 팔을 넓게 벌려 마치 본인에게 안기라는 듯이 몸짓했다. 덤으로 근육이 불끈 튀어나오기 일보 직전인 남자의 팔뚝을 보니 괜히 오소소 소름까지 돋았다.

" WHAT?!"

" 워미 귀여븐 거~ Do you like him?"

말귀를 못 알아듣는 것도 성질나 죽겠는데, 이번엔 그의 입술이 랩을 향해 우쭈쭈 똥꼬처럼 동그랗게 모아졌다. 니미럴?! 이러니 발작을 안 할수가 없는 거다.

" No!!! I just wanna talk to him! And I don't like him!! Disgusting!!! 갠 내 동료라구!!!"

" 뭐라는 겨 시방…?"

눈알 괴물이 짜증을 냈다. 귓구녕에 귓밥이 잔뜩 쌓였는지 저가 찰떡같이 말했던 걸 개떡같이 알아듣곤 얼척 빠진 소릴 뇌까렸다.

Ewwww!!!

일순 랩은 모든 동작을 멈추고 다시 곰곰이 생각했다. 같은 코리안인데도 말이 안 통하는 걸 보면 보통 멍청한 놈이 아니란 뜻이었다. 생각이 거기까지 미치자, 랩은 모든 걸 내려놓기로 결심했다. 이윽고 그는 재차 자신의 처지를 상기하며 열과 성을 다해 눈알 괴물을 향해 애원하듯 설명했다.

" Y…es…. maybe…. Anyway!! We must meet bro!! Can you help me? plz….”

랩의 말이 떨어지기가 무섭게 눈알 괴물이 이맛살을 찌푸렸다. 금세 부정의 기운을 감지한 랩은 재빨리 두 손을 팔랑팔랑 내저으며 잽싸게 덧붙여 말했다.

" Oh… bro. The thing is, Dan is my older brother! so I mean… 팬이 아니라구…. 그러고 싶지도 않구. but… you know?”

조그마한 손가락을 제 이마 위로 가져간 랩이 도리도리 고개를 내저으며 말했다. 그때부터 랩은 손짓, 발짓 저가 아는 바디랭귀지에 해당하는 모든 동작을 써가며 괴물에게 호소하기 시작했다.

" 지금 내 꼴이 말이 아니야….”

감정이 격해질 때는 저도 모르게 모국어가 튀어나왔다. 한편, 분위기에 도취된 호키는 격하게 공감을 하며 고개를 힘차게 주억거렸다. 무슨 말인지는 정확히 이해할 순 없었지만, 꼬맹이의 목소리에는 간절함과 애절함이 가득했다.

" Yeahhh…. You look….”

괴물의 대답과 함께 랩의 이마 위로 푸릇한 힘줄이 불끈 튀어나왔다.

" Plz… 헤업 미…."
" 이~ 늠 걱증 혀지 마러~ "

하지만 랩은 다시 마음을 추스르며 잠시 헤인즈를 어루만지던 댄이 되어 스스로를 다독였다. 그러자 지난 며칠간 오리에서 고양이, 쥐, 새, 꽃, 거미 그리고 댄의 반려견인 맹견까지… 처량했던 과거들이 휘릭 휘릭 재생되기 시작했다.

" Plz… 핸썸 가이…."
" 이~ 그려~ 핸썸한 엉아가 꼭 도와주께~ I do~ I do~"

지금쯤이면 멋진 꼬마 신사 같은 영국식 슈트를 착장하고선 전망이 끝내주는 스카이라운지에서 양질의 결이 부드러운 램 스테끼에 향이 좋은 부르고뉴 와인을 한 잔 우아하게 곁들이고 있어야 했다. 하지만 현실은 비루했다.

" Ewwww!!! Plz! I need him."

동시에 고지가 바로 코앞인 상황이었다. 고로, 마지막의 마지막까지 최선을 다해 힘을 내야 한다. 생각을 끝으로 랩은 두 눈에 반짝이는 별을 박았다.

" 크흡…. 댄을 만나야 해요."

그리고 고개를 바짝 쳐들고 슈렉에 나오는 장화 신은 고양이의 눈깔을 장착한 채 눈깔 괴물을 애절하게 바라봤다. 두 손은 기도하는 자세로 가지런히 모으고 귀엽게 깍지도 꼈다.

" You know what I mean?"
" Okay. I see. I will help you baby."

보이지는 않았지만, 깜찍하게 날개도 팔랑거리고 있었다. 여기서 한 단계 더 나아가면 이젠 무릎이라도 꿇어 보일 판이었다.

" Eww!! I'm not a baby….."
" 이~ 울지 멀구~ 그르다 고츄 빠지믄 워쯕헐라 그류~ 뚝! 성이 다 아러서 혀께~"

랩은 오늘도 고독하고 고독했다. 오죽하면 천하의 호랑말코 댄청이 놈이 그토록 간절하게 보고 싶으니 말이었다.

" 왓 더… 뿌에에에에엥…..."
" 음마야! 날이 개러가꼬 워쯕헌다냐!"

눈알 괴물의 방언을 들으며 랩은 비터 앤 스윗한 독이 든 고독을 들이켰다. 배경음악은 호랑이 담배 피우던 시절의 방탄소년단이 불렀던 피땀 눈물이 흐르고 있었다.

" 대에에엔….. 흐어어어엉!"

비록, 지금은 제 삼의 눈을 가진 소통이 불가한 남자⋯ 눈깔 괴물과 함께였지만,

" 워미~ 퇴깽이 동상 스릅네 스러버~"
" Plz⋯ big man⋯."

드디어 실낱같은 희망 한줄기가 보이는 듯했다. 그저 답답함에 속이 터질 것 같은 시련만 제외한다면 말이다.

" 오야 오야 ~ No worries little creature~ I got you, I got you~"

그리고 새삼 깨닫는다. 삶에 있어 소통이란 매우 중요하다는 것과 또한, 극한 상황을 견뎌내야 진화할 수 있다는 것을⋯.

" Ewwww!!! 유 쏘 쓰투피이이이잇⋯. 뿌에에에에에엥!!"

고로,
나는 성장하고 있었다.
More than ever.

지지

    댄은 한시가 급했다. 당장 본체의 전원을 켜도 활성화를 위한 설정값을 채우는데, 꽤 오랜 시간이 걸렸다. 결국, 방법은 단 하나뿐이었다. 그는 에너지 레벨값이 다 채워지기도 전에 히프나틱 주입을 강행해야만 했다.

    [호키! 나다.]

    아직 회복되지 않은 육체의 여파로 가상 안에서의 체력 또한 급격히 떨어진 상태였지만, 조금이라도 시간을 허투루 쓸 수 없었다. 그만큼 긴박한 상황이었다.

    [이눔아!! 니 이르케 더럭더럭 앓다간 저짝 믄저 가겄어!!]

    그에게 필요한 소요 값은 단순 에너지를 충당하기 위한 수치값에 해당되는 반면, 그녀를 위해 필요한 시간은 매 1분 1초마다 소멸하고 있는, 유일한 소생을 위한 한정 값이었으니까.

    [어어. 호키. 다행히 여기선 잘 살아있다.]

    그렇게 쉴드존의 홈그라운드에 입성한 댄은 최근 뜸하게 꺼내 입었던 지지의 아바타를 불러왔다.

[이?! 저 늠이 또 깝치구 자뻐졌네.]
[크큭, 충전은 잘 되고 있냐?]

아바타가 활성화된 순간 댄은 차고 안에 주차해 뒀던 슈퍼바이크를 불러와 급히 올라탔다. 이윽고 헬멧이 그의 얼굴을 덮기도 전에 커다란 굉음과 함께 두카티의 시동이 걸렸다.

[참말루 개갈 안 나는디? 니 이르다 죙일 겨 다니겄다!]
[그러냐? 나는 거의 날아가고 있는데? 모순이 따로 없네.]

댄의 두카티 디아벨이 그의 저택이 있는 맨해튼 스트릿 331번지를 향해 뻥 뚫린 도로 위를 질주했다. 계기판의 숫자가 점점 자릿수를 늘리는 동안, 호키에게서 온 블록챗 또한 그 수를 셀 수 없을 만큼 쉴 틈 없이 울렸다.

[뭐래는 겨 시방…. 껍숙그리덜 멀구 조심혀라 이?! 아주 억패도 이룬 억패가 없을 거다!]

그는 댄이 쉴드존에 입장하는 짧은 순간까지 혹시라도 잘못될까 걱정이 이만저만이 아니었다.

[지금으로선 어쩔 수가 없다 호키. 브로치 안에 심어진 데이터를 읽으려면, 아지트나 쉴드존 안에 있는 내 작업실로 가는 것밖엔 답이 없으니까….]

한편, 현실과 메타 안에서의 법은 실생활적인 면에 있어선 대부분이 비숫했는데, 개중 도로 위의 규정 법 같은 경우엔 거의 흡사할 정도로 똑같았다. 양극 간의 혼란을 막기 위함이었다.

[시방 그걸 물러서 묻남? 참말루 개갈 안나!]
[워워~ 진정해라 호키! 그러다 네가 먼저 쓰러지겠는데?]
[나는 시방 니 몸뚱이가 일번 코앞에 송장머냥 있넝기 음칭이 가물쓰겄데! 아주 심장이 다 너덜혀.]
[큭⋯. 잘 부탁한다 호키.]

댄은 바이크에 붙어있는 번호판과 센서 장치에 크래킹을 걸어 역으로 추적이 들어오는 시스템 장치에 혼란을 일으켜 추적 센서를 교란시켰다. 이로써 그의 흔적은 어디에도 남지 않게 될 것이다.

[글거 말여! 시방 니가 준 링크 추적혔더니 GPS가 정부팀 보안국으로 떴는디 우쪄까?]
[흠⋯. 느낌이 쎄한 게 예상대로 흐를 것 같다.]
[겨? 나두 암만 생각혀도 그 눔 가터.]

항상 방심으로 미뤄왔던 일들은 예상치 못한 순간, 보란 듯이 뒤통수를 가격하곤 했다. 그래서였을까? 호키의 말에 불쑥 찾아온 묘한 기시감 끝에 문득 그때가 떠올랐다.

' 너 이거 뭐냐?'
' 헉!!'

이미 초저녁부터 눈치채고 있던 일이었다. 알게 된 지는 꽤 됐음에도 레나 스스로가 언제까지 나에게 비밀로 숨길 수 있을지 조용히 지켜보던 참이었다.

  '이 새끼랑 언제부터 이랬냐?'
  '그… 그게 댄….'

생각할수록 괘씸한 마음에 벼르던 화산이 하필, 오늘 아침에 터졌다.

  '이 새끼가 미쳤네.'

사실 이 문제의 원인은 처음부터 나일지도 몰랐다. 왜 레나에게 화가 났던 건지 아니, 화를 낼 명분 따위가 존재했었는지 애당초 나는 그럴 자격에 대해 스스로에게 아무리 물어도 대답할 수 없었으니까.

  '으잇!! 이 새끼라니!! 너무해!!'

어느 순간부터 나는 그것들을 끌어안고 있기가 버거웠다. 그래서 레나에게 모두 다 내던져 버린 채 회피하기에 급급했다.

  '넌 지금 이게 장난치는 걸로 보이냐? 아직도 사태 파악이 안 돼?'
  '그냥 문자만 했어! 전화도 아니구 문자!!'

처음에는 적당히 경고만 줄 생각이었다. 그렇다고 기분이 풀린다는 보장은 없었지만 그렇게라도 해야 속이 시원할 것 같았다.

  'IP 노출돼서 아지트에 문제라도 생기면 네가 다 책임질 거냐?'

하지만 그럴수록 상황은 점점 원했던 해답으로부터 멀어져만 갔다. 그 때만 해도 스스로가 무엇을 원하는지 자각조차 하지 못했다.

'그럴 일은 만들지 않아!! 레나가 그 정도로 바보는 아니라구!!'

더 이상 내가 관여할 수 있는 일이 아니라는 것을 깨닫고 난 뒤부턴 더 걷잡을 수 없었다. 분명히 어느 정도 적당한 간섭에서 멈춰야 하는데, 왜 인지 그게 말처럼 쉽지가 않았다. 그러다 보니 나는 나대로 잔뜩 예민해 진 상태였다.

'하?! 바보가 아니라는 녀석이 일을 여기까지 키워?!'
'당장 아무 일도 일어나지 않았잖아!! 그리고 리암은 그런 나쁜 사람이 아니란 말야!!'

반박하기만 바쁜 레나의 태도에 점점 분노가 들끓었다. 그러니까 참고 있던 이유 모를 서운함이 시한폭탄처럼 터져버린 것이었다.

'너 지금 그 자식 편들어 준 거냐…?'
'아, 아니!! 편드는 게 아니라….'
'정신머리가 미치지 않고서야…. 그 자식이 어떤 놈인지 알고!!!!'
'대체!! 댄이 왜… 그렇게까지 화를 내는 건데…?'

결국, 나는 레나의 변명 아닌 변명에 그만 침착과 인내를 잃어버리고야 말았다.

'할 소리냐, 그게?'

'윽…. 미, 미안….'

인정하고 싶지 않았지만, 그녀가 그 빌어먹을 자식을 감싸는 모습이 꼴도 보기 싫었다. 생각이 거기까지 미치는 순간 나는 필사적으로 마음을 숨기기에 급급했다.

' 아니, 네 말이 다 맞다. 내가 화낼 명분이 어디 있다고. 안 그러냐? 선 넘어서 미안하다?'

그 후의 행동은 그저 발을 물리기 위한 방어 태세였다. 더 이상 레나의 눈을 똑바로 볼 수도 없었다. 하지만 이게 아니라는 것을 잘 알면서도 나도 모르게 삐딱선을 탔다.

'그렇지 않아! 미안해. 내가 정말 잘못했어….'
'이젠 너 혼자 알아서 해. 그게 네가 원하는 거니까.'

그 말을 내뱉었던 순간 사시나무 떨리듯 불안하게 흔들렸던 레나의 눈빛이 아직까지도 눈앞에 선연했다.

' 댄 제발….'

덩달아 주머니에 감춰뒀던 나의 손에도 식은땀이 잔뜩 고일 정도로 떨리는 긴장감이 가득 쥐어져 있었다. 혹시라도 녀석의 입에서 긍정을 표하는 대답이 나올까 봐….

' 앞으로 너 알아서 살아.'

겉으로는 최선을 다해 아닌 척했지만, 나는 이유 모를 두려움마저 느끼고 있었다. 어쩌면 이미 알고 있는지도 몰랐다. 내가 왜 이러는지.

'잘못했어. 댄….'
'좀 비켜라. 걸리적거리지 말고….'

하지만 레나의 시무룩한 얼굴에 안도의 한숨을 내쉬면서도 정작 이 빌어먹을 머저리 같은 짓거리는 끝내 멈출 수 없었다. 그때까지만 해도 나는 이 방법만이 그녀와 나의 관계를 평온하게 유지하는 길이라고 굳게 믿고 있었다.

지금까지 늘 그래왔으니까.

그렇게 쓸데없는 자존심으로 객기를 부리던 나는 그녀의 방향인지 센서에 문제가 있다는 사실마저 새까맣게 잊고야 말았다. 그 중요한 사실을 병신같이 말이다.

[호키. 지금 방금 레나 찾았다….]

이후, 레나와의 마지막 메시지에 남겨져 있던 GPS를 추적해 기록된 장소에 도착했을 때, 이미 몸뚱아리와 분리된 그녀의 얼굴이 잔인하게 뜯긴 상태였다.

[뭐여?! 벌써?! 사, 살아있는겨…?]

그것도 모자라 마치 캔 뚜껑처럼 열려있던 레나의 머릿속에선 그녀에겐 본질이나 다름없는 조막만 한 뇌가 처참한 상태로 황량한 흙바닥 위에 널부러져 있었다. 이를 본 순간 나는 눈깔이 뒤집혔다.

[다행히 얼굴은 무사한데 본체는… 산산조각 났다. 게다가 역시 예상대로 메모리 카드만 꺼내 갔고. 이 새끼들을 어떻게 조져버릴까….]

사시나무 떨리듯 덜덜 떨리는 손으로 그녀의 머릿속에 다시 뇌를 집어넣고 급한 대로 히프나틱을 운반하기 위해 가져온 보냉 케이스에 그녀의 얼굴을 담았다.

[왐마?!!! 이런 통세 빠진 못 쓸 것덜…. 아주 사그리 다 쏴아 내야것구먼!!]

당시로선 최선의 방법이었지만 보장할 순 없었다. 어쩌면 레나가 다시 눈을 떴을 땐, 더 이상 그녀의 머릿속엔 인간의 뇌 따위란 존재하지 않을 확률이 높았다. 그러자 마음이 미친 듯이 요동을 쳤다. 분노가 솟구치듯 끓어올랐다.

[하… 호키. 오늘 출동한 새끼들 어떤 놈들인지 당장 추적 부탁한다.]

그때, 레나의 후드 집업에 붙여 두었던 브로치의 GPS 신호가 잡혔다. 재빨리 댄은 그 일대 주변을 찬찬히 둘러봤다. 하지만 이 근방 어디에도 그녀의 얼굴 외엔 레나의 것으로 추정되는 흔적들은 아무것도 발견되지 않았다.

[댄아! 찾았다!! 왜 그 니가 말했던 그 놈이 그 빙긋대던 바텐더 시키가

맞구면!! 보안국에 아는 넘아가 준 정보라 확실혀다!!]

그러길 몇 분, 여태껏 잠잠했던 추적 장치의 센서가 갑자기 방향을 잡기 시작했다. 온몸의 모든 혈관이 터져버릴 것 같은 순간이었다.

[그 늠이 레나 메모리 카드 가져간 시께린디 오눌 출동한 눔들이 바로 그 시께리가 대갈빠리로 있넌 군부대란다!! 시방 열 쏫치는 거!!! 나두 이른디 니는 시방 을매나 쏙 쎅히것냐!!!]

브로치에 달린 GPS의 동선을 조용히 응시하던 댄은 호키가 일러준 정보를 상기하며 서둘러 다음 단계를 위해 노선을 틀었다.

[알았다. 수고했다 호키. 난 이제 출발한다. 랭글러가 있는 곳까지 거리가 꽤 돼 시간이 좀 걸릴 거다. 그리고 내가 지금 보낸 링크도 추적해서 찾아봐 줄 수 있겠냐? 미안하다. 자꾸 이런 부탁만 해서.]

복수는 둘째치고 지금 당장 우선으로 해결해야 할 문제가 생겼다. 바로 녀석들이 가져간 레나의 메모리 카드를 되찾는 일이었다. 생각이 거기까지 미치자, 의분으로 파리하게 떨려오던 진동감이 다시 차갑게 가라앉았다.

[뭐여?! 이눔아는 삐뚝허믄 느저지없이 선을 긋구 지럴이여!! 내는 안 직 시작두 안 했구면 오딜 지벡이 털 뽑넌소릴 히싼댜?! 부탁 헐 일 있음 즉깍즉깍 말혀! 누가 걍 공짜로 혀준뎌? 내는 사철허게 사그리 받아낼 거니께 걱증밀고 니는 언능 싸델게 돌아올 생각이나 혀!!]

미안하다는 말을 살면서 몇 번이나 뱉어봤을까. 아마도 나는 오늘에서야 이 할당 값을 전부 다 지불하고 있는 듯했다. 고개를 조아리고 부탁이라는 것을 해야 하는 순간이 정녕 나의 삶에 노크를 할 것이라고는 상상조차 해본 적도 없었으니까.

[고맙다 호키…. 진심의 진심을 다해서 갚으마.]
[이~ 세빠진 소리 웬만큼 허고 퍼뜩 댕겨 와!]

참 신기한 일이었다. 모든 것을 내려놓은 순간부터 어디선가 희망의 빛이 사람이든 사물이든 상황에 맞게 뻗쳐와 딱 죽지 않을 정도의 살길을 열어줬다.

[호키, 방금 저택에 도착했다. 데이터만 옮겨서 바로 블랙펄로 움직일 생각이다!]
[뭣이여?! 데이터만 옮기믄 되넌 거 아니었슈? 블랙펄은 뭐허러 가넌겨?!]

최첨단 과학 기술이 문명의 최정점에 도달한 이후에도 끊임없이 인간들의 입에서 거론되고 있는 신의 존재, 그 미지의 영역을 떠올렸을 만큼 신기할 정도로 말이었다.

[아무래도 그 새끼를 직접 만나야겠다.]
[어이구, 몸두 션찮은 넘이 뭐러 거길 가!!]

이전의 나의 삶에는 명료한 GIVE & TAKE만이 존재했었다. 줄 수 없다면 받지도 않겠다. 고로, 갚을 수 없다면 애당초 시도조차 하지 않았다.

[내가 뒤질 거 같아서 안 되겠다.]

[어휴. 난 믈겄슈! 무튼 체력 흐푸지 말어!]

이것은 나 스스로가 단언하게 여겨왔던 삶의 모토이자 철학이었다.

[댄아!! 그라믄 그 김에 이것두 확인혀 봐! 내 아우가 블랙펄 딜러자녀? 갸가 허눈 말이 그 버터 넘 옆에 거머리맹키로 붙어있던 뽀끌 머리가 아바타 하나로 쌍판떼기 도십질 허눈걸로 유명허댄다! 근디 갸가 그 긴 생머리랴!! 왜 접때 내가 말혔던 수상쩍은 갸 말여! 허구헌 날 니 주변에서 삥깃허던 갸가 바로 야더라고!! 서버 이룸이 지니라고 혔나? 우쩐지 쎄하다 혔댜!!]

하지만 오늘부로 나는 이 낡은 사상들에서 탈피하기를 선언했다. 이제 와서 이딴 것들이 다 무슨 소용인가 싶었다. 그만큼 나는 그녀를 위해서라면 뭐든지 부숴버릴 준비가 되어있었다.

[무튼 댄아! 절대 무리허덜 마러!! 이?! 충전이 이래 더뎌가꼬 암만혀도 걱증인디 이르다 중헌 데서 믄 일 나믄 우쩔라 그려!! 이? 퍼뜩 가서 얼렁 눈 좀 부치슈!!]

댄은 제 슈퍼컴을 통해 레나에게 붙여놨던 눈알 브로치의 정보를 확인하던 중, 호키의 말에 멈칫하여 그동안은 한 번도 열어보지 않았던 도청 폴더를 찾았다.

[어이! 브로! 나 귀에서 피 나겠다. 일단 브로치 정보 확인하는 대로 다시 연락하마.]

[뭐여?!! 이눔이?!]

호키의 끊이질 않는 잔소리에 결국 그와의 블록챗에 잠시 뮤트 버튼을 건 댄은 도청 파일들 전체를 자신의 메모리 폴더에 공유시켰다. 그리고 다시 걸음을 옮겨 차고에 세워둔 바이크에 올라탄 댄은 지체 없이 두카티의 시동을 켰다.

[글거 말여 댄아! 우쨌던 레나 걱증은 말어… 나가 그 레나 뇌도 깨깟허게 씻쳐서 잘 모셔노쿠 나사도 잘 조이노쿠 볼 짝에 기스 난 것도 직접 함 만져 볼꺼니께… 무튼! 무리혀지 말구! 이?! 억새허지 멀구!!]

그렇게 댄의 두카티가 눈깔이 훼까닥 뒤집힌 투우 소처럼 블랙펄을 향해 도로 위를 정신없이 질주했다. 얼마 후, 그의 슈퍼 바이크가 샌드 스트릿의 터널에 다다를 때쯤엔, 댄은 벌써 기억장치에 옮겨놨던 도청 파일 외에 호키에게서 왔던 이후의 메시지까지 모두 확인을 끝마친 상태였다.

" 어서 오십시오. 젠틀…!"
" 이봐, 리암은 어디 있지?"

콘로우 헤어에 댄의 삐딱한 시선이 꽂혔다. 처음 도청 파일을 열어 본 순간부터 이미 그는 제정신이 아니었다.

" 리, 리암이요…?"
" 알아들었으면 빨리 호출해."

갓 스물 정도로 추정되는 어린 얼굴이 바텐더를 향해 다짜고짜 반말과 동시에 기본 팁 이상에 해당되는 잼을 전송했다. 그러자 지지의 등장과 함께 잔뜩 구겨져 있던 바텐더의 얼굴에 금세 화색이 돌았다.

" 아…! 제, 제가 바로 호출해 드리겠습니다!!"

다소 격앙된 음성의 대답을 끝으로 바텐더는 들고 있던 믹싱틴과 서비엣을 테이블 위로 내던지다시피 버려둔 채, 스텝들만 전용으로 사용하는 아치문을 향해 급히 자취를 감췄다.

[호키. 그 지니라는 애 사진도 있냐? 서버 사진 말고 다른 사진들.]
[이~ 늠 얼미지게 굴진 멀구~]

바텐더가 떠난 자리를 말없이 응시하던 댄은 불현듯 떠오른 기억에 서둘러 호키의 블록챗을 두들겼다.

[적당히 경고만 줄 거다.]
[이~ 끝나구 일번 나오믄 연락혀고~]

몇 마디 되지 않는 호키와의 대화를 끝으로 얼마 안 되는 거리에서 낯익은 구둣발 소리가 차분하게 울렸다.

" 안녕하십니까? 그때 그 복희 씨 친구분 아니신가요…?"

흠씬 두들겨 패도 시원치 않을 판국에 남자의 멀쩡한 얼굴을 보자 순식간에 댄의 입술이 뒤틀렸다.

" 알면서 뭘 모르는 척이야?"

" 아… 갑자기 여긴 어쩐 일로…?"

댄은 날을 바짝 세운 눈으로 고요히 어금니를 짓이기며 대뜸 본론부터
던졌다.

" 복희한테 접근한 이유가 뭐야."

" 네…?"

댄의 직구가 그대로 남자를 강타했다.

" 말귀 못 알아들어? 의도가 뭐냐고 묻고 있잖아."

" 무, 무슨 말씀이신지…."

살기가 가득 찬 그의 목소리가 상대의 고막을 타고 뇌리에 박히는 순간
이었다.

" 애초에 관심도 없었잖아."

" !!!!!"

예고 없이 쏟아지는 댄의 직구에 일순 남자의 입술이 합죽이처럼 굳게
다물렸다. 불과 몇 초 전까지만 해도 미소가 만연했던 남자의 얼굴이 금
세 딱딱하게 굳어버렸다.

" 오늘 복희 씨도 오시나요?"

" 말 돌리지 말고 대답해."

몇 분도 아닌 단 몇 초 만에 무너지는 남자의 얼굴을 보자 댄은 안일했던 과거의 자신에게로 돌아가 셀프로 죽빵 한 대를 힘껏 날려주고 싶었다.

" 저기 무슨 오해가….."

그 와중에도 부러 화제를 바꾸려는 남자의 태도가 더욱 댄을 자극시켰다.

" 대답해. 복…!"

돌연 댄의 입술이 움직임을 멈추었다. 남자의 바로 뒤에서 서성이고 있는 한 인물을 포착한 찰나였다.

" 뭐야."
" 아…! 제 밑에서 일하는 전담 서버입니다. 크게 신경 쓰지 않,"

상대는 호키가 보내온 사진 속의 주인공이었다.

" 당장 꺼지지 못해?!"
" 뭐?!"

댄의 말이 떨어지기가 무섭게 발끈한 남자가 을러대듯 소리쳤다.

" 이봐, 그동안 블랙펄 안에 등록된 복희 계정과 내 계정을 수시로 열어 봤더군. 기록에 남지 않을 거로 생각한 건가? 허락도 없이 말이지."
" 그, 그건…!"
하지만 남자의 반응은 되레, 꾹 참고 있던 댄의 부아에 기폭제가 되었다.

" 이거 징계감인 걸로 알고 있는데?"

" 저, 잠시만요!!"

다소 격앙된 음성이 오가자 결국 남자의 뒤에 서 있던 여자가 리암의 앞을 막아서며 소리치듯 말했다. 그녀의 왼쪽 가슴팍에 붙어 있는 이름표에는 지니라고 적혀있었다.

" 두 분 다 여기서 이러시면 안 됩…!!!"

" 입 닫아. 죽고 싶지 않으면. 그리고 넌 복희한테 관심 꺼."

보란 듯이 지니의 말허리를 끊어 버린 댄은 그녀를 주시하고 있던 눈을 번뜩이며 리암을 향해 을러대듯 말했다.

" 두 번은 안 봐준다."

" 허?! 당신이 뭔…!"

" 그리고 너."

" 저, 저 말씀이신가요?"

경고를 끝으로 불시에 댄의 시선이 리암에서 지니를 향했다. 날카롭게 꽂혀오는 남자의 시선에 지니가 저도 모르게 뒷걸음질을 치던 순간이었다.

" 한 번만 더 얼쩡거리다 걸리면 뒤진다."

" 네?! 전 손님을 오늘 처음 보는데요?!"

" 까고 있네."

자신을 황당한 눈으로 쳐다보고 있는 지니에 비릿한 미소를 지어 보인 댄은 급히 반대편 방향으로 걸음을 옮겼다. 그리고 댄의 두 발이 이제 막

출구를 통과하려던 찰나였다.

[댄! 오디여? 아직두 그 눔아랑 있는 겨? 아까 갸 말여! 진짜 이름이 퀸
시랴! 퀸.시!]
[퀸시…?]

때마침 기다렸다는 듯이 호키의 블록챗이 울렸다.

[이눔도 니랑 같은 하프노이드라는디? 쩨께 지둘려 봐! 내 더 쑤샤얐다!]

댄은 황급히 고개를 돌렸다. 그곳엔 이미 자리를 뜬 리암은 벌써 온데간
데없고 지니와 콘로우 헤어가 그새 붙어 서서 수다를 떨고 있었다.

[[[[[대체 무슨 일이야? 아는 사람이야?]]]]]
[[[[[아…! 아니, 그냥 진상이지 뭐. 그나저나 너 오늘 오프 아니었어?]]]]]
[[[[[뭐래? 너 때문에 나온 거잖아!! 너 오늘 클럽 간다고 해서 대신 나
왔더니만?]]]]]

그 순간 댄은 고막 센서로 들려오는 그들의 황당무계한 대화에 그대로
발목이 붙들렸다. 시작은 호키의 정보 때문이었지만, 그다음은 콘로우 헤
어가 떠들어대는 말 때문이었다.

[[[[[클럽?]]]]]
[[[[[너 오늘 워터밤 축제 간다며! 리암이 그러던데?]]]]]
이윽고 댄의 주먹이 또다시 부들부들 떨렸다. 이번엔 단순한 분노를 떠
나 지독한 배신감이 더 크게 작용했다.

[호키. 이 새끼가 진짜 퀸시라면, 내가 아는 녀석이거든. 그렇게 되면 눈알 브로치에 담긴 음성 기록으로 봤을 때, 얘가 레나 머리를 해체한 게 확실하게 된다.]

[뭐여!!!! 시방?! 지니 갸가 퀸시 건 확실 탄다!! 하프노이드두 확실 혀 고!! 그람… 이 못쓸 잡것덜이 첨부터 다 알구 삥깃댔던 겨?!!!]

한땐 동료였던 친구를 죽인 것도 모자라 축제를 간다고…? 제아무리 로 봇에 가까운 인성을 지녔다 한들… 우리들은 그저 단순한 동료로 치부할 수 있는 관계가 아니었다. 게다가 녀석은….

[그래서 말인데, 호키. 부탁 하나만 더 하자. 오늘 밤 블랙펄에서 워터 밤 축제가 열린다고 한다. 여기에 퀸시도 갈 거라는데, 아무래도 얘를 미 끼로 써먹어야겠다.]

더 이상의 고민은 시간 낭비였다. 지금은 과거 함무라비 법전에서 말하 는 이에는 이, 눈에는 눈만이 답이었다.

[옘병!! 이런 못쓸 것을 봤나!! 일변 그 지꺼리를 해노쿠선 워터바암?!]

호키의 말에 댄은 침착하게 머리를 굴렸다. 레나의 죽음을 바로 코앞에 서 생중계로 맞이한 이래 가장 차분해지는 시간이었다.

[원래도 사이코 같은 놈이다. 근데 다른 사람은 몰라도 레나한테 이러 면 안 되는 녀석이거든. 이번 기회에 아작을 내버려야겠다.]

여러 방면으로 뻗어지는 갈림길 가운데 머릿속이 번잡했다. 이왕이면,

가장 잔인한 방법으로 똑같은 심경을 맛보여 주고 싶었다.

 어떤 방식으로 요리를 해줘야 하나?

 댄의 두카티가 다시 도로 위를 고속으로 질주하기 시작했다. 액셀에 힘을 실은 댄은 계기판에서 위험을 알리는 빨간 신호조차 무시한 채 바이크의 속도를 최대치로 끌어올렸다. 그는 날카롭게 불어오는 칼바람을 정통으로 맞는 순간에도 생각을 멈추지 않았다.

 '댄아! 오해는 허지 마라! 거… 레나 말여. 본체 융이 메모리 카드만 있다 혀서 갸가 다시 갸가 되는 기 확실한 겨? 내도 이짝 분야에 아주 까먹눈은 아녀서 말여. 그라도 내는 니들허군 다르게 잘 몰러서 묻는 거지 딴 맴은 없슈!! 그러니께 맴 상허지 말어.'

 호키의 말이 완전히 틀린 건 아니었다. 다만, 육체가 중요할 수밖에 없는 100% 순수 인간에 대한 것일 뿐. 인간이 아닌 레나에게는 전혀 해당되지 않는 문제였다. 애당초 그녀의 문제는 어떤 종류의 로봇이냐에 따른 조건에 달려있었다.

 '니가 부탁은 안 혔지만… 내가 니 사정을 모르는 것두 아니구 뭐 오지랖일 수도 있는디 말여. 걍 일이 베랑 융어서니 넌지시 둘러봤는디… 레나가 원래 갖구 있던 본체랑 비젓헌 모델은 애저녁에 이미 끝났구먼. 그기 원체 오래된 것두 있구… 요즘은 아예 취급도 안 혀더라고. 거기다 아주 로보트 생산 라인은 사그리 정부서 맬끔 통제 현다네? 나도 인제야 알었지 므냐…. 머튼 그… 껍슥혔다믄 미안혀.'

레나와 같은 경우엔, 이론상으로는 본체와 메모리 카드의 상성이 정확하게 일치하지 않아도 복구가 가능했다. 완벽하진 않아도 살릴 수 있다는 의미였다.

'미안하긴 뭐가 미안하냐? 오히려 고맙다, 호키.'
'아니 뭐, 니가 따로 부탁헌 것도 아니었고…. 주제넘었나 싶어서 그렇지.'

하지만 여기서 가장 큰 문제는 본체도 본체 나름이어야 한다는 조건이었다. 그렇다고 이 방법이 성공할 수 있다는 보장은 없었다. 이 또한 어디까지나 그녀의 사용 설명서에 적혀있는 예시였으니까.

'민망하냐? 난데없이 왜 슬슬 표준어를 쓰냐?'
'뭐여! 저눔이 또!! 느저지 없이 삘기는 겨? 이?!'

호키의 말마따나 그녀의 본체를 다시 예전과 같은 상태로 되돌릴 방법은 없었다. 이미 부품을 구해야 하는 루트에서부터 원론적으로 불가능했다. 다만, 여기서 최선의 방법은 그녀가 본래 갖고 있던 본질과 크게 다르지 않은 성질의 육체를 찾는 것이었다.

'여하튼… 네 말처럼 메모리 카드만큼이나 본체도 중요하다. 하지만 지금의 상황에선 이미 다 부서져 버린 본체보단 메모리카드에 올인하는 편이 가장 최선이니까… 극한의 현실만을 보고 좇는 것뿐이다. 최악의 수는 애초에 이미 계산 다 끝내 놓은 상태고. 크큭, 이럴 때 보면 나도 인간과는 거리가 멀지?'

그렇지 않으면 다시 깨어난다 하더라도 얼마 버티지 못하고 스스로 소멸을 선택하게 되는 최악의 수를 맞이하게 될 수도 있었다.

'뭘 또 그러케꺼정 생각헌다? 나 같어도 느 같었을 거여~ 그람 내도 그것덜하거 죄께 믈지 않겄슈? 나는 니차람 하프노이드두 아니구먼?'

이러한 점은 인간만큼이나 로봇도 크게 다를 바 없었다. 즉, 자기 존재감이라는 것은 무릇 인간에게만 부여된 산물이 아니란 의미다.

'호키… 만약, 이대로 레나의 몸을 찾을 수 없다면 말이다.'

태도는 사고를 반영한다. 그리고 사고는 환경에 따른 요소에 영향을 받는다. 로봇에게 이 모든 것은 등급으로서의 차이를 의미했다. 어떻게 보면 인간의 삶과 크게 다르지 않았다. 오히려 월등했으면 더 월등했지.

'뭐여…? 느저지 윯이 왜 분위기를 잡고 그랴?'

우리와 같은 로봇에게는 동력 제어장치라는 것이 존재했다. 이는 스스로가 스스로를 컨트롤할 수 있다는 뜻이다.

'그땐 나도 있다.'

적어도 인간들처럼 나약한 감정에 빠져 스스로를 진창에 빠트리진 않았다.

'그건 또 무슨 구신 씻나락 까넌 소리여?'

부와 명예가 가져다주는 성공에 도취돼 한순간의 선택으로 바닥행을 자처하는 공인과 같은 유명인들만 봐도, 인간은 참 형편없는 생물체에 불과했다. 적어도 내가 보기엔 그랬다. 어쩔 땐 동물만도 못했으니까.

'내 몸에 심으면 된다.'

나의 특기는 정확한 확률을 따지는 기술로서 사물을 인지할 수 있는 능력이 뛰어났다. 어떠한 상황에서도 높은 숫자의 가능성에 따른 결괏값을 토대로 우열을 가려냈다.

'뭐여?!!!! 그라믄 니는?! 그저 사이좋게 니랑 내랑 몸뚱이두 한 짝 나눠 쓰자, 뭐 이런 겨?'

이렇듯 나의 머리는 합리성이 늘 우선이었다. 애초에 그렇게 설계되었기 때문이다.

'최악의 수를 말하는 거다. 호키.'
'그런 터거리도 읂는 염병할 소리는 하덜 말어!!!!!'

이것은 본능이었다. 내 몸을 전부 내줘서라도 그녀를 살릴 수만 있다면, 나는 얼마든지 나를 포기할 각오가 준비되어 있었다.

지금의 나의 목표는 오로지 레나를 살리는 것만이 전부였으니까.

전쟁용 무기를 목적으로 만든 하프노이드의 최고의 장점이자 단점은 바로, 이와 같이 설정된 목표만을 위해 살아간다는 것이었다.

特히 나 같은 우수한 하프노이드라면 더더욱.

나는 하프노이드 중에서도 최상위의 최상급이다. 군인의 직급으로 따지자면 최소 쓰리 스타급 이상을 의미했다. 우스갯소리 같아 보여도 사실이다. 장담컨대 이대로 정부에 잡혀 들어간다 해도 크게 문제 될 일은 없을 것이다. 오히려 대접을 받았으면 받았겠지.

'나는 진심이다, 호키.'

그래서 더욱 내 몸을 주고 싶었다. 그렇게만 된다면 레나는 이전보다 훨씬 더 나은 삶을 살 수 있을 테니까.

'시방!!! 내가 일번 뒤져볼 거니께!! 허잘것없는 소리 말어! 옥황상제 부레키댄쓰 타다 개 풀 뜯어 먹넌 소릴 혀 싸라 이?! 나 참! 레나가 들으면 아주 환장을 하고 기함을 혔겄다 이눔아!!'

다만, 이 최종의 최선의 수에서 단 하나 아쉬운 점이 있다면, 예전처럼 레나를 마음껏 볼 수 없다는 것이었다.

오직 그뿐이었다.